Dania Dicken

Brave Mädchen schreien nicht

Libby Whitman 1

Thriller

Dania Dicken, Jahrgang 1985, schreibt seit der Kindheit. Die in Krefeld lebende Autorin hat Psychologie und Informatik studiert und als Online-Redakteurin gearbeitet. Mit den Grundlagen aus dem Psychologiestudium schreibt sie Psychothriller zum Thema Profiling. Bei Bastei Lübbe hat sie die Profiler-Reihe und "Profiling Murder" veröffentlicht, im Eigenverlag erscheinen "Die Seele des Bösen" und ihre Fantasyromane. Die Thriller-Reihe um die angehende FBI-Profilerin Libby Whitman ist ihr neuestes Projekt.

Mehr Informationen auf http://www.blog-und-stift.de

Brave Mädchen schreien nicht
1. Auflage

47803 Krefeld

Layout und Lektorat: Dania Dicken
Bilder: depositphotos.com

ISBN-13: 9781690934936

Bibliografische Information der Deutschen Nationalbibliothek:
Die Deutsche Nationalbibliothek verzeichnet diese Publikation in der Deutschen Nationalbibliografie; detaillierte bibliografische Daten sind im Internet über http://dnb.d-nb.de abrufbar.

Sei die Heldin deines Lebens, nicht das Opfer.

Nora Ephron

Prolog

„Ich will, dass du stillhältst." Mit diesen Worten packte er sie an den Haaren und riss ihren Kopf in den Nacken. Ihr folgender Schrei wurde von ihrem Knebel erstickt. Sie wimmerte leise, aber jetzt hielt sie still.

„Braves Mädchen." Er hielt immer noch ihre Haare fest, während er sie mit der anderen Hand an den Hüften packte. Sie schluchzte leise, aber das machte es authentischer.

Sie war gut, das musste er schon sagen. Wirklich gut. Natürlich konnte sie sich gefesselt nicht wehren, aber sie versuchte es auch gar nicht.

Er stieß härter zu. Das Wissen, von den anderen beobachtet zu werden, spornte ihn noch an. Ihr ersticktes Weinen gefiel ihm.

„Du bist doch ein braves Mädchen, oder?", fragte er atemlos. Sie reagierte nicht, bis er sie immer heftiger nahm. Sie winselte etwas, das wie ein Nein klang.

„Nein? Bist du kein braves Mädchen? Muss ich dich bestrafen?"

Sie schüttelte wimmernd den Kopf.

„Bist du sicher?"

Jetzt nickte sie. Er ließ ihre Haare los und packte sie jetzt mit beiden Händen an den Hüften. Sie versuchte immer noch, etwas zu sagen, das sich wie ein Nein anhörte. Mit jedem Stoß entfuhr ihr ein Schmerzenslaut. Das gefiel ihm so gut, dass er sich nicht länger zurückhielt und sich keuchend an ihr festkrallte. Sie weinte noch immer.

Er verharrte reglos und versuchte, wieder zu Atem zu kommen. Zufrieden gab er ihr einen Klaps auf den Po.

„Gut erzogen bist du ja."

Sie reagierte nicht, sie schluchzte nur. Langsam und mit wackligen Knien stand er auf und blickte zu den anderen.

„Wer will als Nächstes? Ich würde sagen, sie ist jetzt bereit."

Verzweifelt schüttelte sie den Kopf und versuchte zu betteln. Versuchte sie anzuflehen, dass sie sie gehen lassen sollten. Aber noch war es nicht so weit.

Sie hatten doch gerade erst angefangen.

Samstag. 31. Oktober

Während Miguel langsam von der Empire in die 5th Street einbog, ließ Libby ihre Blicke über eine Gruppe Jugendlicher am Straßenrand gleiten. Ein Skelett, ein Henker, Spiderman, ein Geist und eine Spinne standen vor einem Vorgarten und johlten laut. Konzentriert versuchte Libby zu erkennen, ob sie Bierflaschen oder Dosen in der Hand hielten. Spätschicht an Halloween – Thompson hatte es als puren Terror bezeichnet, aber noch war sie froh, jetzt Streife zu fahren. Es gab genug zu tun. Nichts war tödlicher als Langeweile.

Die Jugendlichen beobachteten die Officers im Streifenwagen skeptisch und unterbrachen ihre Unterhaltung für einen Moment.

„Alkohol?", fragte Miguel knapp.

Libby schüttelte den Kopf. „Keiner, den ich sehen könnte."

„Fünf Jugendliche und kein Alkohol? Glaub ich nicht." Miguel setzte den Blinker und hielt am Straßenrand. Ohne etwas zu erwidern, löste Libby ihren Gurt und stieg aus. An das Gewicht der kugelsicheren Weste hatte sie sich allmählich gewöhnt und stieg leichtfüßig aus dem Wagen. Die Geste, mit der sie den Sitz ihrer Waffe überprüfte, war inzwischen zur Routine geworden.

„Yo, Officer!", rief der Henker. „Trick or treat?"

„Guten Abend", begrüßte Miguel die Jugendlichen und nickte ihnen höflich zu. „Alles in Ordnung hier?"

„Alles bestens. Haben Sie heute schon jemanden festgenommen?"

„Bis jetzt nicht. Sollten wir?"

„Wir machen nichts", sagte Spiderman. Libby musterte die Jugendlichen genau und entdeckte dann eine Flasche in der Hand des jungen Mannes, der sich als Skelett verkleidet hatte. Miguel schien sie im gleichen Moment entdeckt zu haben, denn er warf ihr einen gereizten Blick zu, während er zu dem kostümierten Jungen ging.

„Was hast du da?", fragte er.

„Cola, wieso?"

„Ohne irgendwas anderes drin?"
„Ja, Mann. Wollen Sie probieren?"
Miguel nickte und nahm ihm die Flasche ab, um daran zu riechen. Schließlich reichte er sie dem Jungen zurück und musterte die anderen noch einmal, bevor er nickte und sagte: „Bleibt schön sauber. Viel Spaß noch."
Libby verabschiedete sich ebenfalls von den Jugendlichen, bevor sie zu Miguel ins Auto stieg und sie der Straße weiter nach Süden folgten.
„Einer von ihnen hatte eine Flasche", sagte Miguel streng.
„Ja, mit Cola", erwiderte Libby unbeeindruckt.
„Du hast sie nicht gesehen."
„Es gab auch nichts zu sehen."
„Es hätte auch Whiskey beigemischt sein können."
Erst erwiderte sie nichts, dann murmelte sie nur: „Ja."
Er hatte Recht und es ärgerte sie auch, dass sie die Flasche nicht gesehen hatte, aber den Jugendlichen hatten sie ja nichts vorzuwerfen.
Sie fuhren weiter an Vorgärten vorbei, die mit Kürbissen, Geistern und anderen Gegenständen dekoriert waren. Nur vereinzelt waren noch kostümierte Kinder mit ihren Eltern in den Straßen San Josés unterwegs, um an Türen zu klingeln und mit Trick or treat Süßigkeiten zu ergattern. Jetzt kamen die Jugendlichen heraus, um zu trinken und Partys zu feiern.
„An alle Einheiten: 390 und 242 in der Almaden Avenue. Dem Notruf wurde eine Schlägerei in einer Bar gemeldet", rauschte es aus dem Funkgerät. Noch bevor Libby reagieren konnte, griff Miguel nach dem Funksender und drückte die Taste.
„Die Officers Alvarez und Whitman sind unterwegs. Sind keine Meile entfernt."
„Verstanden."
Miguel hatte den Funksender kaum weggelegt, als er Blaulicht und Sirene einschaltete und Gas gab. Sie fuhren geradewegs auf die San José City Hall zu, bevor Miguel nach rechts abbog und der Santa Clara Street eilig nach Westen folgte.
„Und jetzt Augen und Ohren offen halten", mahnte Miguel,

während Libby im Funk noch hörte, dass weitere Einheiten zur Verstärkung unterwegs waren. Eigentlich musste Miguel ihr das nicht sagen, aber er nahm seinen Auftrag, sie noch ein bisschen zu schulen, verdammt ernst. Libby war nun seit dem Sommer bei der Polizei, Miguel aber schon seit fast fünf Jahren. Er wurde nächstes Jahr dreißig und seine Frau, die er vor zwei Jahren geheiratet hatte, erwartete gerade ihr erstes Kind. Viel mehr wusste Libby noch nicht über ihren Partner, obwohl sie schon seit vier Monaten mit ihm fuhr – nur eins hatte sie gleich aufgeschnappt: Police Officer Miguel Alvarez war verdammt gewissenhaft. Es regte ihn immer gleich maßlos auf, wenn eine ihrer Formulierungen in einem Bericht nicht ganz rund klang, sie ihre Berichte nicht überpünktlich abgab oder sie ihn nach den numerischen Codes fragen musste, die im Funk durchgegeben wurden. Natürlich wusste sie, dass 187 für Mord stand und sie wusste auch, dass 390 für Betrunkene stand und 242 für Körperverletzung. Vor kurzem hatte sie ihm jedoch nicht auf Anhieb sagen können, dass 374B für illegale Müllentsorgung stand, woraufhin er fast eine Grundsatzdiskussion mit ihr begonnen hatte.

Das konnte noch lustig werden.

Keine drei Minuten später parkten sie am Straßenrand vor der Bar und liefen eilig hinein. Libby folgte Miguel in die schummrig beleuchtete Bar. Im Neonlicht prügelten sich auf der Tanzfläche mehrere betrunkene Männer und wälzten sich durch Glasscherben.

„San José Police Department!", brüllte Miguel in den allgemeinen Tumult. Die Prügelei lief dessen ungeachtet fröhlich weiter. Libby versuchte, erst mal einen Überblick zu gewinnen und zählte insgesamt fünf Männer. Brüllend versuchte Miguel, einen der prügelnden Männer zu fassen zu bekommen, als der sich aufrichtete. Daraufhin drehte der Mann sich um, weil er Miguel einen Faustschlag verpassen wollte. Zwar duckte Miguel sich darunter weg, aber er schaffte es nicht, den Mann unter Kontrolle zu bringen.

Bevor Libby etwas tun konnte, richtete sich ein zweiter Mann auf und wollte nun auf sie losgehen. Libby zögerte nicht lang und sie versuchte gar nicht erst, ihn auf Distanz zu halten, sondern ihm so nah wie möglich zu kommen und ihn zu Boden zu bringen. Sie war weder besonders groß noch kräftig gebaut und wirkte mit ihrem blonden Zopf erst einmal nicht einschüchternd. Sie hatte sich jedoch nie mit den Abwehr- und Zugriffstechniken zufrieden geben wollen, die sie an der Police Academy gelernt hatte, sondern hatte noch während ihres Studiums eine Kampfsportschule besucht.

Ihr Kontrahent war größer und mit Sicherheit stärker als sie, aber das schreckte sie nicht. Als er auf sie losgehen wollte, konzentrierte sie sich darauf, ihn aus dem Gleichgewicht zu bringen und zu Boden zu werfen. Ihm entfuhr ein überraschter Schrei, während er auf dem Bauch landete. Libby packte ihn, verdrehte seinen Unterarm und bohrte ihm ein Knie in den Rücken, während sie mit der anderen Hand nach ihren Handschellen griff und sie ihm anlegte. Sie war kaum damit fertig, als ein zweiter Mann sie brüllend angreifen wollte. Sie kam nicht rechtzeitig hoch, um ihn auf Augenhöhe anzugreifen, aber es gelang ihr trotzdem, auch ihn zu Boden zu werfen und außer Gefecht zu setzen. Zwar hatte sie keine Handschellen mehr, mit denen sie ihn hätte fixieren können, doch ehe der Mann sie angreifen konnte, der sich zuvor mit Miguel angelegt hatte, hielt sie ihre Waffe in der rechten Hand und brüllte: „San José PD, keine Bewegung!“

Der Mann hatte eine zerbrochene Flasche in der Hand, aber er hielt inne, als sie ihn mit ihrem Blick schier aufspießte und die Waffe genau auf ihn richtete. In diesem Moment konnte Miguel ihn von hinten überwältigen und ihm Handschellen anlegen. Gleichzeitig erschienen hinter ihm zwei weitere Officers, die sofort zur Klärung der Lage beitrugen.

Mit vereinten Kräften gelang es ihnen, die Prügelei zu beenden und die Beteiligten festzunehmen, ohne dass einer der Officers verletzt worden wäre. Libby zog denjenigen vom Boden hoch, dem sie zuerst Handschellen angelegt hatte, und führte ihn aus der Bar zum Streifenwagen. Er war fast zwei Köpfe größer als sie und wollte sich zu ihr umdrehen, um sie anzusehen.

Es war, als könne er immer noch nicht glauben, dass sie ihn tatsächlich überwältigt hatte.

Inzwischen war auch ein dritter Streifenwagen eingetroffen, so dass sie alle Männer abtransportieren und zum Department bringen konnten. Allerdings sprachen sie zuerst noch mit Zeugen und nahmen einige Personalien auf, bevor sie sich auf den Weg zur Dienststelle machten.

Libby war froh, dass die Fahrt nur fünf Minuten dauerte, denn die beiden Männer auf der Rückbank stanken wie eine Kneipe und einer von ihnen pöbelte sowohl sie als auch Miguel aggressiv an. Es war der Mann, den sie als zweiten überwältigt hatte.

„Kaum zu fassen, dass jemand mit so einem sexy Arsch bei der Polizei arbeitet!", lallte er und schlug mit dem Kopf gegen das Gitter.

„Ruhe da hinten", grollte Miguel.

„Was denn, bist du etwa eifersüchtig, wenn ich deine Partnerin angrabe?"

„Sie wissen schon, was Beamtenbeleidigung ist?"

„Ich beleidige sie doch gar nicht, ich habe ihr ein Kompliment gemacht! Von so einer heißen Braut bin ich auch noch nicht festgenommen worden."

„Werden Sie etwa öfter festgenommen?", fragte Libby ihn, ohne sich umzudrehen.

Der Mann lachte schallend und fuhr fort, sie mit anzüglichen Witzen zu überziehen, bis sie endlich am Department waren. Libby ließ es sich nicht nehmen, ihn selbst aus dem Auto zu holen und in eine Zelle zu bringen. Unterwegs hielt sie ihn extra fest gepackt, so dass er schon jammerte und irgendwas von Polizeigewalt faselte. Unbeeindruckt stieß sie ihn in eine Ausnüchterungszelle, bevor sie ihm die Handschellen abnahm und die Gittertür hinter ihm ins Schloss warf.

„He, Süße, wie heißt du?", fragte er und lehnte sich aufdringlich ans Gitter, während Libby die Tür abschloss.

„Für dich bin ich Officer Whitman", sagte sie und ging. Am Empfangstresen schob Carol ihr ein Formular hin, das sie gleich ausfüllte. Sie war schon fast fertig, als Miguel auftauchte und neben ihr stehen blieb.

„Alles in Ordnung?", erkundigte er sich.

„Klar, was soll sein?", erwiderte Libby, ohne aufzusehen.

„Der Typ war ganz schön schmierig."

„So ist der Job halt."

„Das war eine gute Leistung vorhin."

Nun blickte sie doch auf und lächelte. „Danke."

„Doch, ehrlich. Du bist allein mit zwei dieser Typen fertig geworden. Das war gut."

Libby wusste dieses Lob zu schätzen. Ihr war vollkommen bewusst, dass sie nicht besonders einschüchternd wirkte, aber darauf kam es überhaupt nicht an. Sie konnte anders punkten.

Sie fuhr mit Miguel wieder nach Downtown. Dabei machten sie einen Umweg durchs Wohngebiet, um überall nach dem Rechten zu schauen, und waren noch gar nicht weit gekommen, als sie auf einem Bürgersteig eine bewusstlose Person entdeckten. Ein als Sensenmann verkleideter junger Mann lag vor einem Vorgarten auf dem Bürgersteig und rührte sich nicht. Miguel und Libby stiegen aus und während Miguel schon nach seinem Funkgerät griff, um einen Krankenwagen zu verständigen, überprüfte Libby die Vitalzeichen des Mannes und versuchte, ihn aufzuwecken. Sie tätschelte seine Wangen und rüttelte leicht an ihm, woraufhin er tatsächlich die Augen aufschlug.

„Oh … Polizei?", lallte er überrascht. Er stank entsetzlich nach Alkohol. Warum waren alle so früh schon so betrunken?

„Officer Whitman, San José PD", stellte Libby sich vor, während Miguel die Zentrale darum bat, einen Krankenwagen zu schicken. „Geht es Ihnen gut? Wie heißen Sie?"

„Mike Grayson. Vorhin wurde mir einfach schwarz vor Augen. Keine Ahnung, wie lang ich hier schon liege."

„Haben Sie Schmerzen? Sind Sie verletzt?"

„Nein, es geht mir gut, glaube ich." Mike versuchte, sich aufrecht hinzusetzen, wobei Libby ihm behilflich war.

„Was? So lange? Nein, dann bringen wir den Mann selbst ins Krankenhaus", sprach Miguel ins Funkgerät.

„Was ist los?“, fragte Libby.

„Die Krankenwagen sind alle im Einsatz. Da er ansprechbar ist, schickt man uns frühestens in einer halben Stunde jemanden.“

„Na toll …“

„Komm, setzten wir ihn ins Auto“, schlug Miguel vor. Libby nickte und gemeinsam verfrachteten sie den Betrunkenen auf die Rückbank des Streifenwagens. Das Santa Clara Valley Medical Center war nicht weit entfernt – dann würden sie den Mann eben dorthin bringen. Sie mussten ja weitermachen, aber sie konnten ihn auch unmöglich allein lassen.

Miguel arbeitete sich bis zur Santa Clara Street vor, aber er war noch gar nicht ganz abgebogen, als der Mann auf der Rückbank plötzlich würgende Geräusche von sich gab und sich röchelnd vornüber beugte. Libby war wie erstarrt, als sie hörte, wie er sich hinter ihrem Sitz in den Fußraum übergab. Sekunden später war der Streifenwagen von einem beißenden Gestank erfüllt.

Sie hatte es befürchtet.

„Na wunderbar“, murmelte Miguel und rollte mit den Augen, aber er brachte den Mann trotzdem erst einmal zur Notaufnahme. Nachdem ihn dort eine Schwester in Empfang genommen hatte, stapfte er mit vielsagender Miene zum Streifenwagen zurück und ließ sich schwerfällig auf den Fahrersitz fallen.

„Fahren wir zum Department zurück und tauschen den Wagen.“

Libby nickte nur. Welch absolut großartige Idee.

Sie fuhren mit heruntergelassenen Fenstern zurück zum Police Department, wo sie sich erst einmal daran machten, den Wagen vom gröbsten Unrat zu befreien. Libby machte es nicht zum ersten Mal und wusste, es gehörte dazu. Es war kein Personal abkömmlich, um sich darum zu kümmern, aber in Nächten wie dieser brauchten sie jeden verfügbaren Wagen. Als sie fertig waren, ging Miguel ins Gebäude und kehrte zu Libbys Erleichterung Minuten später mit dem Schlüssel für einen anderen Streifenwagen zurück.

„Du bist mein Held“, sagte sie und lächelte.

Er erwiderte ihr Lächeln. „Meiner Frau war in den ersten drei Monaten dauernd übel. Irgendwie habe ich mich an den Geruch gewöhnt ..."

Nun lachte sie. „Na, du bist ja hart im Nehmen."

„Mein Kind wird mich bestimmt auch noch vollspucken und anpinkeln, wenn es erst mal da ist."

„Wahrscheinlich. Das kenne ich noch von meiner kleinen Schwester."

Miguel erwiderte nichts. Sie waren kaum auf Streife zurückgekehrt, als ein Funkspruch kam.

„Zentrale an Alvarez, bitte kommen."

„Alvarez hört", funkte Miguel zurück.

„Ein Notruf aus der Clayton Avenue. Nachbarn melden 273D bei Hausnummer 197."

„Ach, mal wieder", sagte Miguel, bevor er ins Funkgerät sprach. „Alles klar, wir sind unterwegs."

„Das ist ja nichts Neues." Libby lehnte sich an ihren Sitz, während Miguel nach Ryland fuhr. Seit Libby bei der Polizei war, hatte sie die angegebene Adresse sicher schon fünf- oder sechsmal mit Miguel besucht, weil die Nachbarn immer wieder die Polizei wegen häuslicher Gewalt gerufen hatten. Bei Luke und Cassidy Maxwell flogen ständig die Fetzen. Luke hatte ein Alkoholproblem und wurde in regelmäßigen Abständen gewalttätig gegen seine Frau. Zweimal hatten sie die Frau schon ins Krankenhaus bringen müssen, einmal wegen einer heftigen Platzwunde und einmal wegen eines Armbruchs. Libby hatte versucht, im Vertrauen mit ihr zu sprechen und ihr schon Broschüren von Frauenhäusern und Opferhilfevereinen in die Hand gedrückt, aber Cassidy wollte nichts davon wissen.

Keine zehn Minuten später hatten sie die Clayton Avenue erreicht. Die Maxwells wohnten in einem kleinen, verwitterten Haus ganz am Ende der Straße. Nur ein winziges Stück Brachland und eine Mauer trennten sie vom sechsspurigen Freeway, der mitten durch die Stadt rauschte. An diesem Abend und um diese Zeit war nicht allzu viel Verkehr, aber es war trotzdem laut.

Das Haus hätte dringend einen neuen Anstrich gebraucht, der Zaun davor stand schief. Alles in allem war das Grundstück ziemlich verwahrlost, was auch von Mal zu mal trostloser wirkte.

Libby und Miguel hörten die Schreierei schon beim Aussteigen. Sie hatten direkt vor dem Haus geparkt und eigentlich waren alle Fenster geschlossen, aber trotzdem spielte sich in der Küche eine heillose Brüllerei ab, die den Nachbarn offensichtlich nicht verborgen geblieben war.

„Ich möchte ihn einsperren", grollte Miguel, während er voran zur Haustür ging und energisch dagegen hämmerte. Libby blieb hinter ihm stehen und wartete ab. Die Brüllerei stoppte kurz, aber dann ging sie von vorn los. Miguel hämmerte erneut an die Tür und rief: „San José Police Department! Öffnen Sie die Tür!"

Es wurde leise im Haus, dann hörten sie Schritte. Keuchend öffnete Luke Maxwell die Tür. Er war etwa Mitte dreißig, von untersetzter Statur und mit ungepflegten Haaren. Er trug zerschlissene Jeans und ein zerknittertes Hemd. Mit zusammengekniffenen Augen starrte er Miguel an und wirkte genervt.

„Ach, Sie schon wieder."

„Mr. Maxwell, wir haben Hinweise auf einen lautstarken Streit bei Ihnen erhalten."

„Haben die Rosenheims etwa wieder bei Ihnen angerufen?"

„Wir werden Ihnen nicht sagen, wer uns verständigt hat. Ist hier alles in Ordnung? Wo ist Ihre Frau?"

„Natürlich ist hier alles in Ordnung. Oder, Cassidy?" Er drehte sich um und brüllte Richtung Küche. Augenblicke später kam Cassidy Maxwell zum Vorschein. Sie trug ein altmodisches Kleid und war barfuß, ihr Zopf hing schief und sie hielt sich ein Taschentuch unter die Nase, auf dem bereits Blutflecken sichtbar waren. Libby ballte die Hände zu Fäusten, als sie das sah, und drängte an Miguel vorbei, um auch ein wenig Präsenz zu zeigen.

„Ist alles in Ordnung bei Ihnen?", richtete sie sich direkt an die Frau.

„Geht schon", erwiderte Cassidy dumpf.

„Wir bringen Sie ins Krankenhaus", sagte Miguel.
„Nein, ich will nicht ins Krankenhaus."
„Erstatten Sie wenigstens Anzeige."
„Nein." Cassidy schüttelte weiterhin den Kopf.
„Mrs. Maxwell." Libby machte einen Schritt nach vorn, woraufhin Luke sofort zu toben begann.
„Sie dürfen mein Haus nicht einfach betreten! Es gibt doch hier gar kein Problem, oder, Cassidy?"
„Nein", pflichtete sie ihm bei. Sie wirkte emotionslos auf Libby, was sicherlich nur gespielt war.
„Mrs. Maxwell, lassen Sie sich doch helfen", versuchte Libby es erneut.
„Meine Frau braucht keine Hilfe! Wir hatten nur eine Meinungsverschiedenheit und sie bekommt bei Stress immer Nasenbluten. Ist doch so, oder?"
Cassidy nickte. Libby hätte Luke den Hals umdrehen mögen und sie sah Miguel an, dass es ihm nicht anders ging.
„Verlassen Sie jetzt sofort mein Haus", setzte Luke nach.
Miguel sog scharf die Luft ein. „Wir müssen so lange wiederkommen, wie Sie das hier nicht in den Griff kriegen."
„Es geht Sie überhaupt nichts an, wie ich mit meiner Frau streite!"
„Wenn Sie dabei das Gesetz brechen, geht es uns etwas an", sagte Libby. „Schönen Abend noch."
Mit diesen Worten drehte sie sich um und ging zurück zum Streifenwagen. Miguel folgte ihr. Luke Maxwell warf die Haustür krachend ins Schloss. Libby blickte noch einmal über die Schulter zurück und setzte sich nur widerstrebend ins Auto. Miguel ging es kaum anders. Er startete den Motor erst nach einem Augenblick, wendete den Wagen und fuhr langsam die Straße entlang.
„Das ist so ätzend. Ich will diesen Kerl endlich festnehmen und in den Knast stecken, wo er hingehört."
„Frag mich mal. Nur leider können wir nichts tun, wenn sie ihn nicht anzeigt. Nasenbluten durch Stress …" Libby schnaubte verächtlich.

„Ich verstehe nicht, wieso sie ihn deckt. Wieso lässt sie sich so behandeln?“

Nach einem tiefen Seufzer sagte Libby: „Du würdest dich wundern, was Frauen sich alles bieten lassen.“

„Würdest du das tun?“

„Nein.“ Und sie wusste, wovon sie redete, denn sie war mit der Unterdrückung von Frauen aufgewachsen und hatte ihre leibliche Mutter verloren, als ihr Mann ihr den Schädel eingeschlagen hatte.

Deshalb belastete es sie auch so, dass Cassidy Maxwell ihre Hilfe nicht annehmen wollte. Libby hatte Angst um das Leben dieser Frau, aber Cassidy wollte nicht auf sie hören und ihr waren die Hände gebunden.

Den Frust darüber musste sie herunterschlucken. Sie konnte niemanden zwingen, sich helfen zu lassen. Es war ihr ein völliges Rätsel, warum Cassidy ihren Mann schützte, aber die Entscheidung lag bei ihr.

Trotzdem beschäftigte das alles sie noch bis zum Ende ihrer Schicht um Mitternacht. Sie brachten noch zwei weitere Betrunkene ins Krankenhaus oder auf die Wache, diesmal jedoch zum Glück ohne irgendwelche Hinterlassenschaften im Auto, und sie schafften es, eine aufkommende Prügelei im Keim zu ersticken, weil sie zur richtigen Zeit am richtigen Ort waren. Das freute Libby, doch in Gedanken war sie immer wieder bei Cassidy.

Etwa um zwanzig Minuten nach Mitternacht legte Libby ihre kugelsichere Weste ab, schälte sich aus der Uniform und zog sich um. Ihre Dienstwaffe nahm sie mit nach Hause – sie durfte es, deshalb gab es da für sie gar keine Diskussion.

Sie setzte sich in ihr Auto und fuhr das kurze Stück bis zu der winzigen Wohnung in Luna Park, die sie seit dem Studium mit ihrem Freund Kieran bewohnte. Nachdem sie auf der gegenüberliegenden Straßenseite geparkt hatte, betrat sie das Apartmenthaus, ging in die zweite Etage und schloss die Wohnungstür auf. Es überraschte sie nicht, dass noch Licht im Wohnzimmer war. Kieran saß vor seinem Computer, trug Kopfhörer und war völlig in die neueste Episode von Grand Theft Auto vertieft. Er sprach in ein Mikrofon und Libby vermutete, dass er sich in Teamspeak mit Ryan unterhielt, mit dem er seit dem Studium befreundet war. Beide hatten ähnliche Interessen und spielten oft Computerspiele zusammen.

Noch hatte Kieran Libby gar nicht bemerkt, was ihr recht war. Sie zog ihre Schuhe aus, nahm das Magazin aus ihrer Waffe und legte beides voneinander getrennt in die kleine Schatulle mit Zahlenschloss. Die Schatulle hob sie in ihrer Nachttischschublade auf.

Als sie das erledigt hatte, ging sie wieder ins Wohnzimmer und legte von hinten die Arme um Kieran. Sie vergrub ihr Gesicht in seinen dunklen Haaren und strich mit den Händen über seine Brust. Kieran legte den Kopf in den Nacken und lächelte, als er sie ansah.

„Da bist du ja", sagte er und drückte eine Taste auf der Tastatur. „Sekunde, Ryan, Libby ist gerade nach Hause gekommen."

Er zog sich die Kopfhörer ab und stand auf, um Libby mit einer Umarmung und einem Kuss zu begrüßen. „Du siehst müde aus. Wie war es?"

„Uns hat schon wieder einer ins Auto gekotzt."

„Klar, an Halloween ist das nicht besonders überraschend."

„Das war vielleicht eklig."

„Glaube ich dir", erwiderte Kieran grinsend. „Hätte nicht gedacht, dass du so pünktlich kommst."

„Ich auch nicht, aber es war trotzdem genug zu tun. Schon wieder ein Einsatz bei dem Kerl, der seine Frau verprügelt."

„Und sie zeigt ihn einfach nicht an?"

Libby schüttelte frustriert den Kopf. „Sie steht daneben, während er uns anlügt, und deckt ihn."

„Unfassbar."

„Das hasse ich so an dem Job."

„Kann ich verstehen. Bist du müde?"

„Schon, ja, aber ich muss erst mal runterkommen. Ich glaube, ich gehe erst mal duschen, dann kannst du noch mit Ryan fertig machen, was ihr da macht."

„Ach, wir klauen bloß Autos und fahren Rennen damit."
„Na dann", sagte Libby und lachte, während sie ins Badezimmer ging.

SONNTAG, 1. NOVEMBER

Dafür, dass sie an Halloween die dritte Schicht übernommen hatte, hatte Libby am Folgetag frei. Sie schlief fast bis zehn, was für ihre Verhältnisse lang war, aber durch den Schichtdienst hatte sich ihr Schlafrhythmus ohnehin verschoben. Erst jetzt hatte sie langsam wieder das Gefühl, nicht ununterbrochen müde zu sein, was gut war, weil der Job sie wirklich forderte.

Es gab Tage, an denen fuhr sie nur mit Miguel herum und wartete auf Arbeit und dann gab es Schichten wie die am Vorabend, in denen sie pausenlos zu tun hatten. Eigentlich mochte sie das aber lieber.

Als sie aufwachte, griff sie nach ihrem Handy und surfte ein wenig im Internet. Davon erwachte auch Kieran, der sie verschlafen mit seinen grünen Augen ansah und lächelte.

„Gut geschlafen?", fragte er.

„Ja, schon. Ausschlafen tut so gut."

„Glaube ich dir. Der Schichtdienst macht einen ja fertig."

„Stimmt, aber das wusste ich vorher. Ich ziehe das jetzt durch."

„Das hatte ich auch nicht anders erwartet."

Die beiden lächelten einander an und faulenzten noch ein wenig im Bett, bevor sie aufstanden und sich gemeinsam Frühstück machten.

„Wollen wir heute noch mal nach Wohnungen suchen?", schlug Kieran während des Frühstücks vor.

„Ja, gute Idee. Die hier wird langsam wirklich zu klein. Ich hoffe nur, wir finden bald eine, damit es sich noch lohnt."

Kieran erwiderte nichts. Libby wusste auch nicht, was sie noch weiter dazu sagen sollte. Er war nicht besonders glücklich mit ihrem Wunsch, sich beim FBI zu bewerben und nach Quantico zu gehen, wenn sie erst einmal die geforderte Berufserfahrung von zwei Jahren gesammelt hatte. Das hatte er ihr gesagt und sie verstand es auch, aber dennoch wollte sie sich nicht davon abbringen lassen. Sie wollte unbedingt Profilerin werden, sie war fest entschlossen. Im Department wurde sie dafür belächelt, aber dort wusste auch niemand, dass sie wirklich gute Gründe dafür hatte, das zu wollen.

Kieran war der Bodenständigere von beiden. Sie hatten einander auf der High School in Pleasanton kennengelernt und sich bald ineinander verliebt. Nach ihrem Abschluss waren sie gemeinsam an die San José State University gegangen, wo Kieran Luft- und Raumfahrtwissenschaften studiert und Libby zunächst ein Studium der Erziehungswissenschaften begonnen hatte. Allerdings hatten mehrere Ereignisse während des ersten Semesters dazu geführt, dass sie sich bald umentschieden und beschlossen hatte, Verhaltensforschung und Psychologie zu studieren.

Im Winter hatte sie ihren Abschluss gemacht, sich so schnell wie möglich bei der Polizei beworben und sich entschlossen und motiviert durch die Academy gekämpft. Im Department hatte sie jetzt schon den Ruf, ein ziemlich unkonventioneller Dickkopf zu sein. Der pflichtbewusste Miguel versuchte stets, Libby an die Regeln und Vorschriften zu erinnern, was sie manchmal gehörig nervte. Dagegen beschrieb Kieran, der als Luftfahrtingenieur am nahen Flughafen in San José arbeitete, seinen Job als nahezu langweilig.

Nach dem Frühstück setzten die beiden sich gemeinsam an Kierans Computer und hielten in zahllosen Inseraten Ausschau nach einer neuen Wohnung. Dadurch, dass sie nun beide ihren ersten Job angetreten hatten, konnten sie sich etwas Größeres leisten als den kleinen Schuhkarton, wie Libby ihre Studentenbude immer nannte. Es war allerdings nichts dabei, was beiden wirklich zugesagt hätte. Viele Wohnungen in der Bay Area waren maßlos überteuert, aber beide hatten aktuell kurze Wege zur Arbeit, was sie eigentlich nicht aufgeben wollten.

„Was willst du jetzt machen?“, erkundigte Kieran sich schließlich bei seiner Freundin.

„Ich weiß nicht … Gar nichts eigentlich. Ich bin ziemlich faul heute. Und du?“

„Geht mir auch so. Ryan hat gefragt, ob ich da bin.“

Plötzlich hatte Libby eine Idee. „Weißt du was? Spiel du ruhig ein bisschen GTA mit Ryan und ich fahre nach Pleasanton zu meiner Familie."

„Okay. Wenn du willst", sagte Kieran achselzuckend. Libbys Verhältnis zu ihrer Adoptivfamilie war unverändert eng, sie war oft in Pleasanton und Kieran begleitete sie nicht immer dorthin, was sie aber auch nicht von ihm erwartete.

„Ich frag mal, ob sie da sind", sagte Libby und schrieb ihrer Mutter eine kurze Nachricht. Wenig später erhielt sie Antwort und erfuhr, dass alle zu Hause waren und sich auf ihren Besuch freuten.

„Ich fahre dann mal", sagte Libby, während Kieran sich schon an seinen Rechner verzog.

„Okay. Grüß alle schön", bat er und verabschiedete seine Freundin mit einem Kuss. „Bringst du auf dem Rückweg was vom Thai mit?"

„Kann ich machen. Wie immer?"

„Das wäre grandios. Ich liebe dich."

„Ich dich auch", erwiderte Libby und verschwand mit einem Lächeln im winzigen Hausflur. Sie schlüpfte in ihre Schuhe, zog eine Jacke über und verließ das Haus.

Die Auffahrt zum Freeway lag nur einen Steinwurf von ihrem Apartment entfernt. Gut gelaunt fuhr Libby nach Norden und pfiff die Musik aus dem Radio mit. Erst verlief die Interstate durch dicht besiedeltes Gebiet, bevor sie durch die Berge führte und schließlich auf Pleasanton zulief. Manchmal vermisste Libby ihr Zuhause, aber zum Glück war es ja nicht weit.

Eine halbe Stunde später hielt sie vor dem Vorgarten ihres Elternhauses am Straßenrand. Hier hatte sie immer gern gewohnt – lieber als in Los Angeles, wo sie die ersten Jahre mit ihrer Familie verbracht hatte.

Voller Vorfreude ging sie zur Haustür und klingelte, bevor sie die Tür aufschloss und ins Haus ging. Sie hatte immer noch einen Schlüssel, was für sie eine besondere Verbundenheit und Zugehörigkeit demonstrierte.

„Da bist du ja schon." Im Flur kam Libby ihre Adoptivmutter Sadie entgegen, die sie fest, aber gleichzeitig liebevoll umarmte.

An diesem Tag trug sie ihr langes, feuerrotes Haar offen. Das war ihr Erkennungsmerkmal und sie wäre nie auf die Idee gekommen, eine andere Haarfarbe tragen zu wollen.

„Hey", sagte Libby und schenkte Sadie ein Lächeln. „Ich habe heute frei und dachte, ich komme mal vorbei."

„Das ist eine tolle Idee", sagte Sadie, während sich eine kleine Gestalt an ihr vorbeimogelte und zu Libby huschte.

„Libby!", rief Hayley fröhlich und umarmte ihre große Schwester. Libby drückte die Neunjährige an sich und strich ihr über das lange blonde Haar. Im Gesicht geriet Hayley nach ihrer Mutter, aber in der Haarfarbe eher nach ihrem Vater.

„Na, wie geht's?", begrüßte Libby das Mädchen.

„Es ist toll, dass du da bist! Willst du sehen, was ich gemalt habe?"

„Klar." Libby ließ sich von Hayley ins Wohnzimmer ziehen. Auf dem Esstisch hatte Hayley unzählige Buntstifte ausgebreitet und war dabei, ein Bild von einer Katze zu malen.

„Das ist Figaro", sagte sie und Libby nickte wissend. Der Familienkater war leider vor etwas über einem Jahr verstorben, aber seine samtpfötige Gefährtin Mittens hatte wenig später Verstärkung von einem neuen Kätzchen namens Cookie erhalten. Libby kannte die Whitmans nicht ohne Katzen und konnte sich das Haus auch gar nicht anders vorstellen.

„Hallo", vernahm Libby in dem Moment die Stimme ihres Vaters und drehte sich um.

„Matt." Sie umarmte ihn herzlich und musterte ihn kurz. Anders als die jüngere Sadie hätte Matt tatsächlich auch ihr leiblicher Vater sein können. Inzwischen hatte er die ersten grauen Haare, die aber in seinem dunkelblonden Haar kaum ins Auge fielen. Er war groß und seiner muskulösen Statur war anzusehen, dass er viele Jahre bei der Polizei und beim FBI gearbeitet und sich fit gehalten hatte. Genau wie Sadie war er Libbys großes Vorbild.

„Wie geht es euch?", fragte Libby. Sadie holte ihnen Getränke aus der Küche, bevor sie sich zusammen aufs Sofa setzten. Hayley nahm wieder am Tisch Platz und fuhr mit dem Malen fort.

„Ganz gut soweit", sagte Matt. „Vor Weihnachten habe ich immer alle Hände voll zu tun, aber das ist ja gut. Plötzlich fällt den Leuten ein, dass sie unbedingt noch irgendwelche Fotos brauchen – ist immer dasselbe."

Libby grinste. „Als würdest du dich über eine gute Auftragslage beschweren."

„Niemals", erwiderte Matt belustigt. Er arbeitete nun schon seit einigen Jahren als freiberuflicher Fotograf und das sehr erfolgreich. Die Hauptverdienerin in der Familie war jedoch immer noch Sadie, die als Dozentin an der University of California in San Francisco Psychologie und Kriminologie lehrte. Als ehemalige FBI-Profilerin brachte sie auch alle notwendigen Voraussetzungen dafür mit. Libby war ihrer Adoptivmutter wahnsinnig ähnlich, wie ihr irgendwann einmal bewusst geworden war, und deshalb war es nur folgerichtig für sie, dass sie in Sadies berufliche Fußstapfen treten wollte.

Sie hatte Sadie vor zehn Jahren als Profilerin kennengelernt. Zusammen mit Matt hatte Sadie sich um sie gekümmert, als ihre Mutter getötet worden war und ein Jahr später hatten die beiden die damals fünfzehnjährige Libby adoptiert – ungeachtet der Tatsache, dass Monate zuvor ihre Tochter Hayley geboren worden war. Libby hatte Hayley immer als ihre kleine Schwester gesehen und liebte sie sehr. Sie verdankte der Familie Whitman einiges und hatte immer noch ein enges Verhältnis zu ihnen.

„Wie läuft es bei der Arbeit?", erkundigte Matt sich bei Libby.

„Ich hatte gestern die dritte Schicht."

„Und das, wenn Halloween auf einen Samstag fällt? Wie oft hat man euch in den Streifenwagen gekotzt?"

Libby lachte laut. „Du bist so mitfühlend, Matt. Nur einmal."

„Nur einmal? Das geht doch noch!"

„Das ist wahr", sagte Sadie.

„Das ging überhaupt nicht. Es war furchtbar."

„Als Polizist erlebt man so einiges, das weiß niemand besser als ich."

„Aber Modesto ist viel kleiner als San José!"

„Das heißt erst mal nicht viel", sagte Matt, der mehr als zehn

Jahre lang als Officer beim Modesto PD gearbeitet und als Polizeifotograf Tatortfotos geschossen hatte. Da hatte er schon die furchtbarsten Dinge vor die Linse bekommen, wie er nicht ganz ohne einen gewissen Hang zur sehr bildlichen Dramatik erzählt hatte. Halb verweste Leichen, Blut, Körperteile. Er war da abgehärtet.

„Und wie läuft es mit Miguel?", fragte Sadie.

„Ach, geht schon. Er gibt immer den erfahrenen Lehrer und möchte mir vermitteln, wie wichtig die Vorschriften sind."

„Sind sie", sagte Matt. „Du solltest dir an uns kein Beispiel nehmen, wir sind da nicht so ruhmreich ..."

„Aber manchmal geht es einfach nicht! Diese eine Sache regt mich so wahnsinnig auf."

„Was denn?", fragte Sadie mitfühlend.

„Ein Kerl, der dauernd seine Frau verprügelt. Das habe ich doch schon erzählt. Allein Miguel und ich waren, seit ich bei der Polizei bin, bestimmt schon sechs Mal dort. Sie musste letztens mit einem Armbruch ins Krankenhaus. Gestern hatte sie Nasenbluten und als er meinte, dass sie nur Streit hatten und sie Nasenbluten vom Stress bekommt, hat sie zugestimmt."

Matt seufzte. „So etwas habe ich auch erlebt."

„Das kennt jeder Polizist", sagte Sadie und beugte sich vor zu Libby. „Hört sie nicht auf euch?"

„Nein, kein bisschen. Sie nimmt ihn immer in Schutz. Ich habe ihr schon so viele Infos und Tipps gegeben, sie hat meine Karte, einfach alles. Aber trotzdem rufen immer wieder die Nachbarn an, wenn der Kerl seine Frau verprügelt und mir sind die Hände gebunden, weil sie ihn nicht anzeigen will."

„Aus persönlicher Erfahrung heraus kann ich dir sagen, dass es für eine Frau eigentlich immer schwieriger wird, sich noch zu wehren, je schlimmer es wird", sagte Sadie.

Libby erwiderte ihren Blick ernst. „Klar, du hast das zu Hause erlebt."

„Je schlimmer mein Vater meine Mutter verprügelt hat, desto mehr Angst hatte sie vor ihm. Das wird hier ähnlich sein. Meine Mutter konnte sich nicht davon befreien, ganz gleich, was er ihr oder uns angetan hat. Die Frauen sind wie in einer Schockstarre. War der Mann im Haus, als du mit ihr gesprochen hast?"

„Ja, das war bei einem der Einsätze, als wir gerufen wurden."

„Du könntest mal versuchen, sie abzupassen, wenn sie allein zu Hause ist. Sie muss verstehen, dass ihr Mann damit nicht aufhören wird, ganz gleich, wie sehr er Besserung gelobt. Er wird nicht aufhören, es wird nur noch schlimmer. Das könnte tödlich enden. Der eigene Lebenspartner stellt für Frauen dieser Altersgruppe das höchste Risiko dar, was gewaltsame Übergriffe und Tötungsdelikte angeht."

Libby nickte ernst. „Ich weiß. Ich kann mir das einfach nicht länger ansehen."

„Dann fahr mal dorthin, wenn der Mann nicht zu Hause ist, und sprich allein mit der Frau. Ganz allein, ohne Miguel. Stell eine persönliche Beziehung her. Das kannst du bestimmt."

„Hoffentlich", murmelte Libby und seufzte.

„Pack es zur Not auf die persönliche Schiene. Das habe ich auch schon getan. Man neigt ja dazu, die Frauen in Schutz nehmen zu wollen, aber das hilft leider gar nicht."

„Ich weiß … mal sehen. Versuchen will ich es auf jeden Fall."

„Ich finde es toll, mit wie viel Herzblut du das machst", sagte Matt.

„Natürlich, als Polizist trägt man doch Verantwortung. Ich will diese Erfahrung ja auch sammeln. Ich mache das nicht bloß, weil das FBI es verlangt."

„Das habe ich auch nie", stimmte Sadie ihr zu.

„Du sowieso nicht", murmelte Libby und blickte auf die gegenüberliegende Wand, an der die Fotos der Familie hingen. In der Mitte hing eine große Aufnahme, die Sadie und Matt vor über zehn Jahren zeigte. Beide standen stolz nebeneinander, Arm in Arm und mit ihren FBI-Dienstmarken in der Hand. Es hing immer noch im Wohnzimmer, auch wenn diese Episode längst vorüber war. Was nicht im Wohnzimmer hing, waren die Ehrenabzeichen, die man beiden nach ihrem Ausscheiden verliehen hatte, denn das wäre ihnen wie Angeberei erschienen.

Matt erkundigte sich nach Kieran und Libby fragte nach dem Rest der Familie im eine Autostunde entfernten Waterford, einem kleinen Nest im Hinterland jenseits von Modesto. Es freute sie, zu hören, dass es allen gut ging.

Wenig später erschien eine Katze im Wohnzimmer. Es war Cookie, die kleine weiße Katze mit den großen schwarzen Flecken. Die ältere und größere Mittens folgte ihr und beide nahmen Kurs auf Libby, um an ihr zu schnuppern und sie schnurrend zu umrunden. Libby streichelte die beiden und überlegte wieder einmal, dass sie auch gern Katzen gehabt hätte. Aber sollte sie sich jetzt welche anschaffen, wo sie doch in zwei Jahren nach Quantico wollte?

Wenn das FBI sie denn nahm. Zwar hatte Sadies früherer Chef Nick Dormer ihr da die größten Hoffnungen gemacht, aber sie wollte sich nicht darauf verlassen. Sie wusste, dass ihr Name ihr vorauseilte, denn den Namen Whitman kannte man beim FBI. Allerdings war es nicht so ihr Ding, sich mit fremden Lorbeeren zu schmücken. Sie wollte sich das selbst erarbeiten.

Sie unterhielt sich eine ganze Weile mit Sadie und Matt und beschäftigte sich auch mit Hayley, die sie liebte wie eine eigene Schwester. Zumindest glaubte sie das, denn Libby hatte nie eine leibliche Schwester gehabt.

„Möchtest du noch bei uns mitessen?“, fragte Matt schließlich, als es auf den Abend zuging und sie kochen wollten.

„Nein, ich wollte wieder nach Hause. Kieran hatte vorgeschlagen, etwas beim Thailänder zu holen.“

„Iiih“, machte Hayley entsetzt, die nicht viel von scharfem Essen hielt.

„Klingt doch auch lecker“, fand Matt, ohne auf den Kommentar seiner Tochter einzugehen.

„Ich lasse euch dann mal kochen“, sagte Libby und umarmte Matt zum Abschied. „Es ist immer schön, hier zu sein.“

„Wir haben dich auch sehr gern hier“, erwiderte Sadie. „Komm, ich bringe dich noch zur Tür.“

Hayley umarmte Libby ebenfalls noch stürmisch, bevor sie mit Matt in die Küche ging. Sadie und Libby gingen zur Tür, wo

Sadie ihre Tochter stolz in die Arme schloss und sie schließlich von Kopf bis Fuß musterte.

„Du wirst das schon schaffen", sagte sie. „Erzähl mir mal, was draus geworden ist."

„Sicher, das mache ich", versprach Libby und fügte nach kurzem Zögern hinzu: „Danke für die Unterstützung."

„Die ist dir sicher, egal wobei. Das weißt du."

Dankbar umarmte Libby Sadie, bevor sie zum Auto ging. Sie schaute noch einmal zurück, bevor sie losfuhr und sich auf den Weg zur Interstate machte.

Dass Special Agent Sadie Whitman sich damals ihrer angenommen hatte, als sie verstört auf der Flucht vor ihrem Vater und ihrem Onkel gewesen war, war das bislang größte Glück in ihrem Leben, denn es hatte ihr ein Leben mit allen Chancen eröffnet. Sie hätte die beiden nicht mehr lieben können, wären sie ihre leiblichen Eltern gewesen.

MONTAG, 2. NOVEMBER

Um zwanzig vor acht parkte Libby auf dem Mitarbeiterparkplatz des San José PD und machte sich auf den Weg ins Gebäude. Die Kollegen grüßten mit einem Nicken, das Libby gern erwiderte. Als Neuling versuchte sie, sich gut mit jedem zu stellen.

In der Umkleide herrschte nicht viel Betrieb, als sie hineinkam und zu ihrem Spind ging. Sie zog Pullover und Jeans aus und schlüpfte in ihre Uniform. Eine Kollegin wünschte ihr einen guten Morgen. Hinter einigen Spindreihen konnten sie das Gespräch mehrerer männlicher Kollegen belauschen.

Als sie sich umgezogen und ihre Dienstwaffe sicher am Gürtel befestigt hatte, verließ Libby die Umkleide und wäre dabei fast in Miguel gerannt, der gerade atemlos hineinstürmte.

„Guten Morgen", begrüßte Libby ihn grinsend.

„Fast verschlafen", erwiderte Miguel und zog sich bereits halb aus.

„Ich sichere uns schon mal einen guten Wagen."

„Klasse. Bis gleich."

Libby kümmerte sich auch zuerst um den Streifenwagen, bevor sie sich eine kugelsichere Weste besorgte. Im Ausrüstungsraum lagen in einer Ecke einige kleinere und leichtere kugelsichere Westen für die Frauen. Viele waren es nicht, denn nur etwas mehr als zehn Prozent der Mitarbeiter des San José PD waren weiblich. Schon in der Academy hatte Libby sich wie der bunte Hund gefühlt und festgestellt, dass ihre männlichen Kollegen sie nicht nur nicht schonten, sondern im Gegenteil besonders gern aufs Korn nahmen.

Sie wusste inzwischen, dass man alle gestellten Aufgaben als Frau besonders gut lösen musste, wenn man von den männlichen Kollegen ernst genommen werden wollte – und man durfte nicht zimperlich sein. Eigene Umkleiden? Gab es an der Academy genau so wenig wie hinterher im Department, weshalb sie gelernt hatte, immer irgendwelche langen Unterhemden zu tragen, mit denen sie sich nicht so nackt fühlte. Für eine separate Umkleide gab es weder Platz noch Geld.

Zwar hatten die Frauen immerhin ihre eigene Ecke im Umkleideraum, aber die Kollegen starrten trotzdem und sie fing sich regelmäßig irgendwelche Sprüche über ihr Äußeres. Da kam es ihr gelegen, dass sie schlagfertig und überhaupt nicht empfindlich war.

Während sie ihre kugelsichere Weste überzog, tauchte Miguel in seiner Uniform auf und half ihr dabei, die Klettverschlüsse zu schließen. Umgekehrt ging Libby ihm dabei zur Hand, die Weste anzuziehen und hielt ihm schließlich den Schlüssel für ihren Streifenwagen vor die Nase.

„Hat auch einen USB-Anschluss", sagte sie.

„Perfekt", sagte Miguel. Sie meldeten sich offiziell für den Dienst, gingen hinaus auf den Parkplatz und hielten Ausschau nach dem Dienstwagen. Es war ein neuerer Dodge Charger und keiner der älteren Ford Crown Victoria, die ihre besten Tage längst hinter sich hatten.

Wie immer fuhr Miguel. Er schloss sein Handy an und einigte sich mit Libby auf die Musik. Mit Rockmusik waren beide glücklich, deshalb dudelte sie leise im Hintergrund. Sie war nie so laut eingestellt, dass sie das Funkgerät übertönt hätte.

Es war ein sonniger Morgen. Sie fuhren ohne bestimmtes Ziel herum und behielten einfach alles im Auge. Auch tagsüber wurde in Wohngebieten eingebrochen, deshalb hielten sie Ausschau nach verdächtigen Aktivitäten. Außerdem behielten sie immer den Verkehr im Blick und patrouillierten auch rund um Schulen und Kindergärten.

Es war nicht Libbys bevorzugte Schicht, auch wenn sie die mit den normalsten Arbeitszeiten war. Allerdings passierte tagsüber selten etwas Spannenderes als die Schlichtung von Nachbarschaftsstreits, die Aufnahme von Verkehrsunfällen oder die Festnahme von Ladendieben. Tatsächlich hatte Libby es spannender gefunden, am Samstag die Betrunkenen in der Bar außer Gefecht zu setzen.

Sie folgten der 1st Street in Richtung Ryland, als Libby kurz entschlossen sagte: „Was dagegen, wenn wir kurz zu den Maxwells fahren?"

Miguel legte fragend die Stirn in Falten. „Was, der Prügelknabe von Samstag?"

„Genau der. Ich meine, ich will nicht zu ihm, sondern zu seiner Frau. Vielleicht redet sie mit mir, wenn er nicht dort ist."

Trotz ihrer Erklärung veränderte Miguels Gesichtsausdruck sich nicht im Geringsten. „Das ist doch gar nicht unser Job."

„Offiziell vielleicht nicht, aber waren wir jemals bei ihr, ohne dass der Mann anwesend war? Waren wir nicht, und warum? Weil wir ja immer erst dann gerufen werden, wenn die Hütte brennt. Vielleicht erreiche ich ja was bei ihr, wenn ich mit ihr allein rede, so von Frau zu Frau …"

„Ganz allein? Ohne mich?"

Libby musterte ihn kurz. „Du siehst nicht aus wie eine Frau."

Miguel seufzte gequält. „Libby, ehrlich … Es ist ja schön, dass du so engagiert bist, aber unser Job ist es gerade, hier Streife zu fahren und nicht, mit verprügelten Ehefrauen zu reden. Das bringt sowieso nichts, höchstens dich in Teufels Küche."

„Wieso? Lass es mich doch wenigstens versuchen! Vielleicht zeigt sie ihn dann endlich an und wir müssen nicht dauernd hinfahren, um ihn zu tadeln und unverrichteter Dinge wieder zu gehen."

Miguel überlegte kurz und knurrte: „Schön, meinetwegen. Vielleicht hast du ja Recht und das bringt was."

„Klasse." Libby freute sich und musterte sich noch einmal kurz in dem kleinen Spiegel an der Sonnenblende. Ja, sie sah nicht zu einschüchternd aus. Das wäre nicht gut gewesen.

Miguel bog in die Clayton Avenue ab und fuhr langsam bis zum Haus der Maxwells.

„Was für ein Auto fährt Luke Maxwell?", überlegte Libby.

„Keine Ahnung, ich glaube, da steht immer so ein halb verrosteter alter Ford in der Einfahrt. Jetzt ist er jedenfalls nicht da."

Er hatte Recht, die Einfahrt war leer. Libby beschloss, ihn nicht weiter zu nerven, sondern stieg aus und ging zur Haustür, wo sie beherzt klopfte. Es öffnete jedoch niemand. Libby klopfte erneut und ließ ihre Blicke über alle Fenster gleiten, die sie sehen konnte. Im Haus war es still.

Sie überlegte schon, ob sie wieder gehen oder zumindest einmal ums Haus gehen sollte, als doch geöffnet wurde. Nur einen Spalt breit und die Kette war vorgelegt, aber auf der anderen Seite der Tür stand Cassidy Maxwell und machte ein überraschtes Gesicht, als sie Libby sah.

„Oh, Officer", sagte sie nervös. „Was machen Sie denn hier?"

„Ich bin allein. Mein Partner ist noch im Auto. Ich bin hier, weil ich mit Ihnen reden möchte, Mrs. Maxwell. Darf ich reinkommen?"

„Reden? Worüber?"

„Über Ihren Mann. Über das, was am Samstag passiert ist. Ich möchte Ihnen helfen. Ihr Mann ist doch nicht da, oder?"

„Nein … Ich soll niemanden ins Haus lassen, wenn er fort ist."

Libby versuchte, sich ihr Entsetzen darüber, wie sehr Luke seine Frau bereits eingeschüchtert hatte, nicht anmerken zu lassen.

„Ich bin Polizistin, Mrs. Maxwell. Es passiert doch nichts Schlimmes."

Cassidy seufzte und nickte schließlich. „Augenblick."

Sie schloss die Tür, zog die Kette zurück und öffnete die Tür dann ganz. „Kommen Sie, Officer."

„Danke", sagte Libby und folgte Cassidy ins Haus. Es war das erste Mal, dass sie weiter als bis in den Flur kam. Die Tapete hatte schon bessere Tage gesehen, der Bodenbelag war uneben und knarrte. Libby warf einen kurzen Blick in die Küche, die penibel aufgeräumt war. Cassidy ging voran ins Wohnzimmer und bot Libby einen Platz auf einer durchgesessenen, dunklen Ledercouch an. Das Mobiliar war alt, aber dem alten Sofa gegenüber stand ein riesiger, neuer Flachbildfernseher. Libby erkannte die neueste PlayStation neben einigen anderen Geräten, die allesamt nicht so aussahen, als seien sie billig gewesen. Die Prioritäten hier waren also klar verteilt.

Cassidy war zu nervös, um Libby etwas zu trinken anzubieten, aber Libby fragte auch nicht. Sie beobachtete, wie Cassidy sich langsam auf das benachbarte Sofa setzte und ihren Rock glatt strich. Sie trug ihr Haar offen, aber als sie sich in einer gewohnheitsmäßigen Geste das Haar hinters Ohr zurückstrich, entdeckte Libby frische Würgemale an Cassidys Hals. Sie schluckte hart, versuchte aber, sich nichts anmerken zu lassen.

Cassidy trug ein Langarmoberteil, was zu der Jahreszeit zwar nicht verwunderlich war, aber Libby wäre nicht überrascht gewesen, hätten sich darunter weitere Blutergüsse verborgen.

Sie beugte sich ein wenig vor, um nicht allzu einschüchternd zu wirken, und überlegte kurz. „Wie lang geht das schon so?"

„Was meinen Sie?", fragte Cassidy.

„Dass Ihr Mann Sie so behandelt."

„Ich weiß nicht … Keine Ahnung, wie das angefangen hat und warum. Ich meine, eigentlich ist er nicht so."

Am liebsten hätte Libby geschrien. Das war so typisch.

„Er ist ganz genau so, Mrs. Maxwell. Er ist so, wie sie ihn täglich erleben."

„Nein, er ist eigentlich so ein zuvorkommender und verständnisvoller Mann. Er hat nur diesen Druck wegen der Arbeit."

„Welchen Druck?"

„Er verdient ja nicht so viel und es müsste so viel am Haus gemacht werden, aber das können wir uns nicht leisten und er will nicht, dass ich arbeiten gehe."

Auch das war typisch. Luke isolierte seine Frau, damit er sie besser kontrollieren konnte. Er hielt sie klein, zerstörte ihr Selbstvertrauen. Ihr Universum kreiste nur noch um ihn.

„Würden Sie denn arbeiten wollen?", fragte Libby.

„Schon, ja … Es würde uns helfen, aber Luke meint, ich kann mich ja nicht gleichzeitig ums Haus kümmern und arbeiten gehen. Da hat er wahrscheinlich Recht."

Wenn Luke das sagte. Sie hatte schon gar keine eigene Meinung mehr.

„Was macht Ihr Mann denn beruflich?"

„Ach, er arbeitet bei einer Autoverwertungsanlage südlich von Downtown. Nichts Besonderes."

„Und Sie?"

„Ich habe mal in einem Kindergarten gearbeitet."

„Das ist schön. Ich habe auch ein Semester Erziehungswissenschaften studiert."

„Sie haben studiert?" Cassidy blickte auf und ihre Augen leuchteten kurz. „Das hätte ich auch gern getan. Konnte ich mir nie leisten."

„Seit wann kennen Sie Luke?"

„Ich habe ihn in meinem letzten Jahr an der High School kennengelernt. Wir waren nicht auf derselben Schule, er ist ja auch einige Jahre älter."

„Ich schätze Sie auf Mitte zwanzig."

Cassidy nickte. „Ja, das stimmt."

„Und wann haben Sie geheiratet?"

„Ach, schon sehr bald ... Ich wollte von zu Hause raus und es hieb- und stichfest machen. Mein Vater trinkt, wissen Sie? Es gab immer Ärger zu Hause."

Cassidy brachte also die entsprechende Persönlichkeitsstruktur mit, um das alles mit sich machen zu lassen. Sie kannte es ja so. Ihr Versuch, sich zu befreien, war nach hinten losgegangen.

„Sind Sie verheiratet?", fragte Cassidy.

Libby schüttelte den Kopf. „Nein, aber ich lebe mit meinem Freund zusammen."

„Liebt er Sie?"

„Das denke ich schon. Jedenfalls hat er mich noch nie geschlagen", wagte Libby einen Vorstoß.

Cassidy zuckte zusammen und sagte: „Luke liebt mich auch, das sagt er mir immer wieder. Er hat ja Gründe, wütend auf mich zu sein."

„Vielleicht, aber er hat niemals Gründe, die Hand gegen Sie zu erheben. Kein guter Mann sollte das tun", sagte Libby.

„Es tut ihm immer leid ..."

„Ja, natürlich, und trotzdem tut er es immer wieder. Er wird es auch weiterhin tun. Er hört nicht damit auf. Niemals."

„Er versucht es ... Wenn er befördert wird und mehr Geld bekommt, dann ist der Druck weg und er wird sicher nicht mehr so schnell wütend. Früher war er doch auch nicht so."

Libby suchte Cassidys Blick und warte, bis sie einander in die Augen sahen.

„Sie haben frische Würgemale am Hals. Das darf er nicht tun, Mrs. Maxwell. Aus keinem Grund, kein einziges Mal."

„Er war wütend ..."

„Wir waren am Samstag hier. Heute ist Montag. War das gestern?"

Cassidy nickte.

„Wussten Sie, dass die meisten Frauen unseres Alters durch die Hand ihres Lebenspartners sterben?", fragte Libby. „Bei unverheirateten Paaren ist das Risiko noch etwas höher, aber obwohl ich noch nicht lange bei der Polizei bin, kenne ich solche Fälle."

Erschrocken sah Cassidy sie an. „Ist das Ihr Ernst?"

„Ist es. Ich will damit gar nicht sagen, dass er das tun will. Aber vielleicht hört er irgendwann nicht mehr rechtzeitig auf. Vielleicht rastet er irgendwann so sehr aus, dass er wie besinnungslos auf Sie einprügelt und Sie einen bleibenden Schaden davontragen. Oder Sie könnten sterben."

Nun zog Cassidy die Schultern hoch und nahm eine abwehrende Haltung ein. „Ich erwarte nicht, dass Sie das verstehen."

„Warum nicht?", fragte Libby.

„Sie ... sie sind doch ganz anders als ich. Ich glaube, Sie sind zwar so alt wie ich, aber uns trennen Welten."

„Das können Sie doch gar nicht wissen."

„Aber Sie sind so selbstbewusst. Ich meine, Sie sind Polizistin! Sie sind jeden Tag da draußen mit Ihrer Waffe und gehen das Risiko ein, selbst erschossen zu werden oder was auch immer. Das ist sehr mutig. Wie könnten Sie mich also verstehen?"

Libby erwiderte ihren Blick und zögerte kurz. Sollte sie es wirklich tun? Eigentlich wollte sie es nicht und sie war nicht sicher, ob es funktionierte, aber schließlich gab sie sich einen Ruck.

„Kennen Sie die Fundamentalistische Kirche Jesu Christi der Heiligen der Letzten Tage? Die Mormonensekte, der Warren Jeffs vorsteht."

Cassidy wirkte kurz irritiert, aber dann nickte sie. „Da heiraten die Männer doch mehrere Frauen."

„Genau. Sie glauben, dass man nur in den Himmel kommt, wenn man als Mann viele Frauen hat. Sie glauben auch, dass man sich als Frau immer dem Willen des Mannes fügen sollte. Dort leben die Männer mit all ihren Frauen und Kindern in einem Haushalt. Damit es genügend Frauen zum Heiraten gibt, werden immer wieder junge Männer aus der Sekte ausgestoßen. Die, die ohnehin etwas rebellisch sind und Ärger machen. Die werden teilweise in die Sekte geboren und kennen nichts von der Außenwelt – kein Fernsehen, keine Handys, nichts. Und auf einmal stehen sie vor der Tür."

„Das ist schlimm", sagte Cassidy.

„Nicht so schlimm wie das, was die Frauen mitmachen. Inzest bereitet dort niemandem das geringste Kopfzerbrechen. Kann es auch kaum, denn seit neuestem dürfen sich nur bestimmte, hoch angesehene Männer fortpflanzen, die sogenannten Samenbringer. Sex unter Eheleuten ist verboten, aber jeden Monat müssen die Frauen zu diesen Samenbringern und sich vergewaltigen lassen." Libby bemühte sich nicht um eine schonende Wortwahl, im Gegenteil. Sie sagte es, wie es war und ihr entging nicht, dass Cassidy tatsächlich kurz zusammenzuckte, als sie von Vergewaltigung sprach.

„Ist das wahr?", fragte Cassidy.

„Jedes Wort. Und wissen Sie, wieso ich das weiß?"

Nun schüttelte Cassidy den Kopf.

„Weil ich in die FLDS geboren wurde. Ich stamme eigentlich aus Utah. Mit vierzehn bin ich geflohen, als ich meinen Onkel heiraten sollte und der mich vorab mit dem Wissen meines Vaters schon mal angefasst hat, weil er wissen wollte, ob ich noch Jungfrau bin. Mein Vater hat meine Mutter aber auch geschlagen und vergewaltigt, als sie mit mir schwanger war, das war also kein Problem für ihn."

Wie vom Donner gerührt starrte Cassidy Libby an. „Dort kommen Sie her?"

Libby nickte. „Ich bin ganz allein weggelaufen, weil ich das alles nicht wollte. Ich hatte Angst davor. Ich wäre die fünfte Frau meines Onkels geworden. Allerdings war mein Vater so wütend über meine Flucht, dass er meiner Mutter den Schädel eingeschlagen hat. Ich habe sie nie wiedergesehen."

Cassidy hatte Tränen in den Augen und schluckte. „Du meine Güte … das ist furchtbar."

„Und falsch, oder?"

„Natürlich! Das ist ja entsetzlich."

„Nicht mehr als das, was Luke Ihnen antut, Mrs. Maxwell." Libby sah ihr fest in die Augen. Eine Träne löste sich aus Cassidys Auge.

„Aber … das können Sie doch gar nicht vergleichen."

„Warum nicht? Ihnen ergeht es doch gerade nicht anders als meiner Mutter. Ihr Mann schlägt Sie. Vergewaltigt er Sie? Die Würgemale würden dazu passen."

Stumm weinend sah Cassidy sie erst an, aber dann wandte sie verschämt den Blick ab. Schluchzend verbarg sie das Gesicht in den Händen.

„Ich kann nicht …"

„Das dachte ich auch. Bis ich weggelaufen bin. Ich habe damals gegen meinen Vater, meinen Onkel und den Anführer unserer lokalen Gruppierung vor Gericht ausgesagt. Sie sitzen heute noch im Knast, wo sie auch hingehören. Und jetzt bin ich hier, bei der Polizei, und ich kann Ihnen helfen, Mrs. Maxwell. Lassen Sie die Hilfe einfach zu."

Cassidy hatte noch immer die Hände vors Gesicht geschlagen und weinte. Libby ließ ihr Zeit und überlegte, ob sie der weinenden Frau die Hand auf die Schulter legen sollte, aber dann traute sie sich nicht.

Schließlich blickte Cassidy auf und wischte sich verschämt die Tränen ab. „Er ist doch mein Mann …"

„Ich weiß. Machen Sie nicht denselben Fehler, den meine Mum gemacht hat. Sie ist nicht zusammen mit mir weggelaufen. Hätte sie tun sollen, dann würde sie heute noch leben."

„Er würde nie …"

„Das wissen Sie nicht. Lassen Sie es nicht darauf ankommen. Sie sind so alt wie ich, sie haben doch ihr ganzes Leben noch vor sich. Wollen Sie sich denn den Rest Ihres Lebens von ihm schlagen lassen? Er hat keine Achtung und keinen Respekt vor Ihnen, egal was er behauptet. Natürlich gelobt er immer wieder Besserung, aber die wird nicht kommen, glauben Sie mir. Ein Mann, der seine Frau verprügelt, hört nicht damit auf. Niemals."

„Aber … ich kann nicht. Ich kann einfach nicht!"

„Das dachte ich auch. Ganz lange. Und dann konnte ich doch. Ich habe dem FBI erzählt, was ich erlebt habe und ich habe vor Gericht darüber ausgesagt, wie mein Onkel mich missbraucht hat. Das war hart, das kann ich nicht schönreden. Ich war erst fünfzehn. Aber ich hatte Hilfe von einer tollen FBI-Agentin und wenn Sie möchten, helfe ich Ihnen auch. Sie können bei mir Anzeige gegen Ihren Mann erstatten. Ich begleite sie überall hin, auch vor Gericht, wenn es sein muss. Ganz egal. Aber lassen Sie nicht zu, dass er Sie noch ein einziges Mal schlägt."

Cassidy war hin- und hergerissen, das konnte Libby deutlich sehen. Nach kurzem Zögern sagte Libby: „Sie können mich jetzt begleiten, wenn Sie wollen, oder Sie schlafen noch eine Nacht drüber. Haben Sie meine Karte noch?"

Cassidy schüttelte den Kopf. „Er hat sie zerrissen und weggeworfen."

Libby griff in ihre hintere Hosentasche und zog eine neue Visitenkarte heraus. „Rufen Sie mich an, wenn Sie wollen. Zu jeder Tages- und Nachtzeit. Ich komme gern zu Ihnen, aber Sie können auch zu mir kommen. Diese Woche habe ich tagsüber Schicht, er würde es also gar nicht merken."

Erwartungsvoll sah sie Cassidy an, die sich die Tränen abwischte, Libby dann die Karte abnahm und dann ihren Blick fest erwiderte.

„Danke, Officer …"

„Nennen Sie mich ruhig Libby."

„Danke, Libby. Ich denke darüber nach."

„Ja, das ist großartig. Ich bin für Sie da, okay?"

Cassidy nickte und bedankte sich erneut. Libby stand auf und ging voraus zur Tür. Am liebsten hätte sie die Frau postwendend ins Auto verfrachtet und ihre Aussage aufgenommen, aber jetzt musste sie sich noch ein bisschen gedulden. Immerhin hatte sie jetzt das Gefühl, endlich etwas bei Cassidy bewirkt zu haben.

Etwas langsamer folgte Cassidy ihr und blieb verschüchtert im Flur stehen, während Libby die Tür öffnete und ihr zunickte.

„Ich erwarte Ihren Anruf", sagte sie.

Cassidy nickte nur, sagte aber nichts. Libby verabschiedete sich von ihr und verließ das Haus. Miguel schaute von seinem Handy auf, als Libby zum Streifenwagen kam und neben ihm auf dem Beifahrersitz Platz nahm.

„Und?", fragte er gespannt.

„Ich glaube, ich habe sie zum Nachdenken gebracht."

„Aha. Zum Nachdenken."

„Ja, es war gar nicht so schlecht."

„Mitgekommen ist sie nicht."

„Jetzt lass der armen Frau doch etwas Bedenkzeit! Ich bin ja froh, dass sie mich reingelassen und mir zugehört hat."

„Ach, die kommt doch niemals ins Department. Glaub ich nicht."

Libby stöhnte. „Jetzt sei doch nicht so negativ! Jede Wette, dass sie es doch tut."

„Okay, bin dabei. Ich setzte zwanzig Dollar dagegen."

„Ist das dein Ernst? Da wettest du um Geld?"

„Nicht?"

„Etwas mehr Anstand hatte ich dir ja zugetraut, Miguel Alvarez."

„Dann eben nicht. Ich wette trotzdem, dass sie nicht kommt."

„Kannst du ja machen." Libby war anderer Meinung und sie hoffte inständig, dass sie Recht hatte – vor allem für Cassidy.

Nachdenklich starrte Cassidy auf die Visitenkarte in ihrer Hand. Liberty Whitman, Officer des San José Police Department.

Eine nette Polizistin. Die netteste von allen, die Cassidy bis jetzt kennengelernt hatte – und das waren in letzter Zeit einige gewesen. Die Rosenheims riefen die Polizei immer dann, wenn Cassidy glaubte, dass Luke völlig die Beherrschung verlor. Die

Polizei entschärfte die Lage dann und sie boten Cassidy jedes Mal an, eine Anzeige gegen Luke aufzunehmen.

Aber das konnte sie doch nicht tun. Luke war ihr Mann! Er tat das nicht, weil er sie nicht liebte, sondern weil sie ihm Grund gab, sich aufzuregen.

Sie konnte ihn verstehen, er hatte doch so viel Druck. In seinem Betrieb wurden gerade Stellen abgebaut und er fürchtete, dass es ihn treffen konnte. Dann standen sie ohne Einkommen da. Seit man ihr seinerzeit gekündigt hatte, hatte Luke sich dagegen ausgesprochen, dass sie sich einen neuen Job suchte, aber nun musste er allein für sie sorgen.

Er hatte ja auch Recht, sie konnte sich nicht so gut um den Haushalt kümmern, wenn sie noch arbeiten musste ... jetzt hatte sie viel mehr Zeit. Luke war durchaus anspruchsvoll, er hatte es gern sauber und gemütlich, wenn er nach Hause kam.

Aber in letzter Zeit hatte er besonderen Druck. Cassidy wusste nicht, wieso. Er rastete wegen jeder Kleinigkeit aus – und dann schlug er sie. Er warf auch Dinge nach ihr. Manchmal ging er so weit, dass er sie würgte. Davon hatte sie auch schon das Bewusstsein verloren.

Und manchmal hatte er auch Sex mit ihr, um Druck abzulassen. Bis jetzt hatte sie das nicht in Frage gestellt, aber vielleicht hatte Officer Whitman Recht und das war falsch. Alles.

Oder doch nicht? Er war ihr Mann. Wie konnte ihr Mann sie denn vergewaltigen? Ging das überhaupt?

Ratlos steckte sie die Visitenkarte ein und ging in die Küche. Langsam musste sie mit dem Abendessen anfangen, wenn sie pünktlich fertig sein wollte. Bald kam Luke nach Hause und er würde hungrig sein.

Doch während sie in der Küche stand, spielten ihre Gedanken verrückt. Keiner der anderen Officers hatte sich je die Mühe gemacht, noch mal herzukommen und mit ihr zu sprechen. Sie alle hatten ihr gesagt, sie solle sich von Luke trennen und ihn anzeigen. Aber sie konnte sich nicht von ihm trennen, wovon sollte sie dann leben? Sie hatte doch nichts.

Officer Whitman hatte sie beeindruckt. So eine mutige Frau.

Sie war wirklich stark und das trotz allem, was sie in ihrem Leben schon mitgemacht hatte. Vielleicht war es ihr deshalb auch nicht egal, was bei ihr und Luke passierte.

Cassidy glaubte ihr, dass sie in der Lage war, ihr zu helfen. Wenn überhaupt jemand, dann sie.

Ein anderes Leben … hatte sie den Mut dazu? Sie wusste es nicht. Während sie das Gemüse kleinschnitt, versuchte sie, sich vorzustellen, wie ein anderes Leben überhaupt aussehen würde. Luke würde sie ja nicht in Ruhe lassen. Sie würde irgendwo ganz von vorn anfangen müssen. Sie hatte nicht mal eine richtige Ausbildung …

Cassidy wusste nicht, ob sie das wagen konnte. Sie wollte ja auch nicht, dass Luke ins Gefängnis musste. Eigentlich liebte sie ihn doch. Er sagte ihr ja auch, dass er sie liebte. Es musste stimmen, sonst hätte er nicht mit ihr zusammenleben wollen. Er sagte ihr immer, was sie tun sollte, damit es besser für sie beide lief und sie gab sich auch solche Mühe …

Aber er würgte sie. Er schlug sie. Er hatte ihr schon den Arm gebrochen. Vielleicht hatte Officer Whitman Recht und er hörte irgendwann wirklich nicht mehr rechtzeitig auf.

Sie war so in Gedanken, dass ihr die Kartoffeln in der Pfanne fast anbrannten. Darüber kam Luke nach Hause. Cassidy nahm die Pfanne vom Herd und begutachtete die Kartoffeln. Gerade noch mal gutgegangen.

„Ich bin wieder da", sagte Luke von der Küchentür aus und lächelte. „Was kochst du Leckeres?"

„Fleisch, Kartoffeln und Gemüse", sagte Cassidy.

„Hört sich gut an. Bin gleich da."

Während er verschwand, deckte Cassidy den Tisch. Wenig später war er zurück und setzte sich an den Tisch, als sie ihnen alles auf zwei Tellern servierte.

„Das ist genau das Richtige nach einem anstrengenden Tag", sagte Luke, während er das Besteck in die Hand nahm. „Ich habe mich auf ein tolles Essen von meiner Frau gefreut."

Cassidy lächelte glücklich. Wie hatte sie je an ihm zweifeln können?

„Ich hoffe, es schmeckt dir", sagte sie.

Luke lächelte und begann zu essen. Zuerst probierte er das Fleisch und nickte. Als er auch von den Kartoffeln nahm, verzog er nach wenigen Augenblicken das Gesicht und knallte das Besteck auf den Tisch.

„Was für einen Fraß setzt du mir denn da vor? Das ist ja angebrannt!", brüllte er quer über den Tisch.

Cassidy sank in sich zusammen. „Tut mir leid ..."

„Ich fasse es einfach nicht! Was kannst du eigentlich?"

Tränen brannten in ihren Augen. Wann würde er aufstehen und sie schlagen? Würde er den Teller vom Tisch fegen? So etwas hatte er schon getan. Sie musste dann alles aufsammeln.

Vielleicht hatte Officer Whitman wirklich Recht und es war nicht richtig, dass er so mit ihr umging.

„Es tut mir leid, ich kann dir ja was anderes machen", bot sie an.

Jetzt flog tatsächlich der Teller vom Tisch. „Natürlich, wir haben es ja! Du gehst so leichtfertig mit dem Geld um, das ich dir gebe! Du könntest ja auch einfach mal was richtig machen."

Cassidy blickte auf den Teller und das Essen, das Luke zu Boden geworfen hatte.

„Schrei mich nicht so an."

„Wie war das?", keifte er.

„Du sollst mich nicht so anschreien. Es tut mir leid, aber du musst nicht gleich laut werden."

Er lachte kurz. „Was, werden wir jetzt plötzlich aufmüpfig? Dir geht es wohl zu gut."

„Nein", sagte Cassidy kopfschüttelnd, stand auf und zog ihren Pullover hoch, um ihm die Blutergüsse an den Rippen zu zeigen, die er ihr vor zwei Tagen beigebracht hatte. „Es geht mir gar nicht gut, Luke. Mein Mann verprügelt mich. Was ist daran gut?"

„Du undankbares Stück Scheiße!", brüllte er. Als er auf sie losgehen wollte, ergriff Cassidy die Flucht und lief um den Tisch herum, dann griff Luke nach ihrem Glas und warf es nach ihr. Während Cassidy noch in Deckung ging und hinter ihr alles zersplitterte, sprintete Luke um den Tisch herum und packte sie an den Haaren. Er warf sie bäuchlings auf den Tisch und drückte sie mit einem Arm darauf nieder.

„Werden wir jetzt übermütig, ja?“, zischte er ihr ins Ohr.

„Du tust mir weh“, stieß Cassidy schluchzend hervor.

„Anscheinend nicht weh genug!“ Luke riss sie wieder hoch und verpasste ihr eine schallende Ohrfeige.

„Mach das hier sauber!“

Zitternd und keuchend starrte Cassidy ihn an. „Mach doch selbst.“

„Du machst das jetzt sauber!“, brüllte er ihr ins Gesicht.

Cassidy wusste nicht, woher sie den Mut nahm, aber sie schüttelte den Kopf.

„Du solltest mal lernen, mich besser zu behandeln.“

„Wie war das? Tanzt mir jetzt schon meine eigene Frau auf der Nase herum?“ Luke packte sie, drückte sie rücklings gegen die nächste Wand und würgte sie mit beiden Händen. Cassidy wimmerte und schlug nach ihm, aber das beeindruckte ihn nicht.

Sein Gesicht kam ihrem gefährlich nach. „Du wirst das jetzt sauber machen, klar?“

Erst drei Sekunden später ließ er sie los. Cassidy hustete und ging weinend in die Knie.

„Warum bist du nur so?“

„Du lässt mir ja keine Wahl, Cass. Denkst du, ich freue mich über den Fraß, den du mir hier vorsetzt? Ich gehe hart arbeiten für das Geld, von dem du hier unser Essen einkaufst. Du bist wirklich undankbar. Mach das sauber!“

Cassidy schüttelte den Kopf. Er musste nur noch ein bisschen länger so laut brüllen, dann würden die Rosenheims die Polizei rufen. Das war dann zwar nicht Officer Whitman, fürchtete sie, aber wenn die Polizei kam, würde sie mitgehen. Diesmal würde sie ihn anzeigen. Officer Whitman hatte ihr ja gesagt, dass sie jederzeit anrufen konnte.

Cassidy holte tief Luft. „Die Polizistin hat Recht, ich sollte dich wirklich anzeigen.“

„Wie war das?“, brüllte Luke.

Cassidy hob den Kopf, um ihn anzusehen, aber zu spät. Sie sah seinen Tritt nicht kommen. Er trat ihr gegen den Kopf, dann stieß er sie rücklings zu Boden. Er setzte sich auf sie und legte erneut die Hände um ihren Hals.

„Dir werde ich es noch zeigen", sagte er, bevor er zudrückte. Cassidy begann zu zappeln, sie trat um sich und hielt seine Handgelenke umklammert. Mit aller Kraft versuchte sie, seine Hände von ihrem Hals zu lösen, aber sie schaffte es nicht. Luke war zu stark. Er würgte sie weiter und starrte sie dabei entschlossen an, fast hasserfüllt.

Sie musste an Officer Whitmans Worte denken: Vielleicht ging er irgendwann zu weit und tötete sie, ohne es zu wollen.

Die Polizistin hatte Recht gehabt. Jetzt wusste Cassidy es. Sie wusste, dass es ein Fehler gewesen war, sie nicht zu begleiten, bevor alles um sie herum schwarz wurde.

Mittwoch, 4. November

Auf der 10th Street in Horace Mann war eine junge Frau einer älteren Dame hinten aufgefahren, die abrupt und grundlos gebremst hatte. Die Zentrale hatte Libby und Miguel geschickt, um die Unfallstelle zu sichern und das Unfallgeschehen sowie die Personalien aufzunehmen. Ins Krankenhaus musste niemand, aber sie brauchten Abschleppwagen und mussten den Verkehr umleiten, solange die Straße blockiert war.

So routiniert, wie Libby mit vier Monaten Berufserfahrung sein konnte, wickelte sie mit Miguel das Geschehen ab. Natürlich war der Unfall kurz vor der Mittagspause passiert, die sie deshalb gezwungenermaßen verschoben hatten. Mit knurrendem Magen stieg Libby schließlich wieder in den Streifenwagen.

„Wollen wir zu Ike's Sandwiches?", schlug Miguel vor, als er ebenfalls im Auto saß.

„Oh, gute Idee. Darauf habe ich jetzt Hunger."

„Ich fahre uns hin."

Libby schnallte sich an, während Miguel den Motor startete und losfuhr. Er bog auf die Santa Clara Street ab und als die 7th Street kreuzte, vermied Libby es tunlichst, aus dem Fenster zu sehen. Dort hatte die Studentenverbindung ihres Freundes Kieran ihr Verbindungshaus gehabt. Das Haus, in dem vor Jahren ein Student beim rituellen Komasaufen ums Leben gekommen war, wovon Kieran damals durch seinen Freund Ryan erfahren hatte. In dem Haus hatte auch Kieran sich demütigen lassen, um Mitglied in der Verbindung zu werden.

Und dorthin hatte der Verbindungschef Ron Hawkins Libby gebracht, um Kieran und Ryan in eine Falle zu locken und sie davon abzuhalten, ihm Scherereien wegen des toten Studenten zu machen. Dort hatte er Libby in sein privates Bad gesperrt, mit Handschellen an die Heizung gekettet und bewusstlos geprügelt, bevor er …

Libby schloss die Augen und atmete tief durch. Es war schon so lang her. Fünf Jahre. Sie hatte ihn dafür angezeigt. Sie hatte vor Gericht gegen ihn ausgesagt und dafür gesorgt, dass er erst wieder aus dem Gefängnis kam, wenn seine besten Jahre eigentlich schon vorbei waren. Daran war sie gewachsen. Trotzdem löste es Beklemmungen in ihr aus, sich in die Nähe dieses Hauses zu begeben.

Sexuelle Gewalt war etwas, das sie schon ihr ganzes Leben lang begleitete, dessen war sie sich bewusst. In der FLDS war sie damit aufgewachsen und davor geflohen in der Hoffnung, dass es in der normalen Welt besser war, aber leider hatte sie längst gelernt, dass dem nicht so war. Das hatte ihr nicht erst Ron Hawkins gezeigt, aber diese grässliche Erfahrung war es, die sie ihr erstes Studium hatte schmeißen lassen, um auf Psychologie und Verhaltensforschung umzusatteln – das, was sie brauchen konnte, um Profilerin beim FBI zu werden. Genau wie Sadie, ihre Adoptivmutter.

Libby wusste, warum speziell Sadie dazu bereit gewesen war, sie zu adoptieren,denn ihr war es einst nach dem gewaltsamen Tod ihrer Familie ähnlich gegangen. Bei ihr war es Onkel Norman, dem sie alles verdankte und der ihr ein neues Leben ermöglicht hatte.

Dass Sadie und Matt sie bei sich aufgenommen hatten, war der größte Glücksfall in Libbys Leben. Und jetzt trat Libby in Sadies riesengroße Profiler-Fußstapfen – zumindest war das der Plan. Das FBI verlangte für die Bewerbung einen Collegeabschluss, ein Mindestalter von 23 Jahren und den Nachweis von zwei Jahren Berufserfahrung.

Letzteres war das Einzige, was Libby noch fehlte. Genau wie Sadie damals wollte sie diese zwei Jahre Berufserfahrung bei der Polizei sammeln, weil ihr das am logischsten erschien. Bisher hatte sie diese Entscheidung auch noch nicht bereut, ganz gleich, wie hart der Job manchmal war.

Bei Ike's holten sie sich die Sandwiches im Laden, aßen aber im Auto, immer in Hörweite des Funkgeräts. Dabei beobachteten sie ständig das Treiben auf der Straße und hielten Ausschau nach etwas, das Miguel liebevoll DNRA nannte: Dinge, die nicht richtig aussehen. Polizeiarbeit hatte auch viel mit Instinkt zu tun und Libby wusste, dass sie diesen Instinkt hatte.

Zumindest ging sie davon aus, auch wenn sie etwas verunsichert war wegen Cassidy Maxwell. Bis jetzt hatte die Frau sich nämlich nicht wieder bei ihr gemeldet.

Das Gute war: Es war auch kein Notruf aus der Nachbarschaft mehr eingegangen. Allerdings hatte sie schon am Vortag immer wieder auf ihr Handy gestarrt, auf einen Funkspruch gehofft oder etwas in der Art – doch nichts.

Ob Cassidy es sich anders überlegt hatte? Libby hoffte so sehr, dass die Frau den Mut aufbrachte, sich von ihrem Mann zu befreien.

Sie musste einfach. Häusliche Gewalt war etwas, das Libby gründlich gegen den Strich ging. Ihr eigener Vater hatte nicht davor zurückgeschreckt, sich mit Gewalt durchzusetzen, und das volle Programm hatte Sadie erlebt: Schläge, Drohungen, Knochenbrüche, Angst, Versöhnungen, Streits, Anrufe der Nachbarn bei der Polizei – und schließlich den Tod ihrer ganzen Familie durch die Hand ihres Vaters.

Libby durfte nicht zulassen, dass Cassidy etwas zustieß. Sie sahen doch das Problem, wie konnte es sein, dass ihnen die Hände gebunden waren? In solchen Momenten hätte sie die Vorschriften zu Teufel jagen mögen.

Als sie aufgegessen hatte, starrte sie mit unbeteiligter Miene weiter aus dem Fenster und sagte: „Können wir gleich mal kurz auf der Clayton Avenue vorbeifahren?"

Miguel grinste schief. „Ich wäre ja jetzt zwanzig Dollar reicher."

„Ich wusste nicht, dass da ein Countdown lief."

„Nein, aber ich habe dir doch gesagt, das wird nichts."

„Ach, komm schon."

„Ja, von mir aus. Du hörst ja sonst doch nicht auf."

Erst erwiderte Libby nichts, aber als Miguel Kurs auf die Clayton Avenue nahm, murmelte sie: „Danke."

„Du bist echt zu idealistisch für den Job."

„Ich muss das doch versuchen! Wer kümmert sich denn um sie, wenn nicht wir?"

„Wir sind die Polizei, nicht die Heilsarmee."

Libby erwiderte nichts. Ja, vielleicht war sie Idealistin. Seit wann war das ein Problem?

Sie bogen in die Clayton Avenue ein und fuhren bis zum Ende. Die Einfahrt war leer. Libby überlegte kurz, aber dann stieg sie aus und ging zur Haustür, um zu klopfen. Sie wartete geduldig, aber es öffnete niemand. Skeptisch nahm sie das Haus in Augenschein und beobachtete die Fenster, aber es rührte sich nichts. Unverrichteter Dinge kehrte sie zum Streifenwagen zurück und setzte sich wieder auf den Beifahrersitz. Miguel wendete und fuhr weiter.

„Okay, vielleicht hattest du auch einfach Erfolg und sie hat den Kerl verlassen", sagte er, als sie zwei Straßen weiter waren.

„Meinst du?"

„Keine Ahnung. Oder sie ist einkaufen."

Libby erwiderte nichts. Sie hoffte sehr, dass Cassidy tatsächlich einfach ihre Sachen gepackt und Luke verlassen hatte.

Den anderen Gedanken wollte sie nicht zulassen, aber sie wollte sich auch keinen Hirngespinsten hingeben.

Zumindest war das die Idee. Tatsächlich beschäftigten die Gedanken an Cassidy sie die ganze Schicht über. Kurzerhand beschloss sie nach Feierabend, noch einmal dort vorbeizufahren, auch wenn das einen kleinen Umweg bedeutete. Allerdings sah sie schon von weitem, dass Luke Maxwells Auto in der Einfahrt stand, weshalb sie rechtzeitig kehrt machte und nach Hause fuhr. Ihn würde sie jedenfalls nicht nach dem Verbleib seiner Frau fragen und in Zivil schon überhaupt nicht.

Zu Hause angekommen, betrat sie eine leere Wohnung. Sie surfte ein wenig im Internet, während sie auf Kieran wartete, der jedoch auch bald eintraf.

„Was für ein Höllentag", sagte er, nachdem er die Wohnungstür hinter sich zugeworfen hatte. „Ein Meeting jagt das nächste. Und bei dir?"

„Ach … ein Unfall, ein Nachbarschaftsstreit, ein Einbruch … solche Dinge. Nichts Besonderes."

„Nichts Besonderes, sprach die Polizistin … Für die Menschen, mit denen du da zu tun hast, ist es das vermutlich doch."

„Ja, da hast du wohl Recht. Hast du Hunger?“

„Ziemlich, und du?“

„Ich auch. Lass uns kochen.“

Kieran war einverstanden. Sie machten sich Musik an, während sie sich in der Küche der Zubereitung eines Abendessens widmeten.

Inzwischen hatte Libby sich daran gewöhnt, dass sie beide nun einen Job hatten und regelmäßig zur Arbeit gingen. Vorbei war das schöne Studentenleben, das sich doch sehr viel freier angefühlt hatte.

Schließlich saßen die beiden mit dem Essen an ihrem kleinen Tisch in der Küche, an den sie nur zu zweit passten, und aßen. Dabei merkte Libby gar nicht, wie sie gedankenversunken ins Nichts starrte.

„Du bist so still“, sprach Kieran sie an. „Woran denkst du?“

„Ach, bloß diese Frau, mit der ich am Montag gesprochen habe.“

„Die von ihrem Mann geschlagen wird?“

Libby nickte. „Ich habe noch nichts von ihr gehört.“

„Denkst du, sie hat Angst?“

„Keine Ahnung. Wir waren heute dort und es hat niemand geöffnet. Nach Feierabend war ich noch mal da, aber da war der Mann zu Hause.“

„Und dann hast du natürlich nicht geklingelt.“

„Nein, um Gottes Willen.“ Libby schüttelte den Kopf und fügte nach kurzem Zögern hinzu: „Miguel meint, ich würde es übertreiben. Ich wäre eine Idealistin, hat er gesagt.“

„Bist du auch. Na und? Ist das was Schlechtes?“

„Bei ihm klang es so.“

„Du machst deinen Job halt gern und du nimmst ihn sehr ernst. Da kann ich kein Problem erkennen.“

„Vielleicht bin ich da auch bloß durch Sadie vorbelastet, aber ich habe schon die absurdesten Dinge erlebt. Die Frau meldet sich nicht, mir hat niemand die Tür aufgemacht – da geht mein Kopfkino an und ich sehe sie tot im Coyote Creek vor mir. Das ist doch nicht normal. So kann ich meinen Job nicht machen.“

„Versuch es weiter. Zur Not frag die Nachbarn, die rufen doch auch immer bei euch an."

Libby lächelte ihn dankbar an. „Es ist lieb, dass du mich auch noch unterstützt."

„Klar tue ich das! Hey, ganz ehrlich, das erwartet man doch auch von der Polizei, oder nicht? Dumm genug, dass ihr den Kerl nicht festnehmen könnt, weil sie es leugnet. Aber wenn du dich nicht um sie kümmern würdest, wer würde es dann tun?"

Darauf musste Libby nicht antworten, denn das hatte sie sich ja auch schon überlegt. Sollten ihr die Kollegen doch zu verstehen geben, dass sie es übertrieb – das hatte Sadie in ihrem Job auch oft getan. Sie war eigentlich immer persönlich involviert gewesen, das kannte Libby gar nicht anders. Aber genau dieses Engagement hatte ihre Mum zu der überragenden Profilerin gemacht, die sie nun einmal war und die der Director des FBI persönlich gebeten hatte, doch wieder zurückzukommen.

„Komm, wir bringen dich auf andere Gedanken", sagte Kieran schließlich. „Wir machen einen gemütlichen Sofaabend, was meinst du?"

„Das ist eine grandiose Idee, Mr. Woodley", erwiderte Libby und gab ihrem Freund einen Kuss.

Montag, 2. November

Sie wurde von Schmerzen geweckt. In ihrem Kopf hämmerte es und als sie schluckte, spürte sie, wie fest Luke beim Würgen zugedrückt hatte. Benommen öffnete Cassidy die Augen und war für einen Moment nicht sicher, ob sie die Augen wirklich offen hatte, denn um sie herum war es pechschwarz.

Sie wollte schreien, aber da spürte sie, dass sie geknebelt war. In ihrem Mund steckte ein Stück Stoff, ihr Kopf war unterhalb der Nase mit Klebeband umwickelt. Ein erstickter Schrei entrang sich ihrer Kehle, sie begann zu zappeln.

Sie lag gefesselt am Boden. Während sie in der Finsternis versuchte, alles um sich herum zu erspüren, stellte sie fest, dass sie nackt war.

Sie wimmerte und zappelte, aber sie konnte sich kaum rühren. Ihre Hände waren auf dem Rücken mit Handschellen gefesselt, auch ihre Füße waren zusammengebunden. Sie hatte Panik. Verzweifelt versuchte sie, zu schreien oder sich aufzurichten, aber sie konnte nicht.

Was hatte Luke mit ihr getan?

Es war totenstill um sie herum, deshalb glaubte sie plötzlich zu wissen, wo sie war. Bestimmt hatte er sie in dem fensterlosen Kellerraum mit der Stahltür eingesperrt. Das tat er ja manchmal, wenn sie ihm zu widerspenstig war und er meinte, sie bestrafen zu müssen. Er hatte sie schon eine ganze Nacht und einen ganzen Tag dort eingesperrt und ihr sämtliche Nahrung verweigert, aber immerhin hatte er das Licht angelassen.

Was hatte er jetzt vor?

Unwillkürlich musste sie wieder an die Polizistin denken. Sie hatte Recht gehabt. Diese kluge junge Frau …

Warum hatte sie nicht auf Officer Whitman gehört? Warum?

Was würde Luke jetzt mit ihr machen?

Ihr kamen die Tränen. Sie hatte Hunger und ihr war kalt, die Fesseln bereiteten ihr Schmerzen. Ihre Angst wuchs.

War Luke jetzt wirklich zu allem bereit?

Sie hätte gehen sollen. Sie hätte Officer Whitman wirklich

gleich begleiten sollen. Sie hatte es ihr doch gesagt. Warum nur hatte sie nicht hören wollen?

Cassidy weinte, denn mehr konnte sie nicht tun. Jetzt bereute sie es, dass ihr der Mut gefehlt hatte.

Ob sie überhaupt noch eine zweite Chance bekam?

Bei der ersten Gelegenheit würde sie weglaufen. Wenn Luke sie wieder rausholte, war sie weg. Notfalls auch nackt, ganz egal. Sie musste zu Officer Whitman. Sie würde ihr helfen, sie hatte es ihr doch versprochen.

An dieser Hoffnung klammerte sie sich fest, während sie unter Schmerzen und Angst dasaß und sich fragte, was jetzt geschehen würde. Das war echte Folter.

Sie wusste nicht, wie viel Zeit verstrichen war, als plötzlich das Licht aufflammte und Cassidy geblendet blinzelte. Tatsächlich befand sie sich im Keller. Die schwere Stahltür wurde entriegelt und schwang auf, dann stand Luke vor ihr. Flehend sah Cassidy ihn an.

Und ihn hatte sie mal geliebt. Sie hatte ihn geheiratet. Damit er ihr jetzt das antat …

„Na, wieder wach?“, fragte er.

Verzweifelt versuchte Cassidy, sich verständlich zu machen, während er den Raum betrat und vor ihr stehenblieb. Mit vor der Brust verschränkten Armen musterte er sie abschätzig.

„Immer noch so vorlaut?“

Cassidy wusste nicht, wie sie reagieren sollte. Er löste sich aus seiner Pose, kniete sich vor sie und hielt ihr die Visitenkarte von Officer Whitman vor die Nase.

„Das war eben gar kein Spruch, oder? Das habe ich in deinen Sachen gefunden. Die Polizistin war noch mal hier.“

Cassidy starrte ihn einfach nur an. Ohne Vorwarnung schlug er ihr ins Gesicht. „Antworte gefälligst! Wann war sie hier? Heute?“

Sollte er doch denken, was er wollte. Cassidy hatte nicht vor, es ihm zu sagen, aber da schlug er ihr mit der Faust in den Magen.

„War sie heute hier?“, brüllte er und trat ihr so fest in den

Oberkörper, dass ihr die Luft wegblieb und ihr schwarz vor Augen wurde. Ein grauenvoller Schmerz breitete sich von ihren Rippen her aus. Cassidy hatte Todesangst, denn offensichtlich war Luke zu allem bereit.

„Du wirst mich kennenlernen, das sage ich dir. Jetzt erst recht."

Er verließ den Raum kurz und kehrte dann mit einem Stift und einem kleinen Notizblock zurück. Cassidy wimmerte vor Schmerz und schrie erstickt auf, als er sie hochzog und sich an ihren Handschellen zu schaffen machte.

„Du wirst jetzt etwas schreiben, was ich dir diktiere, ist das klar?"

Sie hätte gern etwas erwidert, aber sie konnte nicht. Erstickt schluchzend hockte sie da und unternahm den halbherzigen Versuch, sich gegen ihn zu wehren und ihn zu schlagen, als er ihr die Handschellen abgenommen hatte. Daraufhin schlug er ihr mit der Faust ins Gesicht und traf ihr Auge.

„Leg dich nicht mit mir an, du Miststück. Du wirst das jetzt schreiben, ist das klar? Ich breche dir jeden Knochen einzeln, bis du es tust."

Cassidy bekam kaum Luft und konnte vor lauter Tränen nichts sehen. Ihre Rippen schmerzten bei jedem Atemzug, ihr Auge schwoll zu. Als Luke ihr jetzt den Block und den Stift hinhielt, nahm sie beides und schrieb das, was er ihr befahl. Erstickt versuchte sie, sich verständlich zu machen, aber er nahm ihr beides wieder weg, als sie fertig war und grinste zufrieden.

„So ist es brav. Dass du es immer auf die harte Tour haben musst!"

Schluchzend sah sie ihn an, aber er packte ihre Handgelenke, zog sie auf ihren Rücken und legte ihr die Handschellen wieder an.

„Nein, du bleibst jetzt hier, und wenn diese Polizistin nach dir sucht, bist du weggelaufen." Luke deutete auf die Notiz, die sie geschrieben hatte.

„Du wirst dich jetzt nützlich machen, Cass. Das wird dir deine vorlaute Art schon austreiben."

Verständnislos sah Cassidy ihn an. Wovon redete er da?

„Morgen geht es los, dann wirst du für mich arbeiten. Du wirst dir noch wünschen, du hättest dich nicht mit mir angelegt, aber jetzt ist es zu spät. Und niemand, absolut niemand wird dich finden."

Geschockt sah Cassidy ihn an, während er sich abwandte und den Raum verließ.

Die Tür fiel ins Schloss. Sie wurde verriegelt. Fassungslos starrte Cassidy darauf und glaubte, keine Luft mehr zu bekommen vor lauter Panik.

Donnerstag, 5. November

Libby wartete gezielt ab, bis sie ohnehin wieder in der Nähe der Clayton Avenue waren, und bat Miguel dann, noch einmal vorbeizufahren.

„Du gibst nicht auf, oder?“, murmelte er kopfschüttelnd.

„Nein, ich gebe nicht auf. Lass mich doch.“

„Mit mir kannst du es ja machen.“

„Was soll das denn heißen?“

„Mit solchen Aktionen outest du dich immer als Neuling, das sollte dir klar sein. Dazu würden dir die Kollegen was erzählen.“

„Dann ist es ja gut, dass du mein Partner bist“, erwiderte Libby unbeeindruckt. Was wollte Miguel ihr denn damit sagen?

Er seufzte gequält. „Du kannst sie nicht alle retten. Wenn du dich so in eine Sache reinkniest, landest du über kurz oder lang im Burnout. Wahrscheinlich eher kurz ...“

„Lass das mal meine Sorge sein.“

Die Gefahr war gegeben, dessen war Libby sich bewusst. Das kannte sie von ihren Eltern. Aber selbst wenn das hier ein Fehler war – sie wollte ihre eigenen Fehler machen.

Miguel bog in die Clayton Avenue ein. Die Einfahrt war leer, was ihnen entgegen kam. Wortlos parkte Miguel vor dem Grundstück und beobachtete, wie Libby ausstieg.

Wie schon am Tag zuvor hämmerte sie an die Tür – erfolglos. Schließlich hämmerte sie erneut.

„San José Police Department! Sind Sie da, Mrs. Maxwell?“

„Da werden Sie Pech haben“, vernahm Libby die Stimme eines Mannes, ohne ihren Ursprung gleich zuordnen zu können. Irritiert drehte sie sich um und entdeckte schließlich einen älteren Herrn auf dem Nachbargrundstück neben den Mülltonnen.

„Guten Tag, Sir“, sagte Libby höflich.

„Sie waren doch am Samstag und am Montag hier, nicht wahr?“

„Stimmt.“

„Wir sind das immer, die bei Ihnen anrufen. Dass drüben die

Fetzen fliegen, ist nichts Neues. Wir rufen ja nur an, wenn es ganz schlimm ist und wir denken, dass da jetzt mal jemand eingreifen sollte, bevor er sie krankenhausreif prügelt oder umbringt."

Libby schluckte und versuchte, sich ihr Entsetzen nicht anmerken zu lassen. „Seit wann geht das so?"

„Puh ... ich weiß gar nicht, ob ich es anders kenne. Die beiden wohnen jetzt seit drei Jahren hier und seitdem ist das eigentlich so. Die arme Frau, es ist wirklich eine Schande. Sie kommt kaum noch raus, sie wird immer kleiner ... ihre ganze Haltung, verstehen Sie?"

Libby nickte langsam. „Am Montag war ich bei ihr, um allein mit ihr zu sprechen und sie dazu bewegen, ihn endlich mal anzuzeigen."

„Und sonst können Sie wirklich nichts tun?"

„Ich wünschte, ich könnte. Sie hat sich seit Montag nicht bei mir gemeldet."

„Wir haben sie seitdem auch gar nicht mehr gesehen. Normalerweise kommt sie ja schon mal raus, um den Müll wegzubringen, so wie ich gerade, oder sie holt die Post und geht einkaufen. Wir sehen sie auch durchs Fenster in der Küche. Aber seit Montag ..." Mr. Rosenheim schüttelte den Kopf.

„Wann haben Sie Cassidy denn zuletzt gesehen? Zumindest, dass Sie sich bewusst daran erinnern können."

„Montag Abend. Luke ist nach Hause gekommen und es wurde wieder mal laut, aber nur kurz. Seitdem ist es im Haus wie ausgestorben, wenn er morgens das Haus verlässt. Da rührt sich nichts."

Libby wusste nicht, ob sie das gut finden sollte. „Wäre es denn theoretisch möglich, dass sie gegangen ist?"

„Vor ihm weggelaufen, meinen Sie?", fragte Mr. Rosenheim. Libby nickte bloß.

„Ich weiß nicht ... Wenn sie das wirklich fertig bringen würde, dann wäre er doch kaum so ruhig, oder?"

„Ist er das?", fragte sie.

„Er ist wie immer. Er macht auch alles wie immer. Ehrlich, ich weiß nicht, was da los ist."

„Aber es gab keinen besonders lauten Streit, so dass man annehmen könnte, dass etwas Schlimmes passiert ist?"

„Nur diesen einen Streit am Montag. Seitdem ist es verdächtig still."

Verdächtig still. Das war nicht gut. Nur leider hatte Libby keinen Grund, das Haus zu betreten. Ohne konkrete Handhabe durfte sie es nicht und das war nicht konkret genug.

Was, wenn Cassidy tot war? Wenn er es herausgefunden hatte? Ihre Hirngespinste wurden nur noch lebhafter.

Sie ging zu Mr. Rosenheim und reichte ihm eine Visitenkarte. „Wenn ich Sie um einen Gefallen bitten dürfte – rufen Sie mich an, wenn sich etwas tut. Wenn Mrs. Maxwell wieder auftaucht … oder wenn Sie einen Hinweis darauf haben, was passiert sein könnte."

„Sicher, Officer …" Mr. Rosenheim schaute auf die Karte. „Whitman. Das mache ich gern. Von allen Polizisten, die bislang hier waren, sind Sie die Einzige, die da mal ein wenig nachhakt."

Das glaubte Libby ihm sofort. „Haben Sie vielen Dank. Noch einen schönen Tag."

„Das wünsche ich Ihnen ebenfalls, Officer."

Libby nickte ihm zum Abschied zu und ging zurück zum Auto. Miguel war inzwischen ausgestiegen und lehnte an der Fahrerseite.

„Hast du etwa zugehört?", fragte Libby ihn.

„Klar. Hab aber nicht viel verstanden."

Sie stiegen beide wieder ins Auto und Libby machte ein nachdenkliches Gesicht.

„Was hat er dir erzählt?"

„Das sind die Nachbarn, die immer den Notruf wählen. Wenn es besonders schlimm ist, meinte er. Seit Montag Abend hat er Cassidy nicht mehr gesehen."

„Okay", sagte Miguel mit einem undeutbaren Tonfall.

„Das fand er ungewöhnlich. Er meinte, dass er sie sonst immer sieht, aber jetzt …"

„Vielleicht ist sie doch einfach weggelaufen."

„Ihr Mann verhält sich wie immer. Würde er das dann tun?"

„Wer weiß. Vielleicht."

Libby starrte auf das Haus der Maxwells. „Haben wir keinen Grund, da reinzugehen?"

„Bist du noch bei Trost? Nein, haben wir nicht, es sei denn, da würde es brennen. Du kannst nichts tun, Libby."

„Ach, verdammt! Was, wenn er sie umgebracht hat, Miguel? Das fällt niemandem auf!"

„Du kannst ja mal in den Leichenschauhäusern anrufen und nach nicht identifizierten Frauenleichen fragen."

Verstört sah Libby ihren Partner an, merkte ihm aber an, dass er das vollkommen ernst meinte.

„Was denn? Das kannst du tun. Ruf in Krankenhäusern an, in Leichenschauhäusern ... frag bei den Kollegen der Mordkommission, ob die was haben. Was weiß ich. Telefonier mit den Frauenhäusern ..."

„Weißt du was? Das werde ich tun", verkündete Libby entschlossen, woraufhin Miguel gequält stöhnte.

„Du bist ja besessen."

„Von mir aus. Du hast keine Ahnung, was ich in meinem Leben schon erlebt habe, weshalb ..."

„Weil deine Eltern beim FBI waren?", unterbrach Miguel sie stirnrunzelnd.

„Ja, genau deshalb. Ich erzähle dir keinen Scheiß, Miguel."

„Sag ich ja gar nicht."

Nein, gesagt hatte er es nicht, aber sie wusste, dass er es dachte. Im Nachhinein betrachtet war es ein Fehler, dass sie am ersten Tag bei ihrer Vorstellung kundgetan hatte, Ermittlerin werden und sich später beim FBI bewerben zu wollen, weil ihre Eltern beide beim FBI gewesen waren. Das hatte sie zwar schon bei ihrer Bewerbung im Motivationsschreiben angegeben und der Captain, dem der Name Whitman seit der Geiselnahme an der San José State University vor vier Jahren etwas sagte, war durchaus davon angetan gewesen.

Bei den Kollegen hatte es jedoch einen anderen Effekt. Libby stand jetzt als Klugscheißerin da, als kleine Streberin, die sich für etwas Besseres hielt, weil sie das Fernziel FBI jetzt schon ins Auge gefasst hatte. Sie wusste, was die Kollegen über sie redeten – speziell die älteren, männlichen Kollegen, die sie für ein Greenhorn ohne jede Erfahrung hielten. Sie würde schon sehen, wie die Dinge so liefen und feststellen, dass das alles nicht so einfach war, wie sie vielleicht auf dem College noch geglaubt hatte.

Libby wusste selbst, dass nur fünf Prozent der Bewerber es auch tatsächlich zum FBI schafften. Das war eine lächerlich kleine Zahl, die ihr auch verriet, dass das FBI nur die besten nahm. Allerdings ließ sie sich davon nicht abschrecken. Sie würde ihren Weg gehen und sie würde ihre Arbeit bis dahin gewissenhaft erledigen.

Allerdings hatte sie schon jetzt, nach nur vier Monaten, schon festgestellt, dass Vorstellung und Realität in der Polizeiarbeit weit auseinander klafften. In Wahrheit hatte sie viel mit Papierkram zu tun und war gefangen in ihren eigenen Vorschriften – eine Tatsache, mit der schon Sadie und Matt immer auf Kriegsfuß gestanden hatten.

Sollten die Kollegen sie doch für eine kleine Querulantin halten. Libby konnte nichts Falsches daran finden, Cassidy Maxwell zu helfen.

Eine Stunde vor Schichtende kehrten die beiden zum Department zurück, um noch Zeit für ihren Papierkram zu haben. In den letzten Tagen war einiges liegengeblieben, um das sie sich kümmern mussten. Zuerst jedoch öffnete Libby die Vermisstendatenbank und gab den Namen Cassidy Maxwell ein. Es gab keine Vermisstenmeldung, die auf ihren Namen lautete, aber damit hatte Libby auch nicht gerechnet.

Es gab aber auch noch keine Anzeige gegen Luke Maxwell. Auch das überraschte sie nicht. Als nächstes überprüfte Libby, ob in den letzten Tagen eine weibliche Leiche aufgetaucht war, auf die Cassidys Beschreibung passte. Dazu sah sie im Computer nach, aber als sie dort nichts Entsprechendes fand, rief sie kurzerhand bei der Mordkommission an.

„Detective Young“, meldete sich eine gelangweilt klingende Männerstimme.

„Officer Whitman hier. Sagen Sie, haben Sie in den letzten Tagen eine Frauenleiche gefunden – Mitte zwanzig, braunes Haar, Spuren von Misshandlung?"

„Äh … nein. Wie kommen Sie darauf, Officer?" Seine Frage ließ Libby erahnen, dass ihr Anruf ihn wohl gerade überraschte. Zuerst wusste sie gar nicht, was sie erwidern sollte. Mit der Frage hatte sie nun wiederum nicht gerechnet.

„Es geht um diese Frau, bei der ich am Montag war … häusliche Gewalt. Sie scheint verschwunden zu sein. Ich mache mir Sorgen um sie."

„Und jetzt glauben Sie, sie könnte tot sein?"

„Ich weiß es nicht. Ich habe da nur so ein seltsames Gefühl."

„Fahren Sie Streife?"

„Ja. Wir waren noch am Samstag dort, die Nachbarn hatten den Notruf gewählt, weil es dort so heftig zuging. Als ich am Montag mit der Frau gesprochen habe, hatte sie frische Würgemale am Hals. Seitdem hat sie niemand mehr gesehen."

„Vielleicht hatte sie einfach nur die Schnauze voll und ist weggelaufen."

„Ja, das hoffe ich, auch wenn die Aussage eines Nachbarn das nicht vermuten ließ."

„Na, Sie knien sich aber in die Sache rein."

Warum sagte ihr das jeder? „Ja, schon. Irgendjemand muss der Frau doch helfen. Ich hoffe dauernd, dass sie ihren Mann endlich anzeigt."

„Und jetzt haben Sie Sorge, dass er genau das vielleicht verhindert hat?"

„Kann doch sein … Ach, ich weiß es nicht. Ich wollte Sie nicht stören, tut mir leid."

„Nein, schon gut, Officer. Nur weiter so. Sollte ich etwas hören, melde ich mich bei Ihnen."

Das überraschte Libby nun doch. „Das wäre toll. Danke, Detective."

„Gern. Wiederhören."

Libby verabschiedete sich ebenfalls und legte auf. Immerhin einer, der sie nicht für vollkommen übergeschnappt hielt. Vielleicht lag das aber auch daran, dass er vermutlich wusste, was so manchem Mord vorausging.

Anschließend rief sie auch in den Leichenschauhäusern und Krankenhäusern an, um nachzufragen - doch nichts. Die Zeit zerrann ihr zwischen den Fingern, als sie die Frauenhäuser der Stadt heraussuchte und anrief, doch dabei stieß sie auf eine ganz andere Hürde: Frauen konnten sich dort anonym verstecken und am Telefon wollte man Libby schon gar keine Auskunft geben.

Also schön, dachte Libby entschlossen, schrieb noch schnell einen Bericht und schickte Kieran dann eine Nachricht, dass es später werden würde, bevor sie sich den Schlüssel ihres Streifenwagens zurückholte. Miguel hatte es nicht gemerkt und sie würde ihn auch nicht fragen. Er hatte jetzt Feierabend und sie konnte sich schon denken, was er sagen würde, deshalb ging sie allein zum Auto und beschloss, die drei nächsten Frauenhäuser in der Umgebung zu besuchen. Vielleicht redete man ja mit ihr, wenn sie persönlich erschien.

Einerseits überlegte sie, ob Cassidy wohl das Nächstgelegene nehmen würde, weil natürlich die Wahrscheinlichkeit am höchsten war, dass Luke sie dort suchte. Andererseits hatte Cassidy kein eigenes Auto und würde deshalb wohl kaum erst durch die halbe Stadt fahren.

Unweit der Kreuzung von Interstate 880 und Highway 101 lag ein Frauenhaus, das für Cassidy recht gut erreichbar war. Libby parkte mit dem Streifenwagen davor und ging in voller Montur hinein. Vorhin hatte sie woanders angerufen, deshalb konnte sie hier mit ihrer Vorstellung noch einmal ganz von vorn anfangen.

Sie betrat einen geschlossenen Flur, auf dem sich bloß ein kleines Empfangsbüro hinter Glas befand. Sicher nicht grundlos, wie Libby bei sich dachte, als sie an dem kleinen Fenster stehenblieb. Eine Frau blickte von ihrem Schreibtisch auf und kam mit strengem Gesichtsausdruck auf sie zu.

„Guten Tag, Officer, wie kann ich Ihnen behilflich sein?“

„Ich bin auf der Suche nach einer Frau, die Opfer häuslicher Gewalt wurde und die seit Montag verschwunden ist.“

„Sie wissen sicher, dass wir Ihnen keine Auskunft über die Frauen geben können, die hier sind", erwiderte die Frau.

„Ja, natürlich. Aber vielleicht könnten Sie ihr sagen, dass sie sich bei mir melden soll, falls sie hier ist. Ihr Name ist Cassidy Maxwell."

„Also, es ist niemand mit diesem Namen hier, aber wir haben auch einige anonyme Frauen in unserem Haus. Ich kann versuchen, das weiterzuleiten."

„Danke", sagte Libby und verabschiedete sich. Mehr Erfolg würde sie hier nicht haben, das war ihr klar.

Anschließend fuhr sie noch zu zwei weiteren Frauenhäusern nahe Downtown, aber dort ergab sich auch nichts Neues.

Das war eine Sackgasse, zumindest hatte sie das Gefühl. Inzwischen war es schon sechs Uhr abends, ihre Schicht war längst vorbei. Libby beschloss, es für diesen Tag gut sein zu lassen und fuhr zurück zum Department. Sie fühlte sich erschöpft und hatte Hunger, als sie den Autoschlüssel zurückbrachte. Sie betrat das Büro, von dem aus die Streifenwagen verwaltet wurden, gab den Schlüssel zurück und wollte sich gerade austragen, als plötzlich Sergeant Jenkins vor ihr stand.

„Ist Alvarez nicht vor zwei Stunden schon gegangen?"

„Ja, das stimmt. Ich hatte noch etwas zu erledigen."

„Sie hatten noch etwas zu erledigen? Allein? Und was soll das bitte gewesen sein?"

Libby stellte sich dem Sergeant aufrecht gegenüber. „Ich habe noch in einigen Frauenhäusern nach jemandem gesucht. Seit Montag ist die Frau spurlos verschwunden."

Jenkins war sichtlich irritiert. „Haben Sie denn Grund zur Annahme, dass ein Verbrechen vorliegt?"

„Ich bin nicht sicher."

„Sie fahren also nach Dienstschluss ohne Ihren Partner mit einem Streifenwagen herum, um ... ja, um was? Um ihrem Bauchgefühl nachzugehen?"

Libby überlegte schon, sich kleinlaut zu entschuldigen, entschied sich dann aber dagegen. „Was, wenn der Mann seine Frau umgebracht hat? So unwahrscheinlich ist das nicht."

„Hat sie ihn denn angezeigt?"

„Nein, dazu wollte ich sie gerade überreden."

„Whitman, machen Sie doch einfach nur Ihren Job! Ich weiß, Sie sind noch neu, aber selbst Sie müssten wissen, dass Sie nicht einfach nach Dienstschluss ohne Ihren Partner mit einem Streifenwagen durch die Stadt fahren und irgendwelchen Privatermittlungen nachgehen können! Das will ich nicht noch mal sehen, ist das klar?"

Erneut wollte Libby mit ihm diskutieren, doch sie wusste, dass es besser war, jetzt die Klappe zu halten und schluckte ihre Widerworte herunter. „Ist klar. Tut mir leid, Sergeant."

„Schönen Abend noch, Officer."

Oh, jetzt hatte sie schon gar keinen Namen mehr. „Ihnen auch, Sergeant Jenkins."

Er rauschte aus dem Raum, ohne sie noch eines Blickes zu würdigen. Libby tauschte einen Blick mit Alma, die mit ihrem Gesichtsausdruck ihr Mitgefühl zu verstehen gab, und trottete zur Umkleide. Unterwegs löste sie die Schnallen an ihrer kugelsicheren Weste und kämpfte sich demotiviert heraus. Sie war ganz allein in der Umkleide, als sie sich umzog, aber dafür war sie nicht undankbar.

Das war ja nicht so gut gelaufen. Für einen kurzen Moment war Libby deprimiert, doch dieses Gefühl wich schnell einer wachsenden Wut.

Warum war den Kollegen das so egal? Hatten sie vielleicht Recht und sie steigerte sich in etwas hinein?

Sie wusste es nicht. Frustriert trat sie den Heimweg an und freute sich auf einen ruhigen Abend mit Kieran. Zehn Minuten später betrat sie unmotiviert ihre Wohnung und fand Kieran vor dem Computer. Das überraschte sie nicht, aber er legte sofort sein Headset beiseite und stand auf, um sie zu begrüßen, als er sie bemerkte.

„Da bist du ja", sagte er. „Was war los? Überstunden?"

„So ähnlich ... ich habe mich beim Sergeant unbeliebt gemacht."

„Oh. Okay. Wie kommt's?"

„Kann ich dir das beim Essen erzählen?"

„Sicher. Wollen wir uns Sandwiches machen?"

„Fantastische Idee."

Die beiden verschwanden in der Küche und bereiteten sich erst in aller Ruhe ein Abendessen zu, bevor sie sich zusammensetzten und Libby ihm von allem erzählte. Streng genommen hätte sie es nicht tun dürfen, aber sie wusste, Kieran erzählte es nicht weiter.

Sie berichtete alles der Reihe nach, bis sie damit endete, wie Jenkins sie bei ihrem Alleingang ertappt hatte. Kieran verzog das Gesicht und nickte ernst.

„Kann ich mir denken, dass er das nicht lustig fand. Wenn die bei euch denken wie bei uns, dann sieht er jetzt bestimmt bloß eine Ressourcenverschwendung und eine gewisse Eigenwilligkeit, die ja selten gut ankommt …"

„Ja, mag alles sein – aber ich sag dir, da ist was faul. Ich weiß das. Dir muss ich nicht erklären, wieso. Es ist zehn Jahre her, dass mir ein Serienmörder gegenüberstand und ich es nicht gemerkt habe. Durch den Job meiner Mum habe ich so viel krankes und verrücktes Zeug erlebt, dass mir das so nicht wieder passieren würde. Wenn ich eins inzwischen weiß, dann das: Wenn es sich falsch anfühlt, ist es falsch. Wenn es so aussieht, als würde da was nicht stimmen, dann ist das auch so. Und in diesem Fall … die Frau löst sich doch nicht in Luft auf, das kann mir keiner erzählen."

„Das glaube ich dir – aber was denkst du, was passiert ist?"

Libby überlegte kurz und atmete tief durch. „Was, wenn ihr Mann gemerkt hat, dass ich da war? Was, wenn sie sich gewehrt hat? Wenn sie ungewollt hat durchblicken lassen, dass sie ihn nun doch anzeigen will? Vielleicht hat er sie tatsächlich umgebracht, und sei es im Affekt."

„Aber es gibt keine Leiche."

„Oh nein, dass wir keine gefunden haben, heißt nicht, dass es keine gibt."

„Auch wieder wahr."

„Vielleicht hat er sie auch eingesperrt, um sie zur Räson zu bringen. Wäre auch nicht das erste Mal. Mit meiner Mum hat man das gemacht. Vielleicht ist sie auch tatsächlich weggelaufen, aber ehrlich gesagt glaube ich das nicht. Das würde ein Kerl wie ihr Mann nicht einfach hinnehmen. Er würde sie suchen. Er liebt es ja, die Macht über sie zu haben und sie zu kontrollieren. Er würde nie zulassen, dass sie sich dem entzieht."

„Du bist falsch in dem Job, Libby", sagte Kieran zu ihrem absoluten Erstaunen. „Du gehst da ganz anders ran als deine Kollegen. Die arbeiten mit Fakten, und Fakt ist, dass ihr keinen Hinweis auf ein Verbrechen habt. Die Nachbarn haben sie nicht mehr gesehen – na und? Was heißt das schon? Vielleicht hat er sie auch verprügelt und sie liegt mit einem Beinbruch auf dem Sofa. Aber du hinterfragst das psychologisch."

„Ja, natürlich, weil ich Profilerin werden will! Ich verstehe das nicht – die tun alle so, als wäre ich bescheuert. Der Einzige, der das nicht hat durchblicken lassen, war der Detective."

„Der hat auch den Job, Dinge zu hinterfragen – genau, wie du das tust."

„Das bringt mir jetzt auch nichts."

„Aber was willst du tun? Du sagst doch selbst immer, du willst das durchziehen."

„Ja, will ich auch! Natürlich, würde ich mich jetzt beim FBI bewerben und würde der Chef der BAU sagen, dass er mich haben will, würden sie mich nehmen. Auch jetzt schon. Aber das will ich einfach nicht, verstehst du? Ich will mir das verdienen. Ich will keine Sonderbehandlung beim FBI, nur weil meine Mum Sadie Whitman ist. Das ist doch scheiße."

Kieran lächelte sie geradewegs an. „Das mag ich so an dir. Du bist verdammt geradlinig, egal wie weh das vielleicht tut."

„Alles andere fühlt sich einfach falsch an."

„Ja, sicher. Es wäre vielleicht nur ganz gut, wenn du deinen Job bei der Polizei nicht gefährdest, obwohl der wichtig für deinen Werdegang ist."

„Aber was soll ich sonst tun?"

„Ich glaube, gerade kannst du nichts tun. Mit deinem Alleingang heute hast du alles getan, was in deiner Macht steht. Was jetzt passiert, hast du dir nicht vorzuwerfen."

„Also soll ich einfach stillsitzen und Däumchen drehen?" Diese Aussicht erschien Libby weder verlockend noch sinnvoll.

„Es wird dir wohl nichts anderes übrig bleiben. Nachdem du dich heute bei deinem Sergeant unbeliebt gemacht hast, würde ich mich da vielleicht mal etwas zurückhalten."

Unglücklich verschränkte Libby die Arme vor der Brust. Sie wusste, dass Kieran Recht hatte, egal, wie falsch es sich anfühlte.

Libby hatte den ganzen Freitag frei gehabt und musste am Samstag erst abends um zehn zur ersten Schicht antreten. Nachtschicht. Sie war froh, dass Jenkins nicht anwesend war, doch zu ihrem Entsetzen musste sie feststellen, dass ihr Alleingang sich auch so schon herumgesprochen hatte.

Als sie die Umkleide betrat, bemerkte Henry sie sofort und rief: „Hey, Whitman! Nimmst du mich demnächst mit, wenn du noch eine Spritztour nach der Schicht machst?"

„Wen, dich? Das geht nicht, mit deinem Niveau legst du den Streifenwagen tiefer." Libby wollte schon achselzuckend vorbeigehen, doch da schob Henry sich mit vor der Brust verschränkten Armen vor sie und blickte auf sie herab, was ihm mit einem Meter neunzig Körpergröße nicht schwer fiel.

„Mit der großen Klappe machst du dich hier nicht beliebt."

„Wer hat denn angefangen?", erwiderte Libby und huschte an ihm vorbei.

„Siehst du, und das ist der Grund, weshalb Frauen bei der Polizei nichts verloren haben. Alvarez hat es dir vielleicht noch nicht gesagt, aber er ist es satt, dir dauernd sagen zu müssen, wie du deinen Job zu erledigen hast. Frag ihn doch mal, wie er es findet, dass du einfach einen Alleingang hingelegt hast, ohne mal eine Sekunde daran zu denken, dass das auf ihn zurückfällt."

„Ja, ich glaube, das tue ich gleich, wenn er da ist", schnaubte Libby und starrte Henry herausfordernd an. „Ist was? Willst du mir noch beim Umziehen zugucken?"

„Nee, lass mal. An dir ist ja nichts dran."

Libby ließ ihn nicht aus den Augen, während er wieder verschwand, und fragte sich, ob sie auf einem Polizeirevier oder auf einem Übungsplatz für angehende Machos gelandet war.

Sie wollte keine Sonderbehandlung, weil sie eine Frau war. Darum hatte sie nie gebeten. Frauen im Streifendienst waren gnadenlos unterrepräsentiert, weil das ein anstrengender und nicht ungefährlicher Job war. Es nervte, den ganzen Tag in kugelsicherer Weste herumzulaufen – auch im Sommer bei dreißig Grad. Es nervte auch, Verkehrsunfälle aufnehmen und Betrunkene herumfahren zu müssen. Was sie aber am allermeisten nervte, waren männliche Kollegen, die sich in ihrer Ehre angegriffen fühlten, weil sie als Frau denselben Job machen wollte. Sie war sich für nichts zu fein und sie hatte auch nichts gegen einen zotigen Witz einzuwenden, aber sie war erschrocken darüber, wie sexistisch Polizisten sein konnten. Ja, das war seit jeher ein männerdominierter Beruf, aber wenn es darum ging, ihn auszufüllen, interessierte es sie herzlich wenig, ob sie eine Frau oder ein Mann war. Dabei war ihr Geschlecht manchmal sogar von Vorteil – wie am Montag bei Cassidy Maxwell.

Sie hatte ihre Uniform gerade angezogen und wollte sich eine kugelsichere Weste holen, als Miguel in der Umkleide erschien. Henry war inzwischen verschwunden, wofür Libby dankbar war. Sie grüßte Miguel, der den Gruß kurz angebunden erwiderte, und sicherte ihnen wieder einen guten Streifenwagen, bevor sie zum Ausrüstungsraum ging. Dort traf sie auf Miguel und zeigte ihm den Schlüssel, den sie gerade ergattert hatte. Diesmal entlockte ihm das jedoch kein Lächeln.

„Alles in Ordnung?“, fragte Libby. Miguel warf ihr nur einen Blick zu, der das Gegenteil verhieß, sagte jedoch nichts. Sie halfen sich gegenseitig dabei, die Westen anzuziehen und machten sich auf den Weg zum Auto. Wie immer stieg Libby auf der Beifahrerseite ein und Miguel fuhr los, nachdem er die Musik angestellt hatte. Zunächst nahm er Kurs auf Downtown, wo um diese Zeit an einem Samstag Abend reger Betrieb in Bars und Restaurants herrschte. Später wollten sie ihre Runde durch Industrie- und Gewerbegebiete drehen.

„Jenkins hat mich am Freitag extra angerufen, um mit mir über dich zu reden. An meinem freien Tag.“ Miguels Unterton ließ durchblicken, dass er darüber nicht sehr erfreut war.

„Das tut mir leid.“

„Du bist nach unserer Schicht einfach noch mal mit einem Streifenwagen los, ohne irgendjemandem davon zu erzählen? Ich weiß nicht, was ich schlimmer finden soll: Die Vorstellung, dass dir nicht klar war, wie falsch das ist, oder der Gedanke, dass es dir klar war, dich aber nicht interessiert hat."

„Nichts, was ich jetzt sage, kann das jetzt besser machen", erwiderte Libby und sah ihn kurz an. Er war wirklich wütend, das war offensichtlich.

„Da hast du wohl Recht. Bitte verschone mich fortan mit den Maxwells, ja? Und wenn ich dir einen Rat geben darf: Spar dir solche Aktionen. Man lässt es dir durchgehen, weil du noch neu bist, aber garantiert nicht öfter."

„Ich weiß. Es tut mir wirklich leid."

„Du hast das gemacht, weil du wusstest, dass ich dir das ausrede, oder?"

„Willst du das wirklich wissen?"

„Ja, verdammt. Wir sind doch Partner, oder?"

„Du hattest Feierabend und ich wollte dir damit nicht auf den Keks gehen. Nichts weiter."

Miguel wollte schon etwas erwidern, aber dann tat er es doch nicht. Er fuhr weiter und schüttelte den Kopf. Irgendwann murmelte er: „Du machst mich echt fertig."

„Das wollte ich nicht."

„Okay. Schön. Lass uns arbeiten."

„Gern", sagte Libby, die froh darüber war, dass Miguels Zorn allmählich verrauchte.

Er hatte ja Recht. Das wusste sie auch. Sie war einfach ein verdammter Dickschädel, das hatte ihr schon öfter Ärger eingebrockt – und manchmal hatte es sie auch gerettet.

Sie patrouillierten durch Downtown, parkten den Wagen irgendwo und nahmen ein paar Bars unter die Lupe, aber es war vergleichsweise ruhig. Keine Pöbeleien, keine Schlägereien, keine Dealer. Auch das noch, es gab also nicht mal etwas zu tun. Das war das Schlimmste an der Nachtschicht: Langeweile. Wenn das passierte, schlug die Müdigkeit durch und das war nie gut. Libby hatte am Morgen so lang geschlafen wie möglich, um die Schicht irgendwie durchzuhalten. Inzwischen konnte sie das ganz gut.

Etwa um halb ein Uhr nachts machten sie sich auf den Weg

nach North San José, wo sich ein ausgedehntes Industrie- und Gewerbegebiet erstreckte. In solchen Gegenden lohnte es sich immer, nachts Augen und Ohren offenzuhalten.

Sie fuhren an der Firmenzentrale von PayPal vorbei und nahmen die kleinen Seitenstraßen unter die Lupe. Eine Technologiefirma folgte auf die nächste – willkommen im Silicon Valley, dachte Libby bei sich.

Etwa gegen halb zwei erreichte sie einen ziemlich toten Punkt und begann, gegen die wachsende Müdigkeit zu kämpfen, als endlich ein Funkspruch kam.

„Zentrale an Alvarez und Whitman."

Miguel griff nach dem Funksender. „Alvarez hört."

„Wo sind Sie gerade?"

„North San José, Junction Avenue und Timble."

„Fahren Sie zur Wasseraufbereitungsanlage, Los Esteros Road. Sie werden dort erwartet."

„Verstanden", funkte Miguel zurück und blickte fragend zu Libby. „Wir werden was?"

„Frag mich nicht. Ich habe keine Ahnung."

„Mal sehen. Ich glaube, da war vorhin mal ein Funkspruch wegen irgendwas an der Wasseraufbereitungsanlage, als wir noch in Downtown waren, deshalb habe ich nicht weiter hingehört."

„Ich auch nicht."

Miguel fuhr zur Zanker Road, der er bloß weiter nach Norden folgen musste, um zur Wasseraufbereitungsanlage zu kommen. Was konnte denn da passiert sein? Und warum wollte man sie vor Ort haben?

Sie folgten der Zanker Road vorbei an brachliegenden Äckern, bis das Klärwerk in Sicht kam. Der Geruch verriet es bereits von weitem. An der nächsten Kreuzung war rechts ein Streifenwagen geparkt, hinten an den Klärbecken standen weitere Einsatzfahrzeuge mit eingeschaltetem Blaulicht. Ein Fahrzeug trug die Aufschrift Santa Clara County Coroner, große Scheinwerfer waren errichtet worden.

Es ging um eine Leiche, so viel war klar.

„Alvarez und Whitman“, sagte Miguel zu dem Kollegen vor dem quer geparkten Streifenwagen. „Man hat uns gerade herbestellt.“

„Ja, sicher. Augenblick.“ Der andere Polizist setzte den Wagen zur Seite, so dass Miguel vorbeifahren konnte. Er beeilte sich zwar, das Fenster wieder zu schließen, aber der bestialische Gestank war trotzdem längst im Wagen.

Weder Miguel noch Libby sagten ein Wort. Ein ungutes Gefühl beschlich Libby. Eine Leiche – und man hatte ausgerechnet sie dazu gebeten? Offensichtlich waren ja schon alle da: Spurensicherung, Coroner, Detectives. Ein Verdacht keimte in ihr auf, den sie jedoch nicht zulassen wollte.

Miguel fuhr bis zu den anderen Einsatzfahrzeugen und parkte am Straßenrand. Ein beißender Gestank von Ammoniak und Brackwasser zog ihnen in die Nasen. Als Libby den Polizeifotografen sah, musste sie unwillkürlich an Matt denken.

Am Rand des Klärbeckens lag eine weiße Plane. Darunter vermutete Libby eine Leiche. Mit gequältem Gesichtsausdruck schaute sie sich um, der Gestank war beinahe unerträglich. Einige Männer standen in unmittelbarer Nähe der Plane und unterhielten sich. Einer von ihnen trug eine Jacke, deren Aufschrift ihn als den Coroner auswies. Offensichtlich war der Leichenbeschauer mit seiner Arbeit schon fertig.

„Ah“, sagte einer der Männer, als er Miguel und Libby kommen sah. Er war durchschnittlich groß, hatte breite Schultern, trug kurz geschnittenes braunes Haar und er hatte einen ziemlich wachen Blick, wie Libby sofort feststellte. Sie schätzte ihn auf Anfang dreißig. Ohne zu zögern ging er auf sie zu und lächelte freundlich.

„Tut mir leid, dass ich Sie herbestellen musste, aber an den Gestank gewöhnen Sie sich noch“, sagte er und lachte, bevor er Libby die Hand hinhielt. „Detective Owen Young. Wir hatten telefoniert.“

Ihr wurde heiß, aber sie versuchte, sich nichts anmerken zu lassen. „Natürlich. Schön, Sie persönlich kennenzulernen.“

„Die Freude ist ganz meinerseits“, erwiderte Young und richtete sich an Miguel. „Guten Abend, Officer Alvarez. Oder sagt man schon guten Morgen?"

„Ich weiß nicht", sagte Miguel, immer noch sichtlich verwirrt. Er warf Libby einen Seitenblick zu, wie um zu fragen, warum sie mit einem Detective telefoniert hatte, aber sie ignorierte es.

Detective Young blickte zu Libby. „Sie hatten mich am Donnerstag nach einer Frauenleiche gefragt – Mitte zwanzig, brünett, Spuren von Misshandlung."

Libby schluckte. „Ja ..."

Young drehte sich zu der weißen Plane. „Um kurz vor Mitternacht erreichte uns ein Notruf von einem Angestellten des Klärwerks. Er hat hier ein Auto gesehen und verdächtige Aktivitäten bemerkt, leider nur von weitem." Der Detective deutete auf das Klärwerk, das auf der anderen Seite der Kreuzung lag, von wo Libby und Miguel gekommen waren.

„Mitarbeiter des Klärwerks haben sich dann umgesehen und eine Leiche gefunden, die hier im Becken trieb. Es ist eine Frau – Mitte zwanzig, braunes Haar und mit sehr eindeutigen Spuren von Misshandlung. Ich musste sofort an Ihren Anruf denken, Officer Whitman, und habe in der Zentrale gefragt, ob Sie zufällig gerade Dienst haben. Sie könnten uns dabei helfen, die Leiche zu identifizieren, denn sie ist nackt und hatte nichts bei sich. Wir wissen nicht, wer sie ist. Vielleicht ist es ja die Frau, die Sie gesucht haben."

Libby verschränkte die Arme vor der Brust und krallte sich mit ihren Fingern in die Ärmel ihrer Jacke. „Sicher, wenn ich helfen kann ..."

„Wir waren zusammen im Einsatz bei dieser Frau", sagte Miguel.

„Umso besser, dann wissen Sie ja, um wen es geht", erwiderte Detective Young. „Kommen Sie."

Libby und Miguel folgten ihm zu der Plane. Der Detective hockte sich daneben, griff nach einem Zipfel und schlug sie zurück, so dass Kopf und Schultern einer toten Frau zum Vorschein kamen. Libby erkannte Cassidy mit einem Blick und nickte langsam.

„Das ist sie."

Miguel nickte ebenfalls. „Das ist Cassidy Maxwell."

„Darf ich?", fragte Libby an Young gerichtet und machte Anstalten, näher zu kommen, woraufhin er nickte.

„Nur zu."

Sie kniete sich neben ihn und betrachtete Cassidy. Ihre Kehle war dabei wie zugeschnürt.

Jemand hatte Cassidy übel zugerichtet. Ihr linkes Auge war völlig zugeschwollen und hatte alle Farben in einem Spektrum zwischen Blau und Rot. Am Hals trug sie frische Würgemale, ihre Nase wirkte geschwollen. Mehr konnte Libby auf Anhieb nicht erkennen, solange sie unter der Plane lag.

„Würden Sie mir von der Frau erzählen?", fragte Young. „Sie könnten mir dabei helfen, ihren Mörder zu finden."

Libby holte tief Luft und ballte die Hände zu Fäusten. „Das hätte nicht passieren dürfen. Es hätte auch nicht passieren müssen. Verdammt noch mal."

„Tut mir sehr leid. Sie klangen sehr engagiert am Telefon."

Libby nickte bloß und stand auf. Der Fäkaliengestank in der Luft erleichterte es ihr nicht gerade, die Fassung zu bewahren.

Sie war tot. Sie hatte sie nicht beschützt.

War es ihre Schuld?

„Seit wann ist sie tot?", fragte Libby den Detective.

„Der Coroner hat ihren Todeszeitpunkt vorhin auf vergangene Nacht geschätzt. Die Totenstarrre beginnt sich wohl schon wieder zu lösen, das heißt, sie ist mindestens vierundzwanzig Stunden tot."

Nachdenklich verzog Libby die Lippen und versuchte, den beißenden Gestank zu ignorieren. „Wie ist sie gestorben?"

„Der Coroner ist sich noch nicht sicher. Sie hat", Young schlug die Plane weiter zurück, „verdammt viele Verletzungen, wie Sie hier sehen können. Der Coroner vermutet eine oder zwei gebrochene Rippen, wie Sie hier unter den Blutergüssen sehen können. Denkbar, dass sie die Lunge perforiert haben. Außerdem hat sie einen Armbruch und starke Prellungen."

Er hatte Cassidy bis zu den Beinen aufgedeckt, so dass Libby das volle Ausmaß ihrer Verletzungen sehen konnte. Cassidy war übersät mit blauen Flecken, teilweise handtellergroß. Sie waren unterschiedlich gefärbt, was auf verschiedene Entstehungszeitpunkte hindeutete.

Sie schluckte und räusperte sich. „Mein Partner und ich waren vor einer Woche zum wiederholten Male dort, weil ihr Mann handgreiflich gegen sie geworden ist. Laut Aussagen der Nachbarn schlägt er sie seit Jahren … oder vielmehr: er hat sie geschlagen."

„Das hier war ein Wutausbruch, blinde Raserei. Davon abgesehen vermutet der Coroner, dass sie vergewaltigt wurde, aber das wird die Autopsie bestätigen."

Libby verzog keine Miene. Irgendwie überraschte sie das nicht.

„Was ich interessant finde, ist das hier." Young deutete auf Abschürfungen an Cassidys Handgelenk.

„Fesselmale", sagte Libby.

„Genau. Sie wurde vor ihrem Tod irgendwo festgehalten, vergewaltigt und zu Tode geprügelt – ich denke, so kann man es sagen."

In diesem Moment war es Libby unmöglich, etwas zu erwidern. Sie hatte einen dicken Kloß im Hals, in ihren Augen brannten Tränen.

Sie hätte das verhindern müssen.

Und sie hätte es gekonnt, denn bis vor einem Tag hatte Cassidy noch gelebt.

„Wahrscheinlich kann man erst nach der Autopsie sagen, wie lang sie gefangen gehalten wurde, oder?", fragte sie.

Young nickte. „Warten wir das mal ab. Ich werde mir dann wohl als Erstes mal den Ehemann vorknöpfen, oder gibt es noch was, das ich wissen müsste?"

„Nein … Ich war am Montag noch bei ihr und habe versucht, sie dazu zu bewegen, ihn anzuzeigen. Die Nachbarn haben sie am Montag zuletzt gesehen."

„Dann ist sie vielleicht in dem Moment schon von der Bildfläche verschwunden", murmelte Young nachdenklich.

„Und ich war noch an dem Haus …" Libby fuhr sich durchs Haar und wandte sich ab, als sie merkte, dass sie die Tränen nicht länger zurückhalten konnte.

„Nein, tun Sie sich das nicht an, Officer. Sie haben es doch versucht."

Libby wollte schon aufbrausen und widersprechen, aber sie konnte es sich nicht leisten, den Kollegen so gegenüberzutreten und ihre Schwäche zu zeigen. Sie holte einmal tief Luft, versuchte die Tränen herunterzuschlucken und drehte sich wieder um.

„Gibt es irgendwelche Angaben zu dem Auto, mit dem die Leiche hergebracht wurde?"

„Es war wohl ein Van."

„Ein Van?", wiederholte Libby überrascht.

„Ja. Mehr wissen wir nicht. Warum fragen Sie?"

„Weil Luke Maxwell gar keinen Van fährt."

„Er muss es ja auch nicht gewesen sein. Oder er hatte Hilfe."

„Er hat garantiert damit zu tun. Sie hatte solche Angst vor ihm", sagte Libby.

„Erzählen Sie mir von den beiden", bat Young sie und Miguel. Beide berichteten ihm von allem, was sie wussten – von ihren Einsätzen bei den Maxwells, von ihren Eindrücken, vom Gespräch mit dem Nachbarn und Libby erzählte auch davon, wie sie mit Cassidy gesprochen hatte.

„Ich hatte auch den Eindruck, dass da noch mehr ist als häusliche Gewalt. Irgendwas … ich weiß nicht. War nur so ein Gefühl", schloss sie.

„Das lässt sich doch rausfinden", sagte Young. „Ich danke Ihnen beiden dafür, dass Sie hergekommen sind. Das bringt die Ermittlungen enorm voran."

Libby lächelte kurz, obwohl ihr nicht danach zumute war. Für Cassidy kam das zu spät. Sie war brutal getötet worden. Niemand hatte das verhindert. Auch sie nicht.

Young verabschiedete die beiden, während Cassidys Leichnam in das Auto des Coroners verladen wurde. Miguel und Libby kehrten zu ihrem Streifenwagen zurück und fuhren in Richtung San José. Keiner von beiden sagte ein Wort, bis sie das

Stadtgebiet wieder erreicht hatten und Miguel plötzlich sagte: „Ich fahre mal kurz ran."

Libby erwiderte nichts. Miguel hielt am Straßenrand und stieg aus. Für einen Moment blieb Libby reglos sitzen und kämpfte noch immer gegen die Tränen.

Cassidy hatte noch gelebt, während sie auf der Suche nach ihr gewesen war. Aber dann hatte Jenkins sie zurückgepfiffen und zwei Nächte später war Cassidy gestorben.

Sie hatte die ganze Zeit noch gelebt ...

Und Libby wurde das Gefühl nicht los, dass sie vielleicht sogar irgendwo in dem Haus eingesperrt gewesen war, als Libby vor der Tür gestanden und nach ihr gesucht hatte.

Nun stieg auch sie aus und versuchte, an der frischen Luft etwas ruhiger zu werden, aber es gelang ihr nicht. Um nicht in Tränen auszubrechen, stieß sie einen frustrierten Schrei aus. Das hatte jedoch nicht die erhoffte Wirkung, denn danach begann sie erst recht zu zittern und spürte, wie ihr die Tränen kamen. Sie stützte die Ellenbogen auf dem Dach des Streifenwagens ab und verbarg das Gesicht in den Händen.

„Es tut mir leid", sagte Miguel von der anderen Seite des Wagens. Libby erwiderte nichts, sie reagierte gar nicht.

„Ich hab die ganze Zeit gedacht, du spinnst. Dass wir sowieso nichts tun könnten. Dass du es übertreibst. Dabei wäre ich mal besser mit dir zu den Frauenhäusern gefahren ..."

„Das war total sinnlos, sie war ja nie in einem Frauenhaus!", rief Libby, während sie ihn aufgebracht anstarrte. „Weißt du, was ich glaube? Luke Maxwell hat Lunte gerochen und sie eingesperrt. Bestimmt wollte er sie brechen. Ich kriege gerade den beschissenen Gedanken nicht aus dem Kopf, dass sie vielleicht im Keller oder im Schlafzimmer oder wo auch immer eingesperrt war, als ich unten vor der Tür stand ..."

„Tu dir das nicht an."

„Das ist es, was ich immer meinte! Ich habe diese Scheiße schon erlebt, Miguel. Ich konnte am Donnerstag nicht einfach nach Hause gehen und das ignorieren. Ich hätte es auch danach besser nicht getan ..."

„Ich hätte nicht immer so dagegen reden sollen“, räumte Miguel kleinlaut ein.

Libby wischte sich verstohlen über die Augen. „Das war kein schöner Tod. Ich hoffe, der Verantwortliche kommt nicht davon.“

„Young ist ein guter Detective, nach allem, was man hört. Sein Partner ist gerade im Krankenhaus, deshalb ist er allein hier.“

Doch das war Libby im Augenblick herzlich egal. Sie hatte große Lust, irgendwas mit einer Axt kurz und klein zu schlagen. Für einen Moment schloss sie die Augen und konzentrierte sich nur aufs Atmen. Sie wollte ja schließlich ein Profi sein.

Schmerz, Hunger und Blut. Das war alles, woraus ihre Welt noch bestand.

Innerlich fühlte sie sich tot. Ihre Hoffnung, da noch lebend rauszukommen, wurde immer kleiner. Überall war nur noch Schmerz. Mit jedem Atemzug glaubte Cassidy, ihn kaum ertragen zu können. Ihr Atem ging pfeifend und angestrengt, in der Seite spürte sie ein furchtbares Stechen.

Sie war gefesselt, so wie die ganzen letzten Tage über. Gefesselt, geknebelt und ihrer Sicht beraubt. Sie sahen Cassidy ja nicht mehr als Mensch.

Beim ersten Mal hatte sie noch an einen bösen Alptraum geglaubt, aus dem sie bald erwachen würde. Das war nicht echt, das konnte es gar nicht sein. Das würde doch niemand tun.

Aber sie taten es. Sie betrachteten sie als ihr Eigentum, als einen Gegenstand, mit dem man nach Belieben verfahren konnte. Ein Objekt, nichts weiter.

Und Luke war immer dabei. Er sah zu. Untätig.

Dafür hasste Cassidy ihn nicht nur, sie verabscheute ihn. Sie musste jetzt für ihn den Kopf hinhalten und aufgrund seines Leichtsinns ging sie nun durch etwas, für das Hölle eine zu nette Beschreibung war.

Er hatte sie grün und blau geprügelt, wenn sie nicht gefügig war. Er hatte ihr gesagt, dass sie einfach stillhalten und mitmachen sollte. Immer wieder. Und sie quälten sie bis aufs Blut, buchstäblich.

Das war der Fehler ihres Lebens. Vielleicht der letzte. Sie hätte mit Officer Whitman gehen sollen, als sie noch gekonnt hatte. Dann wäre sie jetzt in Freiheit, in Sicherheit, und müsste nicht diese Qualen ertragen.

Sie hatte ja versucht wegzulaufen, als sie sie aus dem Keller geholt und in ein Auto gebracht hatten. Auch dafür hatte Luke sie verprügelt, als sie am Ziel gewesen waren.

Und dann war alles nur noch schlimmer geworden.

Jeder Atemzug ging pfeifend, klang gequält. Geknebelt fiel es ihr ohnehin schwer, zu atmen, aber etwas stimmte nicht. Seit Luke sie zum letzten Mal verprügelt hatte, ging es ihr wirklich schlecht. Sie hatte das Gefühl, keine Luft mehr zu bekommen und rang verzweifelt nach Luft, obwohl es grauenvoll schmerzte.

Sie wollte schreien und stieß erstickte Laute aus, immer in der Hoffnung, dass man sie hörte und nach ihr sah.

Sie brauchte Hilfe. Etwas stimmte nicht. Allmählich hatte sie das Gefühl, schwerelos zu sein und zu schweben. Dennoch zerrte Cassidy an ihren Fesseln, wand sich hilflos und schrie erstickt auf, als sie erneut das furchtbare Stechen spürte.

Cassidy schluchzte leise. Immer wieder versuchte sie, um Hilfe zu rufen, doch niemand hörte sie. Niemand kam. In Panik versuchte sie, zu atmen, aber außer Schmerz war da nichts. Sie hatte das Gefühl, langsam zu ersticken.

Aber vielleicht hörte es ja einfach bald auf. Vielleicht spürte sie dann endlich keinen Schmerz mehr.

Sonntag, 8. November

Das Ende der Schicht hatte Libby wie in Trance erlebt. Das lag wohl einerseits an der Müdigkeit, die sie um sechs Uhr morgens empfunden hatte, nachdem sie seit zwanzig Stunden auf den Beinen gewesen war. Andererseits hing das natürlich mit Cassidy Maxwell zusammen, die Libby jetzt erst recht nicht mehr aus dem Kopf bekam.

Doch trotz ihrer Müdigkeit war es ihr unmöglich gewesen, einzuschlafen. Sie hatte sich mucksmäuschenstill zu Kieran ins Bett gelegt und an die Decke gestarrt, während es draußen allmählich hell wurde.

Sie fand keinen Schlaf. Es ging einfach nicht. Die ganze Zeit sah sie Cassidys zerschundenes Gesicht vor sich und hätte schreien mögen. Sie war doch zur Polizei gegangen, um genau so etwas zu verhindern, und dann hatte sie darin versagt. Versagen müssen. Man hatte sie ja nicht gelassen.

Libby war gleichzeitig müde und überdreht, als Kieran sich schließlich rührte. Er lächelte, als er sie neben sich entdeckte und brauchte einen Moment, um wach zu werden. Dann bemerkte er ihren frustrierten Gesichtsausdruck.

„Was ist los? Alles in Ordnung?"

„Ein Scheiß ist in Ordnung. Heute Nacht wurde eine Leiche aus einem Klärbecken gefischt."

„Oh."

„Es war die Frau, die ich gesucht habe. Die mit dem prügelnden Ehemann."

Sofort war Kieran hellwach. „Oh nein."

„Ich hab das nicht verhindert ..."

In diesem Moment brach alles aus Libby heraus. Sie schloss die Augen und kämpfte nicht länger gegen die Tränen. Kieran brachte sie dazu, sich hinzusetzen und schloss sie tröstend in die Arme. In diesem Moment sagte er nichts, er war einfach nur da.

Als Libby allmählich ruhiger wurde, sagte er: „Du bist bestimmt müde. Willst du erst mal schlafen oder mit mir frühstücken?"

„Keine Ahnung. Ich will diesen Mörder kriegen und zur Rechenschaft ziehen, aber das ist ja nicht mal mein Job."

„Es tut mir so leid."

„Ist ja nicht deine Schuld ... Ach, das ist einfach nur so ätzend."

„Pass auf, du gehst jetzt mit mir frühstücken und dann sieht die Welt schon wieder anders aus. Hungrig kann ja niemand schlafen."

„Hast Recht", stimmte Libby zu und begleitete Kieran in die Küche. Ihre Augen brannten zwar fürchterlich und sie fühlte sich immer müder, aber sie hatte auch Hunger. Während des Frühstücks war sie ziemlich wortkarg, aber sie hatte nichts zu sagen und sie war auch einfach nur müde. Gleich im Anschluss schleppte sie sich wieder ins Bett und war schon bald eingeschlafen.

Sie erwachte erst wieder, als Kieran sie an der Schulter rüttelte.

„Hau ab ..." murrte sie.

„Libby, da ist ein Detective Young für dich am Telefon."

Sie war sofort hellwach. „Detective Young?"

„Hat er gesagt, ja. Er meinte, er müsse dich was fragen."

„Oh Gott ... ich habe Kopfschmerzen. Wie spät ist es?"

„Kurz nach zwei."

Libby knurrte unglücklich und quälte sich aus dem Bett. Kieran verließ das Schlafzimmer und kehrte mit ihrem Handy zurück, das sie wohl in der Küche vergessen hatte. Sie nahm es ihm mit einem dankbaren Lächeln ab und versuchte, wach zu werden.

„Whitman", meldete sie sich.

„Sie haben geschlafen, oder?", fragte Young.

„Ja, aber machen Sie sich deshalb keine Gedanken. Was gibt es?"

„Können Sie zu mir ins Department kommen? Ich möchte gern etwas mit Ihnen besprechen."

Libby verstand kein Wort, aber sie war neugierig. „Okay. Kann ich machen. Habe ich Zeit für eine Dusche?"

„Aber sicher. Wissen Sie, wo mein Büro ist?"

„Nein."

Young sagte es ihr und verabschiedete sich dann. „Bis gleich, Officer."

„Bis gleich", erwiderte sie und gähnte, nachdem sie aufgelegt hatte.

„Wer war das?", fragte Kieran.

„Der ermittelnde Detective in dem Mordfall. Mit dem hab ich am Donnerstag telefoniert ... irgendwie ist der Fall wohl bei ihm gelandet."

„Und was will er?"

„Wenn ich das wüsste. Ich bin mal schnell duschen, sonst bin ich eine Gefahr für den Straßenverkehr", murmelte Libby.

„Soll ich dich fahren?"

„Mal sehen."

Sie hatte keine Ahnung, wie sie die anstehende Nachtschicht überleben sollte. Gerade wollte sie einfach nur tot ins Bett fallen und schlafen. Stattdessen sprang sie schnell unter die Dusche, was zumindest ein paar ihrer Lebensgeister weckte. Schichtdienst war manchmal wie permanenter Jetlag und sie hoffte, das nicht ewig machen zu müssen. Es schlauchte fürchterlich.

Als sie fertig war, holte sie sich einen Energydrink aus dem Kühlschrank. Danach fühlte sie sich wach genug, um selbst zu fahren und machte sich auf den Weg zur West Mission Street. Sie parkte auf dem Mitarbeiterparkplatz und betrat das Department. Auf ihre Uniform verzichtete sie, nur ihre Waffe und ihre Dienstmarke hatte sie dabei. Sie fuhr in die vierte Etage, wo Young sein Büro hatte, und fand es problemlos. Die Tür stand offen, aber sie klopfte am Türrahmen und spähte vorsichtig hinein.

„Kommen Sie", sagte Young und warf ihr ein Lächeln zu. Er saß an seinem Schreibtisch über einem Hefter mit Unterlagen. Die Korkwand hinter ihm bewies, dass er schon mitten in den Ermittlungen steckte. Dort hatte er zwei Fotos von Cassidys Leiche angepinnt und ein Passbild. Ihr Name stand darüber, es gab ein Foto von Luke Maxwell und mehrere Zettel, die er darunter angeheftet hatte.

Er stand auf und ging zu Libby, um sie mit Handschlag zu begrüßen, dann schloss er die Tür hinter ihr und bat sie, sich zu setzen.

„Schön, dass Sie kommen konnten. Es tut mir leid, dass ich Sie vorhin geweckt habe – ich habe extra noch eine Stunde gewartet und mich mit diesen Akten beschäftigt, weil ich mir schon dachte, dass Sie jetzt vermutlich im Bett liegen. Am liebsten würde ich mich jetzt selbst ein bisschen aufs Ohr legen, aber das ist den Ermittlungen leider ziemlich egal."

Libby lächelte scheu. „Was kann ich denn für Sie tun?"

„Wie Sie sehen, stecke ich schon bis über beide Ohren in dem Fall. Er ist bei mir gelandet, weil ich gerade keinen hatte – ich bin allein, wie Sie sehen, denn mein Partner hat vor kurzem die Diagnose Krebs bekommen und ist noch immer im Krankenhaus. Wann er zurückkehrt, steht im Moment in den Sternen."

„Das tut mir leid zu hören."

„So viel zum Hintergrund dessen, was jetzt kommt. Das ist auch der Grund, weshalb Sie am Donnerstag bei mir gelandet sind, als Sie hier angerufen haben. Diese Anfrage fand ich in ihrer Gesamtheit schon recht ungewöhnlich."

„Ist das so? Fragt sonst kein Streifenpolizist nach so etwas?"

„Verdammt selten. Es ist manchmal, als wären wir Detectives in einem anderen Kosmos als die Leute, die ihren Dienst draußen auf der Straße verrichten. Vermutlich wissen Sie das."

„Ich bin noch neu hier", erwiderte Libby verhalten.

„Ja, das weiß ich. Am Donnerstag habe ich mich noch über Ihre Neugier und Beharrlichkeit gewundert, aber es hat mir sehr imponiert. Als ich Sie dann heute Nacht persönlich am Leichenfundort kennengelernt habe, haben Sie mich wieder überrascht." Er machte eine Pause und sah Libby forschend an. Sie wusste nicht, ob das ein Test war, fragte aber: „Warum?"

„Sie haben zwar keine ungewöhnlichen Fragen gestellt, aber Ihre gesamte Reaktion war anders, als ich es von einer Streifenpolizistin Ihres Alters und mit Ihrer Berufserfahrung erwartet hätte. Nun befinde ich mich hier in der dummen Situation, mich allein um eine Mordermittlung kümmern zu müssen, weil ich keinen Ersatz für meinen Partner finde und dachte mir heute Morgen, dass es eigentlich dumm wäre, Sie nicht um Hilfe zu bitten, weil Sie mit dem Fall bereits vertraut sind."

„Ich sage Ihnen alles, was Sie wissen müssen."

Young schüttelte lächelnd den Kopf. „Nein, Sie verstehen nicht ganz, Officer. Ich frage Sie gerade, ob Sie mit mir in diesem Fall ermitteln wollen."

Ungläubig erwiderte Libby seinen Blick. „Ermitteln? Ich bin Streifenpolizistin. Seit vier Monaten."

„Ich weiß, ich habe mich vorhin über Sie schlau gemacht, um herauszufinden, mit wem ich es zu tun habe und ob Sie das stemmen könnten. Vor allem hat mich interessiert, ob es Zufall ist, dass Sie Whitman heißen."

„Sie meinen wegen meiner Mutter."

Young nickte. „Ganz genau. Bei der Geiselnahme an der San José State University vor einigen Jahren war ich selbst noch Streifenpolizist, ich war dort, um das Gelände zu sichern. Detective bin ich erst im Folgejahr geworden. Ich kann mich gut an Ihre Mutter erinnern und daran, wie Sie mit den Geiselnehmern verhandelt hat."

„Also wissen Sie auch, wer sie ist."

„Das wollte ich damit sagen. Ich weiß, dass Ihre Eltern beide beim FBI waren und korrigieren Sie mich, wenn ich falsch liege, aber das ist auch Ihr Ziel, oder?"

„Ist es", erwiderte Libby mit einem Nicken. „Ich will Profilerin werden."

„Verstehe. Und jetzt sammeln Sie die Erfahrung, die Sie für Ihre Bewerbung beim FBI brauchen."

„Richtig."

Young lächelte. „Das dachte ich mir. Ich habe das damals auch versucht, wurde aber abgelehnt. Ich könnte mir vorstellen, dass es bei Ihnen anders läuft. Sie bringen die nötige Beharrlichkeit mit."

Libby errötete, als er das sagte. „Das Letzte, was ich in dieser Richtung hier gehört habe, war, dass ich mich in die Sache mit Cassidy Maxwell nicht so reinsteigern soll."

„Sie waren an der Sache dran, das verrät mir, dass Sie einen guten Instinkt haben. Haben Sie befürchtet, dass so etwas passieren könnte?"

„Nicht konkret, zumindest nicht anfangs. Ich bin rein von der Statistik ausgegangen und davon, dass allein Alvarez und ich in den letzten Wochen regelmäßig bei den Maxwells waren. Ich weiß ja nicht, wie oft dort noch Kollegen hinbestellt wurden, aber Luke Maxwell ist eine tickende Zeitbombe. Das habe ich Cassidy am Montag auch gesagt. Ich habe ihr ins Gewissen geredet und versucht, ihr klarzumachen, dass er sie töten könnte."

Young nickte verstehend. „Guter Einsatz, Officer. Das hätte nicht jeder getan."

„Das hat außer mir auch niemand getan."

„Kann ich mir denken. Denken Sie, Sie haben etwas bei Cassidy bewirkt?"

„Ich weiß es nicht", musste Libby ehrlich zugeben. „Sie war eingeschüchtert, hatte immer noch Angst, auch wenn Luke nicht da war."

„Was hat Ihr Bauchgefühl Ihnen gesagt?"

Diese Frage überraschte Libby. „Dass Sie mich anrufen würde. Dienstag oder Mittwoch. Deshalb habe ich Alvarez auch genervt, dass wir hinfahren müssen, um nachzusehen."

Young grinste. „Und er hat durchblicken lassen, dass Sie sich zu sehr reinhängen."

„Ja, sicher … Er hat auch Recht."

„Hat er auch, aber Polizist zu sein, bedeutet auch, Opfer bringen zu müssen. Zumindest laut meiner Erfahrung. Ohne Engagement und wenn man nur Dienst nach Vorschrift macht, kommt man nicht weiter."

Libby zog die Brauen hoch und wandte den Blick nach unten, bevor sie leise sagte: „Da sind Sie der Erste, der mir das hier sagt."

Jetzt lachte er. „Das kann ich mir denken, aber Jenkins ist jetzt weder für besondere Kreativität bekannt, noch dafür, dass er Eigenständigkeit sehr schätzt. Das geht auch anders, das können Sie mir glauben."

„Das haben Sie jetzt schön gesagt …" sagte Libby halblaut.

„Ach, ich kenne Jenkins schon lange. Der weiß gar nicht, wie viel Potenzial Sie haben und anstatt es zu nutzen, gibt er Ihnen noch eins drauf, wenn Sie sich engagieren."

Libby nickte bloß, ohne etwas zu erwidern. Da musste sie ja nur an Donnerstag denken.

„Also, was sagen Sie? Allein löse ich diesen Fall nicht, das ist einfach nicht drin. Ich brauche da Unterstützung. Wenn Sie mir helfen wollen, sorge ich dafür, dass man Sie lässt."

Sprachlos starrte Libby ihn an. „Ist das Ihr Ernst?"

„Klar ist das mein Ernst. Sind Sie einverstanden?"

Libby versuchte, nicht bis über beide Ohren zu grinsen, als sie sagte: „Jederzeit. Ich werde mein Bestes geben."

„Wunderbar. Lassen Sie mich kurz telefonieren."

Young griff zu seinem Telefonhörer, wählte eine Nummer und wartete kurz. Libby hörte zu, während er telefonierte und dem Captain sein Anliegen erklärte.

„Ich weiß, es ist unorthodox, aber es ist doch nicht das erste Mal, dass wir das tun. Andernfalls säße ich allein an dem Fall, das kann nicht funktionieren. Es findet sich doch leichter ein anderer Partner für Alvarez als jemand, der mich unterstützen könnte. In meiner Abteilung sind doch alle überlastet."

Er hörte wieder eine Weile zu und machte schließlich ein zufriedenes Gesicht. „Ich danke Ihnen, Captain. Machen Sie sich keine Gedanken, ich nehme sie unter meine Fittiche. Wiederhören."

Damit legte er auf und wandte sich direkt an Libby. „Ausgezeichnet, man hat Sie mir ausgeliehen. Sozusagen. Wir können gleich anfangen."

Libby wusste gar nicht, wie sie reagieren sollte. Einerseits freute sie sich mehr, als sie hätte sagen können, aber sie war auch verunsichert.

„Ich hoffe, ich kann das …"

„Wenn Sie in die Fußstapfen Ihrer Mutter treten wollen, dann doch nicht ohne Grund. Klar können Sie das. Ich bin übrigens Owen."

„Du kannst mich Libby nennen."

Er lächelte zufrieden. „Fantastisch. Lass uns loslegen, wir haben alle Hände voll zu tun."

„Sicher. Ist es okay, wenn ich kurz meinem Freund Bescheid gebe, damit er sich keine Sorgen macht, wenn ich jetzt nicht wiederkomme?"

Young nickte. „So viel Zeit muss sein."

Libby lächelte und verschwand für einen Moment aus seinem Büro. Um außer Hörweite zu sein, ging sie ins nahe Treppenhaus und rief dann Kieran an.

„Hey, was gibt's?", meldete ihr Freund sich gut gelaunt.

„Das glaubst du jetzt nicht."

„Was ist passiert?"

„Der Detective will, dass ich mit ihm in dem Mordfall ermittle."

„Was, warte … du? Geht das denn?"

„Er hat das gerade mit dem Captain geklärt."

„Oh. Wow. Das ist ja cool."

Das war die Untertreibung des Jahrhunderts. Libby hatte immer noch Herzrasen und hätte Luftsprünge machen können.

Aber sie wusste, das war kein Spaß. Jetzt musste sie alles geben und zeigen, was sie drauf hatte. Das war eine absolut einmalige Chance.

„Ich muss mich da jetzt reinhängen, Kieran. Keine Ahnung, wann ich heute nach Hause komme. Ich hoffe, das ist nicht schlimm."

„Ach was, nein. Zeig denen mal, was du drauf hast! Wie ist er denn darauf gekommen, dich zu fragen?"

„Weil er meine Mum kennt. Er hat sich schlau gemacht."

„Ah, dann ahnt er, was noch alles in dir steckt. Ist doch toll!"

Libby lächelte verhalten. „Ich hoffe, ich enttäusche ihn nicht."

„Niemals. Also, ich drücke dir die Daumen. Das kriegst du schon hin. Bis später."

„Mach's gut." Libby legte auf und atmete tief durch. Das war verrückt. Einfach verrückt. Wie kam der Detective bloß dazu?

Während sie wieder hineinging, straffte sie die Schultern und versuchte, sich zu konzentrieren. Mit einem Mal war sie hellwach. Sie konnte ihm helfen, Cassidys Mörder zu finden, und genau das würde sie jetzt auch tun.

Libby kehrte zurück in Owens Büro und setzte sich ihm wieder gegenüber. „Wie ist denn der aktuelle Stand?"

„Also ... Ich bin heute mitten in der Nacht auf der Suche nach Luke Maxwell gewesen, um ihm mitzuteilen, dass seine Frau ermordet wurde. Das war spannend, denn er war zunächst gar nicht zu Hause."

„Klingt schon fast verdächtig."

„Er war in einer Bar auf der Taylor Street, also ganz in der Nähe. Ich wollte ihn schon zur Fahndung ausschreiben lassen, als er voll wie zehn Russen nach Hause kam – zu Fuß. Dass er sich nicht verlaufen hat, grenzt an ein Wunder."

„Wann war er denn dort?"

„Etwa seit zweiundzwanzig Uhr. So weit ich das bis jetzt sagen kann, gibt es genügend Zeugen, die das bestätigen können. Er kann also unmöglich Cassidys Leichnam entsorgt haben."

„Was ja erst mal nichts heißt."

„Das stimmt, zumal der Kerl mir generell nicht gefällt. Erst wollte er mich gar nicht ins Haus lassen und hat mich auch gar nicht gefragt, was ich will. Als ich ihm dann mitgeteilt habe, dass seine Frau tot aufgefunden wurde, hatte ich das Gefühl, ich spreche mit einem Holzklotz. Das hat ihn nicht im Mindesten schockiert oder überrascht. Er hat auch nicht gefragt, wie das passiert ist."

Libby nickte. „Wenn er es weiß ..."

„Dachte ich auch. Als ich ihn gefragt habe, ob er seine Frau denn gar nicht vermisst, meinte er, er hätte sie zuletzt am Dienstag Morgen vor der Arbeit gesehen."

Nachdenklich kniff Libby die Augen zusammen. „Am Vorabend wurde sie auch von den Nachbarn zuletzt gesehen."

„Genau, das sagtest du ja schon. Aber jetzt kommt's. Ich

wollte wissen, ob er sie denn gar nicht als vermisst gemeldet habe, und da sagte er mir, sie hätten sowieso Beziehungsprobleme gehabt und als er am Dienstag von der Arbeit kam, waren einige von Cassidys Sachen weg und auf dem Küchentisch lag nur ein Zettel." Owen griff in einen Stapel Papier und zog einen Asservatenbeutel mit einem kleinen Blatt Papier heraus, den er Libby hinschob.

Ein Notizzettel war mit den Worten beschriftet: *Such nicht nach mir, du findest mich sowieso nicht. Cassidy*

„Sieht aus wie die Handschrift einer Frau", fand Libby.

„Ich war schon bei ihrer Mutter, die mir bestätigt hat, dass es Cassidys Handschrift ist."

„Maxwell hat sie also nicht als vermisst gemeldet, weil er dachte, sie ist ihm weggelaufen?"

„Hat er gesagt, ja."

Libby schüttelte heftig den Kopf. „Das nehme ich ihm nicht ab. Ich kenne ihn – er ist ein Kontrollfreak, er hat sogar für seine Frau mit uns gesprochen, wenn sie daneben stand. Er ist einfach nicht der Typ, der nur nickt und mit den Schultern zuckt, wenn seine Frau ihm wegläuft. Niemals."

„Nein, den Eindruck hatte ich auch nicht. Er behauptet jedenfalls, Cassidy sei seit Dienstag verschwunden und für den Zeitraum, in dem ihre Leiche abgeladen wurde, hat er wohl ein Alibi."

„Und was ist mit der Nacht davor?"

„Da bin ich noch dran. Er hat mir Namen von Männern genannt, mit denen er zusammen gewesen sein will, aber von denen habe ich noch keinen aufgespürt."

Mit nachdenklicher Miene beugte Libby sich vor und begutachtete noch einmal den Zettel. Das war vielleicht Cassidys Handschrift, aber trotzdem hielt sie diese Nachricht für gefälscht.

„Das ergibt keinen Sinn. Ich war bei ihr und habe ihr Hilfe angeboten. Es hätte nicht gepasst, dass sie plötzlich ihre Sachen packt und verschwindet – und schon gar nicht hätte sie ihm diesen Zettel hinterlassen. Dazu fehlte ihr schlichtweg der Mut."

„Was denkst du, was sie getan hätte? Du hast sie mehrmals erlebt."

„Ich habe ihr meine persönliche Unterstützung angeboten, weil ich den Eindruck hatte, dass das hilft. Dass sie die in Anspruch nehmen würde. Es war ein sehr persönliches Gespräch. Sie war aber noch nicht so weit, dass sie irgendwas entschieden hätte. So wie ich sie eingeschätzt habe, hätte sie mich irgendwann in Lukes Abwesenheit angerufen und mich gebeten, sie zur Polizei oder in ein Frauenhaus zu bringen. Sie wäre nicht einfach gegangen, dazu fehlte ihr der Mumm. Ich finde auch nicht, dass der Tonfall dieser Nachricht auf dem Zettel zu ihr passt. Überhaupt – den hätte sie nicht geschrieben."

Owen nickte. „Ich denke auch, der sollte uns nur erklären, warum sie nicht als vermisst gemeldet wurde."

„Man hätte sie zwingen können, das zu schreiben."

„Eben. Ich hatte mich da heute morgen gerade richtig reingefuchst und mit ihrer Mutter gesprochen, als mir klar wurde, dass ich da allein nicht weiterkomme. Und nicht nur das – mir war klar, dass ich deine Hilfe wirklich brauchen kann, weil du sie gekannt hast. Deshalb habe ich mich hingesetzt und nachgeschaut, was du mitbringst und ob du mich nicht unterstützen könntest."

„Und wie willst du jetzt weiter vorgehen?"

„Ich will sehen, dass ich einen Durchsuchungsbefehl für das Haus der Maxwells kriege. Vielleicht finden wir dort irgendwo weitere Anhaltspunkte. Ansonsten will ich Maxwells Alibi für die Mordnacht überprüfen und ich bin sehr gespannt auf die Ergebnisse der Autopsie. Natürlich muss ich auch in Betracht ziehen, dass Maxwells Geschichte stimmt, auch wenn ich das nicht glaube."

„Die klingt genau passend konstruiert, um alle Fragen zu beantworten, die wir ihm stellen würden. Es war ihm egal, dass seine Frau weg ist und für den Tatzeitpunkt und den Augenblick, in dem ihre Leiche fortgebracht wurde, will er Alibis haben? Wie praktisch für ihn", sagte Libby stirnrunzelnd.

„Ja, das denke ich mir auch. Ich habe Maxwell überprüft, vorbestraft ist er ja tatsächlich nicht. Ich will auch noch mit jedem sprechen, der das Ehepaar kennt. Fest steht, dass er Hilfe hatte und es Mitwisser geben muss, das beweist ja die Tatsache, dass er ihre Leiche nicht weggebracht hat."

„Und auf denjenigen gibt es keinen Hinweis?"

„Außer der Tatsache, dass ein Van gesehen wurde, haben wir nichts."

Mit vor der Brust verschränkten Armen lehnte Libby sich zurück und dachte nach.

„Wann kommen die Autopsieergebnisse?"

„Der Bericht wird wohl noch etwas dauern, aber der Gerichtsmediziner hat mir versprochen, sich bis heute Abend bei mir zu melden. Wahrscheinlich läuft die Obduktion gerade."

„Okay, was können wir bis dahin tun ... Haben wir denn schon eine ausreichende Handhabe, um eine Hausdurchsuchung zu beantragen?"

„Das habe ich auch schon überlegt. Kann sein, aber ich überlege, die Autopsie abzuwarten. Vielleicht findet sich irgendwas an der Leiche, was wir verwenden können, um zum Abgleich die Hausdurchsuchung zu beantragen. Der Gerichtsmediziner hat den Verdacht des Coroners wiederholt, dass sie vergewaltigt wurde. Wenn Sperma gefunden wird, lassen wir Maxwell testen."

Libby grinste. „Dann hätten wir ihn. Wenn er sie angeblich zuletzt Dienstag Morgen gesehen hat ..."

„Mal abwarten, so weit ist es ja noch nicht. Hast du schon eine Theorie, was passiert sein könnte?"

„Ich weiß nicht, ob ich es eine Theorie nennen würde, aber mich lässt der Gedanke nicht los, dass sie vielleicht irgendwo in dem Haus eingesperrt war, während ich noch davor gestanden und nach ihr gesucht habe."

„Der Gedanke kam mir auch schon. Seine Aussage, dass er sie am Montag zuletzt gesehen hat, deckt sich ja mit dem, was der Nachbar dir erzählt hat. Sie war also seitdem weg vom Fenster, aber wie genau?"

„Maxwell hat garantiert damit zu tun, aber er hat nicht allein gehandelt", sagte Libby.

Owen nickte anerkennend. „Wenn ich das mal so sagen darf, Libby: Würde mir jetzt jemand sagen, dass du erst seit vier Monaten bei der Polizei bist – ich würde ihn auslachen. Hat deine Mutter dir von ihrer Arbeit erzählt?"

„Ich habe sie durch ihre Arbeit kennengelernt."

Irritiert runzelte Owen die Stirn. „Wie meinst du das?"

„Sie ist meine Adoptivmutter. Ich kam zu den Whitmans, als ich vierzehn war. Ich habe meine Mutter oft genug bei ihrer Arbeit erlebt, um zu wissen, wie das geht."

„Ja, das merke ich deutlich. Nur weiter so."

Sie lächelte scheu und fuhr mit ihren Überlegungen fort. „Vielleicht kommen wir ja weiter, wenn wir Maxwells Alibi für die Todesnacht überprüfen."

Owen nickte gleich. „Lass uns das machen. Ich glaube, das ist das Sinnvollste, was wir gerade tun können."

„Was will er denn in dem Moment gemacht haben?"

„Eine kleine Pokerrunde bei einem Bekannten zu Hause. Ich war heute schon mal dort, da waren alle ausgeflogen. Wir könnten es noch mal versuchen."

„Sicher. Wer ist das denn?"

„Will Baxter, einschlägig vorbestraft wegen illegalen Waffenbesitzes, Körperverletzung und sexueller Nötigung."

„Ach was", sagte Libby.

Owen grinste. „Fand ich auch nicht uninteressant. Mal sehen, vielleicht haben wir ja jetzt Glück bei ihm, ansonsten habe ich auch noch weitere Namen derer, die dabei gewesen sein sollen."

Libby war gespannt darauf, es zu probieren. Sie folgte Owen zu einem unauffälligen schwarzen Dienstwagen, der nur im Inneren des Fahrzeugs eine Blaulichteinheit montiert hatte. Irgendwie fühlte es sich gut an, auf dem Beifahrersitz Platz zu nehmen. Gerade fühlte sie sich schon richtig wie ein Detective und hätte sich glatt daran gewöhnen können.

„Dann wollen wir mal", sagte Owen und fuhr los. „Ich wusste gar nicht, dass du adoptiert bist. Darf ich fragen, wie es dazu kam?"

„Sicher. Ich nehme an, du weißt, wer Warren Jeffs ist?"

Owen nickte. „Der stand mal auf der Most Wanted-Liste des FBI, den kann man durchaus kennen."

„Ich wurde in seiner Sekte geboren und als ich vierzehn war, bin ich lieber weggelaufen, als die fünfte Frau meines Onkels zu werden."

Ungläubig starrte Owen sie an. „Wow. Damit hätte ich jetzt nicht gerechnet."

Libby grinste. „Ja, ich habe lange und hart daran gearbeitet, dass man es nicht mehr merkt. Als ich weggelaufen bin, habe ich das in einem altmodischen hellblauen Kleid und mit Flechtzöpfen getan – so wie die Frauen in der FLDS eben aussehen."

„Wahnsinn." Ihm stand die Überraschung ins Gesicht geschrieben.

„Ich bin blindlings einer Highway Patrol vor die Füße gelaufen und man hat mich nach Los Angeles zum FBI gebracht – wichtige Zeugin, du kannst es dir denken. Und weil ich einen kleinen Realitätsschock hatte, hat man Sadie Whitman geholt, um mit mir zu reden. Sie hat mich mit zu sich nach Hause genommen und mir erst mal gezeigt, wie die Welt draußen so funktioniert. Und als bei der Belagerung des FBI in Yucca Valley mein Vater meine Mutter umgebracht hat, stand ich plötzlich ganz allein da. Nicht, dass ich zu meinem Vater zurück gewollt hätte – ich habe später vor Gericht gegen ihn ausgesagt. Aber Sadie und Matt haben sich gleich bereit erklärt, mich aufzunehmen und später haben sie mich adoptiert."

Anerkennend zog Owen die Brauen hoch. „Toll. Hätte nicht jeder gemacht."

„Sadie ist mein großes Vorbild. Inzwischen habe ich alles, was sie an Literatur über Kriminologie, Psychologie und Profiling besitzt, verschlungen."

„Das merkt man. Heute Nacht hast du dich anders verhalten, als man es von einer Streifenpolizistin erwarten würde. Analytischer."

Libby lächelte, erwiderte jedoch nichts. Owen konzentrierte sich auf den Verkehr, als er sich für ein kurzes Stück auf der Interstate 880 einfädelte. Der Weg führte sie nach Cory im Westen der Stadt. Es war ein Wohngebiet mit dicht stehenden, kleinen Häusern, aber alles wirkte gepflegt und gemütlich. Owen parkte vor einem unscheinbaren Haus und Libby folgte ihm zur Tür. Eine Klingel gab es nicht, deshalb hämmerte Owen an die Tür.

„San José PD", rief er und wartete ab. Diesmal dauerte es nicht lang, bis ein ungepflegt wirkender Mann um die dreißig die Tür öffnete und beide müde anblinzelte. „Polizei?"

„William Baxter?"

Der Mann nickte. „Und Sie sind?"

Owen hielt ihm seine Dienstmarke vor die Nase. „Detective Young und Officer Whitman. Dürfen wir reinkommen?"

„Worum geht es denn?"

„Um Luke Maxwell." Mehr wollte Owen vor der Tür nicht sagen, doch Baxter gab sich damit zufrieden und ließ die beiden wortlos herein. Er ging voraus ins Wohnzimmer. Beim Betreten des Hauses dachte Libby naserümpfend, dass es keine schlechte Idee gewesen wäre, mal zu lüften.

„Setzen Sie sich ruhig irgendwo", sagte Baxter und nahm selbst auf einem der beiden Sofas Platz. „Was wollen Sie denn von Luke?"

„Letzte Nacht wurde seine Frau Cassidy tot aufgefunden."

Überrascht und gleichzeitig interessiert runzelte Baxter die Stirn. „Tatsächlich?"

„Sie starb vorgestern Nacht. Er sagte mir, dass er zu dem Zeitpunkt mit Ihnen zusammen war."

„Das stimmt, wir waren hier und haben Poker gespielt", sagte Baxter. „Da hat er uns auch erzählt, dass die kleine Schlampe einfach abgehauen ist."

„Sie meinen Mrs. Maxwell", präzisierte Owen stirnrunzelnd.

„Nennen Sie sie, wie Sie wollen. Er hat sich oft über sie beklagt. Eine mustergültige Ehefrau war sie nicht gerade."

„Ach nein?"

„Er hat uns oft erzählt, dass sie den Haushalt schlampig führt und sich außerdem darüber beklagt, dass sie ihn nicht ranlässt. Sie hat ihm die kalte Schulter gezeigt."

„Wie passt das nur damit zusammen, dass wir oft Einsätze

wegen häuslicher Gewalt bei den beiden fahren mussten?", überlegte Owen laut.

„Sie hatte es eben nötig!"

„Meinen Sie, ja?"

„Es wundert mich jedenfalls nicht, dass das jetzt dabei rausgekommen ist."

„Und Luke war die ganze Zeit über bei Ihnen?"

„Wenn ich es doch sage. Sie können auch die anderen fragen. Wissen Sie, wer noch da war?"

Owen nickte. „Das hat er mir gesagt. Sie wussten also, dass um die Ehe der Maxwells nicht allzu gut bestellt war?"

„Das war ja kein Geheimnis. Bestimmt hat sie einer draußen auf der Straße umgebracht. Luke war es jedenfalls nicht", sagte Baxter. „Zwar weint er ihr jetzt bestimmt keine Träne hinterher, aber er hat auf keinen Fall seine eigene Frau umgebracht."

„Kann er ja auch schlecht, wenn er zur fraglichen Zeit mit Ihnen zusammen war, oder? Wie lang haben Sie denn gepokert?"

„Oh, sicher von einundzwanzig Uhr bis zwei Uhr nachts."

„Danke", erwiderte Owen. Sie würden jetzt noch vom Gerichtsmediziner Cassidys genauen Todeszeitpunkt erfahren, dann konnten sie das abgleichen.

„Aber Sie wussten, dass er sie schlägt?", fragte Owen.

Baxter zuckte mit den Schultern. „Ja, kann sein. Er hat eben getan, was er für nötig hielt. War es das jetzt?"

„Fürs Erste schon. Halten Sie sich bitte zu unserer Verfügung. Gut möglich, dass wir noch mal auf Sie zukommen."

Baxter zuckte mit den Schultern. „Sie finden allein raus?"

„Ja, kein Problem", erwiderte Owen scharf und ohne sich zu verabschieden. Libby folgte ihm nach draußen und wartete ab, bis sie wieder im Auto saßen, aber dann sagte sie: „Der weiß doch irgendwas."

„Glaube ich auch. Mal sehen, ob die anderen Teilnehmer der Pokerrunde das Alibi bestätigen."

Libby war einverstanden und so fuhren sie noch zu zwei weiteren Männern, die angeblich an besagtem Abend dabei gewesen waren. Jerry Hall und George Simmons erzählten ihnen jedoch ungefähr dasselbe wie Will Baxter. Sie gaben sich desinteressiert, waren wenig schockiert über Cassidys Tod und behaupteten übereinstimmend, dass Luke ein feiner Kerl war und Cassidy es nicht anders verdient hatte.

Vor Wut kochend stieg Libby schließlich wieder in den Streifenwagen und starrte schweigend aus dem Fenster. Owen warf ihr einen fragenden Blick zu.

„Alles in Ordnung?"

Libby nickte, ohne ihn anzusehen. „Ich hasse nur solche Typen."

„Kann ich verstehen."

„Dort, wo ich aufgewachsen bin, waren Frauen bessere Sklavinnen. Diese Männer erinnern mich an meinen Vater und meinen Onkel. Das macht mich aggressiv."

Owen nickte mitfühlend. „Leider kann ich sie ja nicht wegen eklatanter Dummheit festnehmen."

Das entlockte Libby nun doch ein Grinsen. „Schade eigentlich."

Nach einem Blick auf die Uhr sagte Owen: „Kein Wunder, dass ich Hunger habe. Wie ist es bei dir?"

Es war inzwischen halb sechs abends. Seit dem Frühstück hatte Libby nichts gegessen, deshalb nickte sie.

„Wär nicht schlecht, mal was zu essen."

In diesem Moment klingelte Owens Handy und er nahm das Gespräch an. Es dauerte keine halbe Minute und nachdem er aufgelegt hatte, sagte er: „Das Essen muss noch kurz warten, das war die Gerichtsmedizin. Die Autopsie ist abgeschlossen, wir können vorbeikommen. Warst du schon mal in der Gerichtsmedizin?"

Libby schüttelte den Kopf. „Nein – und ein wenig graut mir davor."

„Sagen wir so, es gibt angenehmere Aufgaben im Job, aber das ist alles zu verkraften."

„Okay … ich bin gespannt."

„Das wird schon, du wirst sehen." Owen lächelte ermutigend und fuhr los.

„Vielleicht ist es gar nicht so schlecht, wenn wir erst nach unserem Besuch hier was essen gehen", sagte Owen, während er vor dem Gebäude der Gerichtsmedizin parkte. Das Gebäude mit der riesigen Glasfront gehörte zum Santa Clara Valley Medical Center.

„Bin ja mal gespannt, ob ich gleich noch Hunger habe", murmelte Libby, während sie die Beifahrertür schloss.

„Man gewöhnt sich dran. Das packst du bestimmt. Sie wird ja nicht schlimmer aussehen als heute Nacht."

Da hatte er wohl Recht. Libby folgte ihm ins Gebäude, wo er sich wiederum mit seiner Dienstmarke auswies und sich und Libby vorstellte. Sie mussten kurz in der Eingangshalle warten, bis der Gerichtsmediziner sie empfing.

Libby war mulmig zumute, als sie den Männern in den Obduktionssaal folgte. Unter einem Leichentuch lag Cassidy, war aber nur bis zu den Schultern zugedeckt. Der Ansatz der frisch vernähten Schnitte, mit denen man ihren Brustkorb geöffnet hatte, war gerade eben noch zu sehen. Die Würgemale an ihrem Hals hatten sich seit Montag sichtlich verfärbt und waren etwas verblasst, aber es waren neue hinzugekommen.

Überrascht stellte Libby fest, dass ihr von diesem Anblick weniger mulmig zumute war als erwartet. Alles war klinisch steril und kühl, es war eine nüchterne Atmosphäre. Man hatte Cassidy gewaschen, sie war nur sehr blass, wirkte aber friedlicher als nachts am Fundort. Allerdings war jetzt auch ihr geschwollenes Auge besser zu sehen und Libby bemerkte auch, dass ihre Lippe aufgeplatzt war. Das war ihr zuvor gar nicht aufgefallen.

„Ihre neue Partnerin ist aber jung", stellte der Gerichtsmediziner fest, als sie um die Leiche herum Position bezogen hatten.

„Sie ist … ach, lassen wir das. Ist ja egal", sagte Owen und fragte: „Was haben Sie herausgefunden?"

„Also … Die Todesursache ist Ersticken. Sehen Sie." Der Pathologe schlug das Tuch weiter zurück und deutete auf ein riesiges Hämatom an Cassidys Seite. „Ich habe zwei Rippenfrakturen gefunden. Eine der Rippen hat aufgrund der anhaltenden Misshandlungen ihre Lunge perforiert. Das führt zu einem Pneumothorax, der Lungenflügel ist kollabiert. Der andere hat das zwar noch eine Weile aufgefangen, aber ich vermute, dass das entweder niemand mitbekommen hat oder mitbekommen wollte. Sie ist daran langsam erstickt. Das ist ein qualvoller Tod."

Libby zog die Schultern hoch und versuchte, das nicht an sich heranzulassen.

„Todeszeitpunkt?", fragte Owen.

„In der Nacht von Freitag auf Samstag so etwa zwischen dreiundzwanzig und ein Uhr, würde ich sagen."

Libby machte ein wissendes Gesicht. Genau zu dem Zeitpunkt, für den Luke ein Alibi hatte. Wie praktisch.

„Was noch?", fragte Owen.

„Sie wurde übel zugerichtet, anders kann man es nicht ausdrücken, und das nicht erst kurz vor ihrem Tod. Sie ist über lange Zeit misshandelt worden. Sehr lange Zeit." Mit diesen Worten deckte der Gerichtsmediziner sie auf und deutete auf einzelne Narben auf Cassidys Haut. Libby sah verheilte Schnitte und kreisrunde, schwulstige Narben, kleiner als einen Zentimeter im Durchmesser.

„Zigaretten?", fragte Owen schockiert.

„Richtig. Man hat Zigaretten auf ihrer Haut ausgedrückt."

Libby blickte auf und verzog das Gesicht, sagte aber nichts.

„Darüber hinaus wurde sie mit Messern verletzt und auf ihrem Rücken habe ich Narben gefunden, die vermutlich von Schlägen mit einem Rohrstock herrühren. Sie hat außerdem einige verheilte Frakturen, darunter das Nasenbein, ein Schlüsselbein, ein Arm und zwei Rippen. Manche dieser Brüche sind sehr alt und haben sich fast ein wenig verwachsen, was mir sagt, dass sie noch während ihrer Kindheit und Jugend entstanden sein müssen."

Libby nickte langsam. „Sie hat mir erzählt, dass sie schon von ihrem Vater misshandelt wurde."

„Dann passt das ja. Andere Verletzungen sind jünger. Wie Sie sehen, hat sie einige Hämatome und Prellungen, teilweise sind die eine Woche alt, manche erst wenige Tage. Sie wurde also bis zu ihrem Tod misshandelt. Darüber hinaus haben Sie ja schon die Fesselmale an ihren Händen und Füßen entdeckt."

Owen nickte. „Sie muss lang gefesselt gewesen sein, wenn das so aussieht."

„In den letzten Tagen vor ihrem Tod, würde ich vermuten. Sie hatte übrigens überhaupt nichts mehr im Magen. Man hat ihr also seit einigen Tagen nichts mehr zu essen gegeben."

Libby schluckte und blickte unruhig zu dem Gerichtsmediziner. Was würde noch kommen?

„Und was ist mit dem Verdacht auf Vergewaltigung?", fragte Owen scheinbar ungerührt.

„Jetzt kommen die ganz unappetitlichen Details." Der Gerichtsmediziner blickte kurz zu Libby, die keine Miene verzog.

„Samthandschuhe sind nicht nötig bei meiner Partnerin, denke ich", sagte Owen. Überrascht sah Libby ihn an und obwohl sie eigentlich dringend widersprechen wollte, war sie ihm dankbar dafür, dass er sie auf Augenhöhe betrachtete.

„Also schön ... ja, sie wurde vergewaltigt. Mehrfach. Wir konnten Spermaspuren sichern, der Test läuft. Sie hat die üblichen Hämatome, die man vermuten würde, aber man hat ihr wirklich übel mitgespielt. Es würde mich nicht wundern, wenn wir noch ein bisschen an der DNA-Analyse sitzen und ein gemischtes Profil kriegen, denn sie wurde sowohl vaginal als auch anal vergewaltigt. Könnten mehrere Täter gewesen sein. Manche der Verletzungen waren schon dabei, wieder zu verheilen."

„Also über mehrere Tage immer wieder", schloss Owen, während Libby mit zu Fäusten geballten Händen dastand und geradeaus stierte, ohne etwas zu sehen. Sie konzentrierte sich nur aufs Atmen.

„Das war meine Schlussfolgerung. Wer auch immer ihr das angetan hat, hat keine Rücksicht auf Verluste genommen."

„Meine Güte", sagte Owen kopfschüttelnd und blickte zu Libby. Es dauerte einen Augenblick, bis sie das überhaupt merkte, und er fragte: „Alles okay?"

„Geht schon", sagte sie und bemühte sich darum, ihre Stimme fest klingen zu lassen.

„Was haben Sie noch?", fragte Owen den Pathologen. „Konnten Sie noch irgendwelche Spuren an der Leiche sichern, die uns verraten könnten, wo man sie vor ihrem Tod festgehalten hat?"

„Dadurch, dass sie in dem Klärbecken schwamm und nackt war, war da nicht viel zu holen. In ihren Haaren hingen einzig ein paar Holzspäne, die wir sichern konnten. Hilft Ihnen das?"

„Weiß ich noch nicht", sagte Owen. „Einen guten Aufhänger für meinen angepeilten Durchsuchungsbeschluss liefern sie auf jeden Fall."

„Immerhin. Ich weiß nicht, wie hoch ich ihre Beweiskraft einschätzen soll, aber es ist besser als nichts."

„Würde ich auch sagen. Sonst noch irgendwas?"

Der Gerichtsmediziner schüttelte den Kopf. „Das war das Wesentliche. Der Rest wird im Bericht stehen."

„In Ordnung. Haben Sie vielen Dank."

Owen und Libby verabschiedeten sich von dem Gerichtsmediziner und verließen das Gebäude. Libby war froh, wieder frische Luft atmen zu können. Allmählich ließ ihre Anspannung wieder nach. Sie war froh, dass der Gerichtsmediziner ihr die genauen Details über die Verletzungen in Cassidys Genitalbereich erspart hatte. Ihr Kopfkino lief ohnehin schon.

Schweigend setzte Libby sich wieder ins Auto, schnallte sich an und verschränkte die Arme vor der Brust. Owen musterte sie, während er neben ihr Platz nahm.

„Und, war es so schlimm wie befürchtet?"

„Nein, gar nicht", sagte Libby – froh darüber, ein bisschen Smalltalk halten zu können. „Es hatte eigentlich eher Krankenhausatmosphäre."

„Stimmt. Was Cassidy mitmachen musste, ging dir aber nahe, oder?"

Libby nickte. „Schieb es auf meine fehlende Erfahrung, aber das tut es."

„Das hat mit fehlender Erfahrung gar nichts zu tun. Es ist schwer, seinen Umgang mit solchen Dingen zu finden. Aber ich habe mehr Angst vor den Kollegen, denen das nichts ausmacht als vor denen, die deshalb mal schlecht schlafen."

„Gut, dass du das so sagst ..."

„Das ist mein Ernst. Natürlich darf man sich von so etwas nicht kaputt machen lassen, aber es ist nie gut, wenn man so abstumpft, dass einen das nicht mehr berührt. Ich kann nur für ein Verbrechensopfer kämpfen, wenn sein Schicksal mich betrifft."

Libby nickte. „Das würde ich auch sagen."

„Hat deine Mutter das je anders beschrieben?"

„Sie hat nie explizit darüber gesprochen, aber ich habe es ja miterlebt. Sie war persönlich immer involviert – manchmal zu sehr, aber da hat man ihr keine Wahl gelassen. Das ist aber ein anderes Thema."

Owen lächelte. „Immer noch Hunger?"

Grinsend erwiderte Libby: „Schon, ja. Wenn mir das auf den Magen schlagen würde, wäre ich falsch in dem Job."

„Wohl wahr. Ich kenne ein schönes kleines Diner an der Santa Clara University, das ist nicht weit von hier. Was meinst du?"

„Klingt gut."

Während der Fahrt unterhielten sie sich ein wenig über die unappetitlichen Details des Jobs – Gerichtsmedizin, Einzelheiten einer Autopsie, Tatortbegehungen. Libby war froh, dass Owen betont hatte, keine Schwäche darin zu sehen, wenn man Emotionen bei solchen Dingen zuließ. Alles andere wäre ihr auch sehr widernatürlich erschienen.

Schließlich hatten sie das Diner mit dem Namen Hungry Hound erreicht und wurden von einer Kellnerin an einen Tisch in einer Ecke geführt. Darum hatte Owen sie gebeten, denn er wollte sich in Ruhe mit Libby unterhalten, ohne dass jemand ihnen dabei zuhörte.

Libby bestellte sich ein großes Glas Cola, um die Müdigkeit in Schach zu halten, die hintergründig immer noch lauerte. Zunächst gaben sie ihre Bestellung auf, bevor Owen sich mit wachem Blick umschaute und nachdenklich die Fingerspitzen aneinander tippte.

„Was denkst du, was da los ist?", fragte er.

„Weiß ich nicht genau. Ich halte Luke nicht für unschuldig, der steckt da irgendwie mit drin. Dafür ist mir das zu konstruiert. Mir schleicht immer noch die Frage nach, ob Cassidy die ganze Zeit in ihrem eigenen Haus gefangen gehalten wurde und ob sie dort gestorben ist."

„Das kriegen wir raus. Heute erwirke ich keinen Durchsuchungsbefehl mehr, aber ich bereite gleich noch alles dafür vor und sorge dafür, dass er das Erste ist, was der Richter morgen unterschreibt. Wir müssen ins Haus der Maxwells und sehen, ob wir da entsprechende Spuren finden – Holzspäne, Blutflecken … Cassidy hatte Blut am Kopf. Das muss irgendwo gelandet sein. Zur Not pinsele ich das ganze Haus persönlich mit Luminol ein. Kennst du das Zeug?"

„Noch nicht persönlich benutzt, aber ich weiß, dass man damit Körperflüssigkeiten im Schwarzlicht sichtbar machen kann."

Owen nickte. „Du kommst vermutlich auch eher selten dazu, es zu benutzen, das ist ja Sache der Spurensicherung."

Nach einer kurzen Pause sagte Libby: „Vielleicht bin ich da durch den Job meiner Mum vorbelastet, aber gerade habe ich ganz üble Bilder im Kopf. Cassidy ist zwischen Dienstag und Freitag irgendwo eingesperrt gewesen und man hat sie geschlagen und vergewaltigt. Verprügelt hat Luke sie auch. Was hat er damit zu tun?"

„Hatte deine Mum solche Fälle?"

„Mit entführten, vergewaltigten und ermordeten Frauen? Mehrere, ja. Ihr eigener Vater war ein Serienmörder."

Überrascht hob Owen die Augenbrauen. „Im Ernst?"

„Ihr Geburtsname lautet Kim Foster", sagte Libby und wartete kurz, während sie beobachtete, wie es in Owen arbeitete. Plötzlich zeichnete sich Erkenntnis in seinem Blick ab.

„Der Oregon Strangler Rick Foster."

Libby nickte. „Unnötig zu erwähnen, dass sie ihn gehasst hat."

„Oh, das glaube ich. Aber ich wette, genau solche Typen mussten sich am meisten vor ihr in Acht nehmen, was?"

„Könnte man so sagen, ja. Aber das hier … das ist irgendwie ähnlich. Ich glaube ja gar nicht, dass Cassidy in dem Moment sterben sollte, als es passiert ist. Das war vermutlich die Folge unterlassener Hilfeleistung."

„Möglich. Aber wie passt denn ein prügelnder Ehemann zu dem, was hier passiert ist? Das klingt alles nicht danach, als hätte das jemand allein gemacht."

„Nein, aber beteiligt war Luke vermutlich schon. Die Leidenschaft, die der Gerichtsmediziner vorhin hinsichtlich der Todesart angesprochen hat – das würde zu ihm passen."

„Das stimmt. Ich halte es auch für abwegig, dass sie weggelaufen und vom Regen in die Traufe geraten ist. Das ist nicht wahrscheinlich."

Libby nickte. „Interessant wäre jetzt bloß, zu wissen, ob er von meinem Besuch am Montag wusste und ob das ursächlich war."

„Wieso? Klar, du könntest dir dann hervorragend die Schuld geben, aber …"

Libby grinste unwillig. „Stimmt, aber ich frage mich eins: Er hat sie jahrelang geschlagen und vielleicht auch vergewaltigt – warum plötzlich genau dann dieser Exzess?"

„Wir müssen ihm das überhaupt erst mal nachweisen. Ich hoffe, wir finden was in seinem Haus, das ihn mit der Tat in Verbindung bringt, sonst haben wir ein Problem."

Nach kurzem Überlegen kam Libby zu dem Schluss, dass Owen Recht hatte. Ihr schönstes Bauchgefühl nützte ihnen nichts, wenn sie keine Beweise hatten.

„Maxwell muss ja irgendwas mit ihrem Verschwinden zu tun haben, schließlich hatte er diese Abschiedsnotiz von Cassidy, die ich für getürkt halte", sagte Libby.

„Zusammen mit dem Durchsuchungsbefehl unterschreibt der Richter mir dann noch eine Anordnung, bei Luke Maxwell eine Speichelprobe zu nehmen … Mal sehen, was dabei rauskommt. Wenn das ein Treffer wird, haben wir ihn. Vorausgesetzt, er ist so dumm und hat kein Kondom benutzt."

„Es ist ja immer wieder faszinierend, durch welche selbstgemachten Pannen Täter sich überführen lassen", sagte Libby.

„Stimmt. Aber mal sehen – irgendwas sagt mir, dass das hier trotz allem nicht so einfach wird."

„Ich bin fest entschlossen, alles zu tun, damit wir das aufklären können."

„Ja, das merke ich. Als ich den Captain heute Nachmittag gefragt habe, ob ich dich zur Unterstützung ausleihen kann, konnte ich zwar deutlich hören, dass er mich für unzurechnungsfähig hält, weil du formell gesehen meilenweit weg von der Qualifikation bist, die es bräuchte – aber faktisch lieferst du hier großartige Arbeit ab. Den Papierkram mache ich aber gleich allein, bevor ich nach Hause fahre und du machst dich gleich dorthin auf den Weg."

„Hast du mehr geschlafen als ich?"

Owen lachte. „Nein, vermutlich eher im Gegenteil, aber das macht mir nichts aus. Morgen müssen wir spätestens um acht im Department sein und weitermachen, bis dahin solltest du jeden Schlaf mitnehmen, den du kriegen kannst."

„Das habe ich auch vor", sagte Libby.

Während des Essens unterhielten sie sich hauptsächlich über die Polizeiarbeit im Allgemeinen, denn ihre Konzentration ließ immer mehr nach.

„Wie steht denn dein Freund eigentlich dazu, dass du Polizistin bist und zum FBI willst? Unterstützt er das?", fragte Owen.

„Er hat vielleicht ein bisschen Bauchweh dabei, aber bis jetzt habe ich das Gefühl, dass er hinter mir steht."

„Das ist verdammt wichtig. Ich war jahrelang mit einer Frau zusammen und schließlich sogar verlobt, die dann, als es ernst wurde mit unserer Hochzeit, noch merkte, dass sie mit meinem Job eigentlich nicht zurecht kommt."

„Oh."

„Ich war damals in eine Schießerei verwickelt und zwei Kugeln haben meine Weste getroffen. Das hat sie verfolgt. Mehr als mich."

„Irgendwie traurig."

„Ach, das ist mittlerweile Schnee von gestern. Ich hoffe nur, dass die nächste zukünftige Mrs. Young da etwas anders tickt."

„Bestimmt", sagte Libby, weil ihr nichts Besseres einfiel.

Nach dem Essen zahlte Owen für sie beide, murmelte irgendwas von Spesen und fuhr zurück zum Department, wo die beiden sich voneinander verabschiedeten.

„Also dann, morgen um acht in meinem Büro", sagte er zum Abschied und Libby nickte.

„Ich freue mich drauf."

Owen hob einen Daumen, während er sich abwandte und im Gebäude verschwand. Libby ging zu ihrem Auto und fuhr todmüde nach Hause. Trotzdem begleitete sie ein echtes Hochgefühl, als sie ihre kleine Wohnung betrat.

Kieran saß mit einer Schale vom Takeaway um die Ecke vor dem Fernseher und lächelte, als er Libby kommen sah.

„Hey, da bist du ja. Wie ist es gelaufen?"

Libby blieb mitten im Raum stehen und grinste breit. „Ich ermittle mit Detective Owen Young in einem Mordfall."

„Ich habe vorhin am Telefon kurz geglaubt, dass du mich auf den Arm nimmst. Tust du aber nicht, oder?"

„Nein! Das ist mein Ernst. Ich war vorhin mit ihm in der Gerichtsmedizin. Er ist einfach großartig – er meint, ich kann das und deshalb lässt er es mich machen."

„Damit hat er als Erster bei euch im Department Grips bewiesen", murmelte Kieran trocken.

„Ich kann es immer noch nicht fassen."

„Erzähl doch mal." Mit diesen Worten stellte Kieran den Fernseher ab und nachdem Libby sich etwas zu trinken geholt hatte, gesellte sie sich zu ihm. So viel Zeit musste sein, bevor sie tot ins Bett fiel.

Montag, 9. November

Als Libbys Wecker um halb sieben klingelte, fühlte sie sich tatsächlich ausgeruht. Sie hatte geschlafen wie ein Stein. Motiviert sprang sie aus dem Bett und ging kurz ins Bad, während Kieran noch versuchte, wach zu werden. Das Frühstück war schon fertig, als er schließlich zu ihr stieß. Er hatte noch schnell geduscht und war bereits für die Arbeit angezogen. Libby fand immer noch, dass er in Hemden ein bisschen verkleidet aussah.

Nach dem Frühstück machten sich beide auf den Weg. Im Department angekommen, nahm Libby einen Umweg über die Umkleide, denn in ihrem Spind war noch eine Wasserflasche, die sie an diesem Tag mitnehmen wollte. Beim Betreten der Umkleide entdeckte sie Miguel, der gerade dabei war, einen Pullover überzuziehen. Seine Uniform lag auf der Bank neben ihm. Er war nicht allein, aber das war kein Problem.

„Hey", sagte sie zu ihm.

Müde hob er den Blick. „Oh, du bist es. Hi."

„Bist du vorhin erst fertig mit der Schicht geworden?"

Miguel nickte. „Wir wurden um halb sechs zu einem Einbruch in North San José gerufen. Das lief bis vorhin."

„Wer fährt jetzt mit dir?"

„Wilson. Ich hab ja gestern ganz schön dumm aus der Wäsche geguckt, als es hieß, dass du abgezogen wurdest, um mit Young zu ermitteln."

Libby verzog schuldbewusst das Gesicht. „Auf dem Heimweg hatte ich noch überlegt, dir Bescheid zu geben, aber ich habe es vergessen. Ich war so müde, du hast ja keine Ahnung."

„So wie ich gerade?" Miguel lachte.

„Das kann ich mir vorstellen."

Miguel wollte schon etwas erwidern, als Henry in der Umkleide hinter Libby erschien und ihr von hinten über die Schulter ins Ohr raunte: „Oh, da ist ja Detective Whitman. Räumst du jetzt deinen Spind leer? Bist du jetzt was Besseres?"

Libby verdrehte die Augen. „Ich helfe Detective Young bei den

Ermittlungen in einem Mordfall, weil er gerade keinen Partner hat und ich den Fall gut kenne."

„Aber natürlich. Ich dachte ja, Alvarez verarscht mich, als er gestern Abend sagte, dass du dich plötzlich bei der Mordkommission rumtreibst. Aber den Scheiß mit dem FBI meinst du ja auch wirklich ernst, oder?"

„Stört es dich etwa, dass ich Ambitionen habe? Kannst dir gar nicht vorstellen, wie das ist, oder?", erwiderte Libby. Sie hasste diesen Kerl. Gegen Späße hatte sie nichts einzuwenden und sie stellte sich auch nicht an, wenn es unter die Gürtellinie ging, aber Henry Allen liebte es, pausenlos auf ihr herumzuhacken.

Er pfiff anerkennend. „Wer wird denn da gleich zickig?"

„Allen, jetzt halt doch mal den Ball flach", versuchte Miguel, dazwischen zu gehen, aber das regte Henry nur noch mehr auf.

„Wer hat dich eigentlich gefragt?"

„Verträgst du es etwa nicht, wenn man dich mit deinen eigenen Waffen schlägt?", fragte Libby Henry.

„Dass du jetzt bei der Mordkommission bist, hat in Windeseile die Runde gemacht. Die fragen sich alle, was da los ist. Young ist ja wirklich nicht mehr ganz dicht, das zu machen. Wie oft musstest du ihm eigentlich einen blasen, damit er dich hier vom Dienst abziehen lässt?"

„Wenn Sie mit Ihrem pubertären Gehabe fertig sind, würde ich Officer Whitman gern zum Dienst abholen", sagte plötzlich Owen. Libby und Henry fuhren zeitgleich herum. Owen stand an den Türrahmen gelehnt da und hatte die Arme vor der Brust verschränkt. Libby hatte keine Ahnung, wie lang er schon da war und er stand für Miguel im toten Winkel, deshalb hatte keiner der drei ihn bemerkt.

„Oh, Detective", entfuhr es Henry kleinlaut.

„Meine Güte, wie schnell man vergisst, welche geistigen Dünnbrettbohrer hier manchmal unterwegs sind", sagte Owen kopfschüttelnd.

„Ich wollte nur eben meine Wasserflasche holen", sagte Libby und sah zu, dass sie zu ihrem Spind kam.

„Kein Problem." Owen grinste Henry breit an, der mit eingezogenem Kopf davonschlich.

„Kannst mich ja mal auf dem Laufenden halten", sagte Miguel, als Libby mit ihrer Wasserflasche zu Owen ging.

„Ja, das mache ich", versprach sie, hob die Hand zum Abschiedsgruß und folgte Owen nach oben in sein Büro.

„Hast du nach mir gesucht?", fragte Libby unterwegs.

„Nein, ich musste noch was mit Jenkins besprechen und bin auf dem Rückweg zufällig an eurer Umkleide vorbeigekommen. Da habe ich dich und diesen kleinen Wichtigtuer reden hören. Du bist ja ganz schön schlagfertig."

„Muss ich doch hier auch sein."

„Ja, das stimmt leider. Es gibt immer noch zu viele Typen hier, die der Meinung sind, Frauen könnten keine guten Polizisten sein. Ich habe bisher das Gegenteil erlebt."

„Aber um anerkannt zu werden, musst du als Frau auch besser sein als deine männlichen Kollegen."

„Ja? Schade. Ich hatte gehofft, dass wir da inzwischen weiter sind. Aber wenn das so ist, macht es mir nur noch mehr Spaß, dich in meine Ermittlungen mit einzubeziehen."

Libby grinste breit. „Vielleicht hält Henry jetzt in Zukunft mal seine vorlaute Klappe."

„Wäre besser für ihn. Für seinen letzten Spruch könnte ich ihm problemlos eine Abmahnung bescheren, das sollte er sich also wirklich überlegen."

„Es scheint sich ja wie ein Lauffeuer herumgesprochen zu haben, dass ich jetzt mit dir zusammen arbeite."

„Ja, scheint mir auch so, dabei kommt so etwas immer wieder vor. Dafür kann es die verschiedensten Gründe geben, die sollen also mal alle nicht so tun", sagte Owen, während er voran in sein Büro ging. Libby folgte ihm und setzte sich. Vermutlich hatte er Recht – ihre eigene Mutter hatte bereits als Streifenpolizistin an einer Mordermittlung mitgewirkt, damals in Waterford, als dort ein Serienkiller Familien getötet hatte. Nur hatte sie nie davon gesprochen, dass sie dafür auch so dumme Sprüche kassiert hatte – im Gegenteil. Das mochte aber daran liegen, dass sie damals schon die Qualifikation fürs FBI gehabt hatte.

Owen nahm vor seinem Rechner Platz und tat kund, dass er gerade dabei war, die Fahrzeuge der Männer zu überprüfen, mit denen Luke Maxwell zu tun hatte.

„Ich will wissen, ob da irgendeiner einen Van fährt", sagte er.

„Klar. Könnte ja sein."

„Ein Team für die Hausdurchsuchung habe ich bereits – fehlt bloß noch die Unterschrift des Richters."

Libby blickte auf die Uhr. „Wann ist damit zu rechnen?"

„Innerhalb der nächsten Stunde, hoffe ich. Andererseits habe ich keine Lust, Luke Maxwell zu begegnen, von daher soll er sich mal ruhig Zeit lassen."

Das entlockte Libby ein Grinsen. „Ich mag den Kerl auch nicht."

„Ich hoffe, wir finden irgendwas."

Das hoffte Libby auch. Zusammen suchten sie nach einem Van in Luke Maxwells Bekanntenkreis, fanden aber vorerst keinen. Schließlich war es kurz vor halb neun und sie saßen untätig herum, weil sie auf den Durchsuchungsbefehl warten mussten.

„Wenn ich den Idioten hier im Department was damit beweisen kann, dass ich jetzt mit dir zusammen arbeite, ist mir das sehr recht", sagte Owen schließlich, während er mit hinter dem Kopf verschränkten Armen auf seinem Schreibtischstuhl saß und an die Korkwand starrte, an die er alle Informationen zu Cassidy Maxwell gepinnt hatte.

„Warum hast du so einen Groll gegen sie?", fragte Libby.

„Ich bin so ein Querdenker wie du. Damit macht man sich bei der Polizei nicht immer Freunde. Ich war schon ein paar Jahre Streifencop, bevor ich es endlich zum Detective geschafft habe und wie ich ja schon erwähnt habe, habe ich auch mal versucht, zum FBI zu kommen. Damals war ich noch gar kein Detective. Ich war eigentlich gar nicht schlecht – was mir den Hals gebrochen hat, war ein medizinischer Test. Ich höre in bestimmten Freqenzbereichen nicht so gut, wie ich es müsste. Danach kräht hier bei der Polizei kein Hahn und ich merke es im Alltag nicht, aber bei dem Test wurde es leider offensichtlich."

„Das tut mir leid", sagte Libby. „Mein Dad hat seinerzeit die Schießprüfung vergeigt. Sie haben ihn genommen, weil er sich anderweitig unverzichtbar gemacht hat und er wurde dann entsprechend nachgeschult."

„Klar, in dem Bereich kann man das machen. Bei mir ging das leider nicht und das war das gefundene Fressen für die Kollegen, als ich dann wieder hier war und weiter Streife gefahren bin."

„Das war bestimmt hart."

„Ach, im Nachhinein bin ich nicht traurig drum, ich bin auch hier zufrieden mit dem, was ich mache. Aber ich drücke dir die Daumen, dass du es packst."

„Danke." Libby lächelte und wollte noch etwas erwidern, aber da klingelte das Telefon. Owen war sofort am Apparat, sagte aber nicht viel und legte schnell wieder auf.

„Los geht's", sagte er und griff nach seiner Jacke, während er aufstand. Libby folgte ihm in ein Büro eine Etage tiefer, wo Owen den Kollegen von der Spurensicherung Bescheid sagte. Außerdem nahmen sie noch zwei Streifenpolizisten mit.

„Schade, dass dein Partner jetzt frei hat", sagte er, als sie im Auto saßen. „Ich hätte ihn gern mit an Bord gehabt."

„Der liegt jetzt bestimmt im Bett."

„Ja, wenn er klug ist."

Kurz darauf waren sie in der Clayton Avenue angekommen und parkten mit drei Fahrzeugen vor Maxwells Haus. Libby war überrascht, sein Auto in der Einfahrt zu sehen.

Owen ging zur Tür und hämmerte laut dagegen. „San José Police Department! Mr. Maxwell, sind Sie da?"

Er wartete einen Moment und klopfte erneut. „Öffnen Sie die Tür. Wir wissen, dass Sie zu Hause sind."

Es dauerte eine ganze Weile, bis Luke an der Tür erschien, aber sie hatten Gepolter im Haus gehört. Als er durch die Tür spähte, wirkte er müde und verkatert.

„Mr. Maxwell, wir haben einen Durchsuchungsbefehl für Ihr Haus", sagte Owen zu ihm.

„Einen was? Wieso? Was wollen Sie hier?", fragte Luke entgeistert. Als er Libby hinter Owen entdeckte, stand ihm die Fassungslosigkeit ins Gesicht geschrieben.

„Und was machen Sie hier?"

„Officer Whitman unterstützt mich bei meinen Ermittlungen bezüglich des Todes Ihrer Frau", sagte Owen, während er Luke den Durchsuchungsbefehl vor die Nase hielt. „Lassen Sie uns jetzt rein?"

„Muss ich das?"

„Sie müssen."

Luke knurrte etwas und trat zur Seite. Owen und Libby betraten als erste das Haus, bevor die Kollegen dazu stießen und überallhin ausschwärmten.

„Sie kommen mit uns ins Wohnzimmer und setzten sich am besten aufs Sofa", sagte Owen zu Maxwell.

„Was, darf ich mich jetzt in meinem eigenen Haus nicht mehr frei bewegen?"

„Solange wir hier zu tun haben, nicht. Oh, Carla, kommst du eben zu uns und nimmst eine Speichelprobe bei Mr. Maxwell?", bat Luke eine Kollegin von der Spurensicherung.

„Eine was? Das wird ja immer schöner!", regte Maxwell sich auf. „Was soll denn das?"

„Auch dafür haben wir eine richterliche Anordnung, also sollten Sie besser mitmachen", sagte Owen ruhig.

„Was wollen Sie denn damit beweisen?"

Carla streifte sich Handschuhe über und packte dann ein Röhrchen mit einem Wattestäbchen aus. Sie bat Maxwell, den Mund zu öffnen und nahm eine Probe bei ihm. Das gefiel ihm sichtlich überhaupt nicht, aber er machte ihnen keinen Ärger.

Nachdem Carla die Probe eingetütet hatte und verschwunden war, wandte Luke sich wieder an Maxwell, der inzwischen damit beschäftigt war, Libby feindselig anzustarren.

„Wir nehmen eine Speichelprobe bei Ihnen, Mr. Maxwell, weil Ihre Frau vor ihrem Tod vergewaltigt wurde."

Luke schnaubte. „Wieso sollte ich meine Frau vergewaltigen?"

„Sagen Sie es mir."

„Keine Ahnung, wer das war, aber von mir werden Sie da

nichts finden. Ich hatte das letzte Mal Sex mit ihr …" Er begann zu überlegen. „Das muss vor über einer Woche gewesen sein. Genau, das war einen Abend bevor Sie hier waren." Das sagte er mit Blick zu Libby.

„Gut zu wissen", sagte Owen trocken. „Wir werden sehen. Trotzdem sind Sie ja nicht sehr erschüttert darüber, das zu hören."

„Nein, wieso? Wenn Sie tatsächlich meint, sie wäre ohne mich besser dran und es vorzieht, mir einfach wegzulaufen … Sie haben es gesehen, Detective. Einen beschissenen kleinen Zettel hat sie mir dagelassen, das ist alles! Keine Ahnung, was passiert ist, aber ich würde fast sagen, das hat sie verdient."

„Warum, weil Sie es gewagt hat, sich Ihnen zu entziehen?", fragte nun Libby.

Maxwell starrte sie an. „Das gefällt Ihnen, oder?"

„Mir gefällt es überhaupt nicht, dass Ihre Frau tot ist, so viel kann ich Ihnen sagen. Ich wünschte, dem wäre nicht so. Was sie in den letzten paar Tagen ihres Lebens durchgemacht hat, kann man wohl getrost als Folter bezeichnen." Libby hatte das noch nicht ganz ausgesprochen, als sie sich auf die Zunge biss und zu Owen schielte, doch der verzog keine Miene.

„Ist mir egal, ehrlich", behauptete Luke. „Ich weiß nichts über ihren Tod. Keine Ahnung, was Sie hier zu finden glauben, aber Sie werden keinen Erfolg haben. Ich habe nichts mit ihrem Tod zu tun. Mein Alibi haben Sie doch überprüft, ja?"

„Haben wir", sagte Owen.

„Und warum genau durchsuchen Sie dann jetzt mein Haus?"

„Nur um sicherzugehen. Da waren Holzspäne in Cassidys Haar. Vielleicht finden wir etwas Entsprechendes hier."

„Aber wenn ich doch ein Alibi habe …?"

„Wir überprüfen Ihr Haus jetzt", beharrte Owen.

Maxwell schnaubte nur, dann fragte Libby: „Wussten Sie, dass ich letzte Woche Montag hier war und mit Cassidy gesprochen habe?"

Überrascht starrte er sie an und behauptete: „Nein. Keine Ahnung."

Libby glaubte ihm kein Wort. Hätte er es nicht gewusst, hätte sie mit einer wütenderen Reaktion gerechnet, aber so klang er fast gleichgültig.

Schließlich bat Owen einen der Streifenpolizisten, ein Auge auf Luke zu haben, bevor er mit Libby aufstand und durchs ganze Haus ging.

Mit wachen Augen schaute Libby sich um. Das Haus war nicht mehr so sauber und aufgeräumt wie noch vor einer Woche. Es machte sich bemerkbar, dass Cassidy nicht mehr dort war. In der Spüle stapelte sich schmutziges Geschirr, auf dem Boden hatte sich Schmutz angesammelt.

Gemeinsam nahmen sie jeden Raum unter die Lupe, wenn auch nur oberflächlich. Die genaue Durchsuchung nahmen die Kollegen vor, die Owen instruiert hatte. Sie suchten nach irgendwas, was Holzspäne hervorbringen oder beherbergen konnte und nach einem möglichen Versteck, in dem man jemanden gefangen halten konnte. Außerdem hielten sie nach Blutspuren Ausschau und nach irgendwelchen Beweismitteln, die belegten, ob Cassidy nach Dienstag noch dort gewesen war oder nicht.

Während Libby mit Owen durch das ganze Haus ging, wurde ihr relativ schnell bewusst, dass nicht viel überhaupt auf Cassidys Anwesenheit hinwies. Es gab keine Fotos der beiden, wenig Dekorationsgegenstände und kaum Dinge, die ihr zu gehören schienen. Ihre Kleidung war noch im Schrank und ihre Zahnbürste stand noch im Bad, aber auf dem Nachttisch lag kein Buch, es gab keine Magazine, keine Schmuckstücke, nichts. Libby betrachtete die Zahnbürste und fragte sich, ob Cassidy die nicht hätte mitnehmen müssen, wenn sie weggelaufen wäre, aber daran glaubte sie ja ohnehin nicht.

„Irgendwie unheimlich", sagte Owen, während er den Kollegen dabei zusah, wie sie alles unter die Lupe nahmen. Schließlich ging er mit Libby in den Keller, dessen Tür sich in der Küche verbarg. Eine alte, morsche Holztreppe führte hinab in den Keller, der aus zwei Räumen bestand. Der große Hauptraum war weitläufig und offen, es befanden sich Regale mit Werkzeug und Lebensmitteln darin. Schräg gegenüber von der Treppe befand sich jedoch ein separater Raum, der mit einer schweren Stahltür separiert wurde. Die Wände bestanden aus solidem Mauerwerk und die Stahltür war nicht bloß von außen mit einem Zahlenschloss an der Klinke gesichert, sondern darüber hinaus noch mit zwei separaten Scharnieren, die mit Vorhängeschlössern gesichert werden konnten.

„Was ist denn das?“, murmelte Owen gespannt, als er das sah. Libby kam näher und nahm ebenfalls alles in Augenschein. Die Tür stand offen und die beiden betraten den dahinter liegenden Raum, der zu ihrer Überraschung absolut leer war. Er war vollständig mit Teppichboden ausgekleidet und es roch scharf nach Reinigungsmitteln. Der Raum war vielleicht zehn Quadratmeter groß und in der Mitte hatten sich vier rechteckige Abdrücke im Teppich verewigt, die von Stuhlbeinen stammen konnten.

„Du kannst mir sagen, was du willst, aber dieser Raum gefällt mir nicht“, sagte Libby.

„Nicht im Geringsten“, stimmte Owen zu. Die beiden waren noch allein im Keller, deshalb ging Owen nach oben und sagte den Kollegen der Spurensicherung Bescheid, die sofort mit ihrer Ausrüstung nach unten kamen.

„Ich will, dass ihr diesen Raum genauestens untersucht. Das volle Programm: Luminol, Fingerabdrücke, Fasern, alles“, sagte er und gab Libby einen Wink, damit sie den Raum verließ. Die Spurensicherung ging erst rein, als alle Schutzanzüge trugen.

„Ist doch seltsam, ein leerer Raum ohne Fenster, aber mit einer schweren Stahltür.“ Owen verschränkte die Arme vor der Brust und blickte zu Libby. „Und wer hat Teppichboden an der Decke?“

„Jemand, der die schallisolierenden Eigenschaften eines Teppichbodens zu schätzen weiß“, sagte Libby tonlos. „Da war es ihm auch egal, dass dieser Teppich eine Fundgrube für die Kollegen sein könnte.“

„Nein, das war ihm nicht egal, sonst würde es jetzt hier nicht nach Reinigungszeug stinken“, widersprach Owen.

„Während wir das hier untersuchen, könnt ihr ja mal nachsehen, welches Reinigungszeug der Typ benutzt", sagte einer der Kollegen von der Spurensicherung.

„Wird gemacht, Chef", sagte Owen und ging mit Libby wieder nach oben. Schweigend folgte Libby ihm und versuchte, die düsteren Gedanken, die sich in ihrem Kopf manifestierten, nicht zuzulassen. Ein hermetisch abschließbarer Raum, vollständig mit Teppich ausgekleidet … Sie hatte Bilder im Kopf, die sie im Schlaf verfolgen würden.

Es fiel ihr schwer, sich zu konzentrieren, als sie mit Owen auf die Suche nach Reinigungsmitteln ging. In einem Küchenschrank fanden sie schließlich, was sie suchten und brachten es zu den Kollegen in den Keller. Owen zeigte die Flasche den Kollegen, von denen einer gleich unglücklich das Gesicht verzog.

„Das hatte ich befürchtet. Das Zeug produziert Sauerstoff, wenn es einmal aufgebracht ist. Damit kann man Blutflecken komplett entfernen. Lass mal riechen."

Der Kollege nahm die Flasche in die Hand und roch daran, woraufhin er nickte.

„Das ist hier zum Einsatz gekommen."

„Willst du mir jetzt sagen, dass sie vielleicht hier war und hier getötet wurde, ihr aber kein Blut mehr nachweisen könnt, weil er es restlos entfernt hat?"

„Nicht unwahrscheinlich, wenn du mich fragst …"

„Scheiße, woher weiß der Kerl denn, wie das geht?"

„Google", murmelte der Mann von der Spurensicherung trocken.

„Das gibt's doch nicht!"

Libby beteiligte sich nicht an der Unterhaltung. Sie starrte mit Grabesmiene in den Raum und verbot sich den Gedanken, dass Cassidy womöglich tatsächlich in diesem Raum gefangen gewesen war, während sie selbst ahnungslos vor der Haustür gestanden hatte.

„Ich will wissen, was Maxwell mit diesem Raum macht", murmelte Owen und ging wieder nach oben. Libby folgte ihm und gesellte sich wieder mit ihm zu Luke ins Wohnzimmer.

„Haben Sie jetzt alles gesehen?", knurrte Luke.

„So ziemlich, ja. Mr. Maxwell, wofür brauchen Sie denn diesen zweiten Kellerraum? Den mit der Stahltür, meine ich."

„Was geht Sie das an?"

„Haben Sie was zu verbergen?"

„Die Tür war da schon drin, als ich das Haus gekauft habe. Was weiß ich, was der Vorbesitzer damit gemacht hat! Ich brauche den Raum nicht, wie Sie sicher gesehen haben. Es ist ja nichts drin."

„Und der Teppichboden an der Decke? War der auch schon drin?"

Luke nickte, ohne Owens Blick auszuweichen.

„Und rein zufällig haben Sie ihn vor ein paar Tagen gereinigt."

„Ach, das hat Cassidy noch gemacht, irgendwann vor anderthalb Wochen."

„Dafür riecht das aber noch ziemlich stark."

„Na und? Die Tür war ja auch zu. Was wollen Sie eigentlich? Ich habe doch ein Alibi, warum gehen Sie mir also auf die Nerven?"

Owen beugte sich vor. „Irgendwas ist hier faul, Mr. Maxwell. Ich weiß das."

„Sie wollen mir unbedingt ans Bein pissen, Detective, oder? Was hat Ihre Kollegin über mich erzählt? Dass es zwischen mir und Cassidy nicht so gut lief?"

„Sie haben sie verprügelt, Maxwell. Weiß Gott, was Sie noch getan haben. Ich könnte es verstehen, sollte sie tatsächlich weggelaufen sein."

„Schön für Sie", schnappte Luke.

Libby schüttelte den Kopf. Er mauerte, weil er wusste, dass sie ihm überhaupt nichts nachweisen konnten. Das alles stank zum Himmel, aber sie hatten keine Beweise. Wenn die Hausdurchsuchung oder der DNA-Test nichts ans Tageslicht brachten, hatten sie ein Problem.

Schließlich rief die Spurensicherung sie wieder nach unten. Bis auf zwei eingeschaltete Schwarzlichtröhren war es dunkel im Keller.

„Nichts", sagte der Kollege. „Wir haben das Luminol aufgebracht, aber wie Sie sehen, sehen Sie nichts. Kein Blut, kein Sperma, überhaupt nichts. Nicht mal Fingerabdrücke. Dieser Raum ist so gut wie steril."

„Das gibt es doch nicht", stöhnte Owen. „Und was ist mit Holzspänen?"

„Auch nichts. Es tut mir leid, Young. Ich teile dein ungutes Gefühl, dass hier was faul ist, aber wir können es nicht beweisen."

„Scheiße!", fluchte Owen ungehalten. „Hoffentlich bringt der DNA-Test etwas."

„Glaube ich nicht", murmelte Libby missmutig.

„Nein, ich auch nicht, aber bekanntermaßen stirbt die Hoffnung ja zuletzt."

Die Kollegen brachten die Hausdurchsuchung noch zu einem Ende, dann machten sie sich wieder auf den Rückweg. Während sie ins Auto stiegen, hatte Libby das Gefühl, von Maxwell beobachtet zu werden. Er hatte schon so dreist gegrinst, als sie das Haus verlassen hatten.

Er wusste genau, dass sie ihm nichts anhaben konnten. Das sagte ihr aber auch, dass es definitiv etwas gab, das er zu verbergen hatte.

„Was machen wir jetzt?", fragte sie Owen, während er zurück zum Revier fuhr. „Was, wenn wir ihm nichts nachweisen können?"

„Wir haben bloß den Van als Anhaltspunkt. Vielleicht kriegen wir darüber etwas raus. Die Kollegen von der Spurensicherung haben ja die Reifenabdrücke vor dem Klärbecken ausgegossen – ich hoffe, das hilft. Wir könnten auch noch mal die Nachbarn befragen. Und wenn alle Stricke reißen, observieren wir ihn. Etwas anderes wird uns nicht übrig bleiben, wenn sich keine neue Spur mehr ergibt."

„Frustrierend."

„Das ist der Job verdammt oft."

Sie gingen erst noch einmal ins Büro und überlegten dort, was nun zu tun war. Dadurch, dass Luke seine Frau so isoliert hatte, gab es keine Freundin, die sie nach irgendwelchen vertraulichen

Informationen von Cassidy hätten fragen können. Ihnen blieben tatsächlich nur die Nachbarn und Owen beschloss, sie nach dem Mittagessen noch einmal aufzusuchen. Ansonsten wartete er noch auf die Analyse der Reifenabdrücke und der DNA-Proben, aber das würde noch dauern.

„Hatte Cassidy eigentlich kein Handy?“, fragte Libby.

„Doch, angeblich schon, aber das ist verschwunden. Sagt ihr Mann.“

„Der lügt uns doch nach Strich und Faden an!“

„Ich weiß, er ist auch immer noch mein Hauptverdächtiger. Da kann er von einem Alibi faseln, wie er will. Irgendwer von seinen Freunden steckt da sicher mit drin, aber die mauern ja auch alle und bringen uns nicht weiter.“

Libby verschränkte die Arme vor der Brust und überlegte, doch bevor sie dazu kam, etwas zu sagen, ergriff Owen wieder das Wort.

„Ich schaue mal, ob ich nicht generell eine Observierung bewilligt bekomme. Anders treten wir nur auf der Stelle.“

„Gute Idee“, fand Libby.

Owen und Libby gingen in der Clayton Street von Tür zu Tür. Die Aussagen der Nachbarn ähnelten einander: Man hatte gewusst, dass Luke seine Frau schlug und seit Montag hatte sie niemand mehr gesehen. In einem Haus schräg gegenüber auf der anderen Straßenseite öffnete ihnen eine junge Frau, die ein schlafendes Baby auf dem Arm wiegte. Libby lächelte ihr freundlich zu, während Owen sie beide vorstellte und sein Anliegen vortrug.

„Ist Ihnen in den letzten Tagen irgendwas Verdächtiges hier auf der Straße aufgefallen oder speziell drüben bei den Maxwells?“, fragte er.

„Ach, die Maxwells … die arme Cassidy konnte einem leid tun. Ich habe ja nie verstanden, warum sie ihn nicht verlässt.“

„Sie hatte Angst“, sagte Libby.

„Mein Mann kann Luke nicht ausstehen. Niemand hier hat

Respekt vor Luke, aber man kann sich ja auch nicht einmischen. Sie hat ihn ja nicht mal selbst angezeigt."

„Leider nicht."

„Aber Ihnen ist so weit nichts aufgefallen?", fragte Owen.

„Etwas Verdächtiges?" Die Frau überlegte kurz. „Mittwoch Nacht war ich auf den Beinen, um der Kleinen ein Fläschchen zu machen ... Das mag so um halb drei gewesen sein. Da ist mir vor dem Haus der Maxwells ein dunkler Van aufgefallen. Er stand mit laufendem Motor da, das fand ich um die Zeit wirklich unverschämt."

Owen merkte auf. „Haben Sie weiter darauf geachtet?"

„Oh, er stand da schon eine Weile, zwischen fünf und zehn Minuten vielleicht. Irgendwann ist er dann weggefahren."

„Und Sie wissen nicht, was er da gemacht hat?"

Die Frau schüttelte den Kopf. „Ich habe nichts gesehen, tut mir leid."

„Und das Kennzeichen?"

„Darauf habe ich nicht geachtet."

Owen wirkte wenig begeistert, bedankte sich aber trotzdem. Das bestätigte zwar das ungute Gefühl, das beide hatten und Owen beschloss kurzerhand, Luke mal darauf anzusprechen. Die beiden gingen zu Maxwells Haus hinüber und klopften. Ein ungepflegt und verkatert wirkender Luke öffnete ihnen die Tür und verdrehte die Augen, als er sie sah. Er bat sie auch nicht herein.

„Was wollen Sie?", fragte er patzig.

„Hatten Sie Mittwoch Nacht Besuch?", fragte Owen.

„Besuch? Nachts? Nein, wieso?"

„Ein Van stand vor Ihrem Haus."

„Kann sein. Und? Der muss ja nicht zu mir gewollt haben."

„Sind Sie sicher?", bohrte Owen nach.

„Völlig. Sonst noch was? Ich muss mich um die Beerdigung meiner Frau kümmern."

Owen bedachte ihn mit einem Blick, der tiefes Misstrauen verriet, sagte aber: „Natürlich. Schönen Tag noch."

Schnaubend wandte Owen sich ab, während die Tür hinter ihnen ins Schloss fiel, und Libby folgte ihm zum Auto.

„Das hilft doch alles nicht", murrte Owen auf dem Rückweg zum Department. „Ein paar Hinweise und ein dummes Bauchgefühl, aber wir haben einfach nichts Handfestes."

„Leider. Damit können wir Maxwell unmöglich irgendwelche Scherereien machen."

Owen nickte bedauernd. Minuten später waren sie am Department, wo sie sich voneinander verabschiedeten. Libby machte sich auf den Heimweg, aber in Gedanken war sie immer noch bei der Arbeit.

Unzufrieden und mit einem tiefen Gefühl innerer Unruhe betrat Libby ihre Wohnung. Kieran war schon längst dort und hatte ihnen etwas zu essen gemacht, worüber Libby sich sehr freute.

„Wäre es okay für dich, wenn ich heute Abend mit Ryan was trinken gehen würde?", fragte Kieran, während er am Tisch Platz nahm. „Er hat mir vorhin geschrieben und mich gefragt, ob ich Lust habe."

Weil Libby in Gedanken ohnehin woanders war, nickte sie. „Von mir aus. Vielleicht mache ich einfach nur einen Serienmarathon, um auf andere Gedanken zu kommen ..."

„Oh je, so schlimm?"

„Ach, ich weiß nicht, ob schlimm das richtige Wort dafür ist. Es ist frustrierend. Mit dem Kerl stimmt was nicht, das sagt mein Bauchgefühl und wir haben so viele Hinweise darauf, dass er uns anlügt, aber wir können es nicht beweisen und er hat auch dieses Alibi ... ganz schön ätzend."

„Das ist nicht so einfach, wie man denkt, oder? Man kann ja noch so genau wissen, dass irgendjemand Dreck am Stecken hat, weil das eigene Bauchgefühl es sagt, aber das muss ja auch vor Gericht Bestand haben."

„Richtig, und das hat es nicht. Zum Beispiel hat ein dunkler Van die Leiche weggebracht und es wurde auch ein dunkler Van vor dem Haus des Typen gesehen. Aber das ist alles, was wir wissen. War es derselbe Van? War es Zufall? Diese Information bringt uns einfach überhaupt nicht weiter."

„Ich bewundere, dass du diesen Job machst", sagte Kieran.

„Das muss man wirklich wollen."

„Ich will das auch! Ich bin total überzeugt davon und ich bin motiviert, den Kerl zu kriegen. Ich weiß nur nicht wie."

„Und wenn du mit deiner Mum drüber sprichst?", schlug Kieran vor. Pflichtbewusst wollte Libby ihm schon entgegenhalten, dass sie ja nicht einfach mit ihrer Mum über Details dieses Falles sprechen konnte, aber dann sagte sie sich selbst, dass dieser Einwand albern war. Natürlich durfte sie es eigentlich nicht, aber bei wem, wenn nicht ihrer Mum, waren diese Informationen gut aufgehoben?

„Ich glaube, das mache ich später mal. Gute Idee", fand Libby.

Sie aßen zusammen und Kieran trödelte noch ein bisschen herum, bevor Libby ihn um kurz nach sieben nach Downtown fuhr und vor einer neueröffneten Bar absetzte, die Ryan und Kieran genauer unter die Lupe nehmen wollten.

Als sie wieder zu Hause war, beschloss sie erst einmal, in Ruhe duschen zu gehen und legte sich anschließend gemütlich aufs Sofa. Im Hintergrund hatte sie sich leise Musik angemacht und rief bei ihren Eltern an.

„Whitman", meldete ihr Vater sich.

„Hey, Matt, wie geht's?"

„Libby, wie schön! Alles bestens, und bei dir?"

„Viel zu tun. Ich ermittle mit einem Kollegen in einem Mordfall."

„Ehrlich? Na, das ist doch klasse!"

„Und es wundert dich gar nicht, dass ich dir das als Streifenpolizistin erzähle?"

„Nein, wieso? Das habe ich schon öfter erlebt und bei dir überrascht es mich nicht."

Libby lächelte gerührt. „Der Detective, der mich um Hilfe gebeten hat, ist auch ganz zufrieden."

„Natürlich ist er das. Worum geht es denn?"

Libby verschaffte ihm einen groben Überblick, woraufhin er sagte: „Das klingt nach einem kniffligen Fall. Mit der Idee einer Observierung liegt der Detective meines Erachtens ganz richtig."

„Ich bin gespannt, was es bringt."

„Du kannst ja mal berichten. Ich drücke euch die Daumen! Vielleicht hat Sadie ja auch noch eine Idee."

Libby wollte ihm jetzt nicht sagen, dass sie darauf in der Hauptsache gehofft hatte, weil sie nicht sicher war, ob ihn das verletzt hätte. Matt war schließlich auch Polizist und FBI-Agent gewesen – aber eben kein Profiler, und Profiler-Rat erhoffte sie sich jetzt.

Sie bedankte sich, als Matt das Telefon zu Sadie brachte. Er sagte Libby, dass Sadie in ihrem Arbeitszimmer war und Seminararbeiten ihrer Studenten korrigierte.

„Libby, wie schön, dass du anrufst", sagte Sadie, als sie am Telefon war.

„Ich hoffe, ich störe dich nicht."

„Ach was, nein … Hayley ist seit vorhin im Bett und ich habe hier gerade angefangen, aber ich freue mich doch immer, wenn du anrufst."

„Dann ist ja gut."

„Wie geht es dir? Bist du wegen der Sache weitergekommen, von der du uns bei deinem letzten Besuch erzählt hast?"

Libby hatte gar nicht mit der Frage gerechnet und sagte: „Die Frau ist tot, Sadie."

Nach einer Schrecksekunde fragte Sadie: „Steckt der Mann dahinter?"

„Wir vermuten es, aber wir können es noch nicht beweisen."

„Wir?"

„Detective Young und ich. Er hat Miguel und mich zum Fundort der Leiche gerufen, um sie zu identifizieren, und anschließend hat er mich gefragt, ob ich ihm in dem Fall helfen will. Sein Partner ist im Krankenhaus."

„Das ist doch eine fantastische Chance."

„Das stimmt, aber wir treten auf der Stelle. Wir sind ziemlich sicher, dass der Ehemann irgendwas damit zu tun hat, aber es gibt keine Beweise. Er hat sie beseitigt, als hätte er damit gerechnet, dass wir danach suchen."

„Erzähl doch mal, vielleicht fällt mir etwas ein."

Libby tat es und begann ganz vorn mit ihrem Bericht. Dabei

versuchte sie, Sadie nur die Fakten zu schildern und ihre Einschätzungen und Schlussfolgerungen beiseite zu lassen – ganz so, wie sie es bei den Profilern erlebt hatte. Als sie fertig war, ließ Sadie sich einen Augenblick Zeit, bevor sie etwas sagte.

„Du kanntest die Tote. Glaubst du, sie ist ihrem Mann weggelaufen?"

„Nein. Sie war nicht weg. Allerdings gehe ich davon aus, dass er von meinem Besuch letzte Woche weiß."

„Ich glaube auch nicht, dass sie weggelaufen ist, und zwar aus einem einfachen Grund: Sie hatte dich als Ansprechpartnerin. Es wäre für sie weitaus einfacher und naheliegender gewesen, entweder dich zu kontaktieren oder dich gleich zu begleiten. Da sie das schon nicht getan hat, glaube ich wirklich nicht, dass sie keine 24 Stunden später plötzlich den Mumm gehabt haben soll, wegzulaufen. Davon abgesehen würde keine Frau in ihrer Situation und mit ihren Charaktereigenschaften eine Abschiedsnotiz hinterlassen wie die, die du mir beschrieben hast."

„Du bist schon voll in der Viktimologie, oder?"

„Wie du weißt, habe ich häusliche Gewalt in meiner Kindheit erlebt, und zwar exakt so wie das, was du hier beschreibst. Meine Mum war mit einem Armbruch im Krankenhaus, den mein Vater ihr beigebracht hat, er hat sie geschlagen und vergewaltigt und behandelt wie ein Stück Dreck, aber sie konnte sich trotzdem nicht von ihm lösen. Prügelnde Ehemänner ähneln einander: Sie isolieren ihre Opfer, sie machen sie von sich abhängig, schüchtern sie ein, zerstören ihr Selbstvertrauen und machen sie auf diese Weise handlungsunfähig. Wenn diese Frau sich das mindestens drei Jahre lang hat gefallen lassen und er sogar in eurer Anwesenheit für sie gesprochen hat, kann ich mir schon vorstellen, dass sie nicht dazu in der Lage war, sich von ihm zu lösen. Schon gar nicht so spontan."

„Ich hatte das Gefühl, dass sie mich anrufen wird."

„Wollte sie vielleicht auch, aber du sagtest ja, dass du ohnehin das Gefühl hattest, da wäre noch mehr als bloß die Schläge."

„Sie hat seltsam reagiert, als ich sie gefragt habe, ob er sie vergewaltigt."

„Das hat er bestimmt, wobei weder er noch sie – im Extremfall – das so bezeichnen würden. Dafür war es schon zu normal. Ich glaube ebensowenig, dass die Frau am nächsten Tag einfach weggelaufen ist. Am wenigsten Sinn ergibt dieser Zettel – wenn er sie so kleingehalten hat, wird sie doch nicht plötzlich auf so einem Zettel aufmüpfig."

„Ja, eben! Das begreife ich auch nicht."

„Nein, ich glaube, er hat sie gezwungen, das zu schreiben, weil er wusste, dass du da warst. So hätte er ihre Abwesenheit begründen können, wenn du gekommen wärst und nach ihr gefragt hättest."

„Denkst du, er hatte vor, sie umzubringen?"

„Das vielleicht nicht, aber irgendwas hatte er vor – und sei es nur, sie zur Räson zu bringen. Und wie du diesen Raum im Keller beschreibst ... Habt ihr mal überlegt, ob er Videos von seinen Misshandlungen gedreht hat? Hatte er Videoequipment?"

Libby musste kurz überlegen, aber dann erinnerte sie sich. Einer der Kollegen hatte die Schränke im Wohnzimmer unter die Lupe genommen und in einem eine digitale Videokamera entdeckt. Ansonsten war der Schrank leer gewesen.

Merkwürdig eigentlich.

„Ja, hat er ... Du meine Güte."

„Setzt mal jemanden bei euch in der Abteilung für Cyberkriminalität darauf an. Es gibt zu viele Typen wie diesen Kerl, die ihre Frauen vor laufender Kamera misshandeln und sich mit solchen Videos im Netz eine goldene Nase verdienen."

Libby vergaß für einen Moment fast zu atmen und musste sich eingestehen, dass Sadie Recht hatte. „Das könnte sein."

„Ich glaube auch an diese Spur mit dem dunklen Van. Was, wenn er seine Frau erst bei sich in den Keller gesperrt und das Ganze später an einem anderen Ort weitergeführt hat – bei einem Mitwisser und Helfer? Demjenigen, der die Leiche schließlich auch in der Wasseraufbereitungsanlage entsorgt hat. Das ist ja übrigens ein Symbol, eine ganz persönliche Nachricht: Die Tote war ihrem Mörder nichts mehr wert. Weniger als Dreck. Wer eine Leiche in ein Klärbecken wirft, drückt abgrundtiefe Verachtung aus. Das ist persönlich, die Tote kannte ihren Mörder auf jeden Fall."

„Das denke ich auch."

„Den Kerl zu beschatten ist eine richtig gute Idee, dabei könntet ihr noch etwas herausfinden. Versucht auch mal, seine Telefondaten und Kreditkartenabrechnungen zu prüfen. Mit wem hat er Kontakt? Es muss jemand dabei sein, der ihn unterstützt hat."

„Ich wünschte, wir würden diesen Van finden."

„Ach, der taucht noch auf."

„Ich kann mir so gut vorstellen, was da passiert ist, aber ich kann absolut nichts davon beweisen. Das macht mich wahnsinnig."

„Das kenne ich nur zu gut. So ging es auch schon, aber wenn ich dir mal Mut machen darf: Letztlich hat sich alles aufgeklärt."

„Ich weiß ... und du denkst nicht, dass wir noch in eine andere Richtung ermitteln müssten?"

„In welche denn? Habt ihr eine konkrete Spur?"

„Nichts, nein. Dafür hätte sie weglaufen müssen und das bezweifle ich wirklich sehr. Das hat auch keiner der Nachbarn beobachtet."

„Ihr Mann hängt da mit drin, deshalb war er auch so ruhig, obwohl sie angeblich verschwunden war. Er war das aber ganz bestimmt nicht allein. Wenn du schon sagst, er hat diesen Raum mit dem richtigen Putzmittel gereinigt ... Oder kommt er dir so vor, als hätte er daran gedacht? Ist er dafür intelligent genug?"

„Nein ... also, völlig auf den Kopf gefallen ist er nicht, aber die Systematik, mit der alles, was ihn belasten könnte, zunichte gemacht wird, passt nicht zu ihm. Das ist zu gut durchdacht."

„Habt ihr denn in seinem Haus einen Computer gefunden, den ihr beschlagnahmen konntet?"

„Nein, gar nicht. Keine Ahnung, ob er einen besitzt, aber wenn, hat er ihn sicher bei den Sachen aus seinem Videoschrank versteckt."

„Bleibt am Ball. Ihr müsst jetzt ein paar Schichten schieben, in denen ihr ihn observiert oder observieren lasst. Irgendwann fällt euch was in die Hände oder er macht einen Fehler."

„Wenn du das sagst … Es ist ermutigend, mit dir darüber zu reden. Bis vorhin hatte ich das Gefühl, ich hätte mich da total verrannt, aber jetzt …"

„Ganz und gar nicht. Ihr kriegt das hin. Ist ja toll, dass der Detective deine Unterstützung so sucht."

„Er hat sich wirklich komplett über mich schlau gemacht. Er weiß von euch und ich habe ihm auch schon ein paar Dinge über mich erzählt. Ich habe das Gefühl, er steht total hinter mir."

„Das ist unheimlich toll. Genieße es und pflege diese Beziehung gut, die kannst du sicher noch mal brauchen."

Dieser Meinung war Libby auch. Sie hatte sogar schon das Gefühl, sich mit Owen anzufreunden. Das kam ihr nicht ungelegen, denn seit sie bei der Polizei war und Schichtdienste schob, war ihr Kontakt zu ihren Collegefreundinnen etwas eingeschlafen. Die anderen nahmen selten Rücksicht auf ihren Dienstplan, was zugegebenermaßen auch nicht immer leicht war, aber im Moment kreiste Libbys Leben eigentlich bloß um ihren Job, Kieran und ihre Familie. Da tat der Kontakt zu Owen wirklich gut, das merkte sie deutlich.

„Danke, Sadie. Du hast mir wirklich sehr geholfen, meine Gedanken zu sortieren. Jetzt sehe ich klarer", sagte Libby.

„Sehr gern. Wenn ich dir noch einmal helfen kann, meld dich einfach."

„Natürlich. Dankeschön. Gib Hayley einen Kuss von mir."

„Das mache ich. Bis dann."

Libby legte auf und seufzte. Mit Sadie zu sprechen half ihr immer dabei, runterzukommen und sich zu sortieren. Ihre Mum hatte so eine ruhige, besonnene Art, die ihr immer wahnsinnig guttat. Und es war auch sehr hilfreich, zu wissen, dass sie auf dem richtigen Weg war. Sadies Meinung war ihr verdammt wichtig und jetzt fühlte sie sich auch wieder motiviert, Maxwell zu kriegen.

DIENSTAG, 10. NOVEMBER

„Guten Morgen", begrüßte Libby Owen beim Betreten seines Büros. Der Detective war schon da und starrte gerade konzentriert auf seinen Bildschirm.

„Morgen", erwiderte er geistesabwesend.

„Gibt es schon etwas Neues?"

„Moment …"

Libby ließ ihn lesen und setzte sich vor seinen Schreibtisch. Schließlich blickte er kopfschüttelnd auf.

„Die Analyse der Reifenspuren ist da. Absolute Allerweltsreifen, das hilft uns leider überhaupt nicht."

„Na toll. Was auch sonst."

„Ich warte darauf, dass der Captain in seinem Büro auftaucht, damit er unsere Observierung bewilligen kann. Alles andere führt ja hier zu nichts."

„Hast du schon Maxwells Telefondaten überprüft?"

„Warte …" Owen griff zur Maus und suchte etwas am Computer. „Die Daten sind gestern gekommen, als wir unterwegs waren. Geprüft habe ich sie noch nicht. Ich drucke das mal eben aus."

Libby ließ ihn machen und sah gespannt zu. Owen ging in ein Nachbarbüro, um die ausgedruckte Liste zu holen und legte sie auf seinen Schreibtisch. Gemeinsam setzten sie sich daran, die einzelnen Verbindungen zu überprüfen. Libby diktierte Owen jede Telefonnummer, die er am Rechner eingab und ihr sagte, zu wem der Anschluss gehörte. Libby notierte es am Rand der Liste neben den Nummern. Es tauchten Namen seiner Bekanntschaften auf, die ihnen nicht neu waren, aber es waren auch fremde Namen dabei. Es waren jedoch keine Gespräche zu sehr ungewöhnlichen Uhrzeiten geführt worden und auch nicht auffällig viele an den Tagen, an denen etwas mit Cassidy passiert war.

„Das hilft nur begrenzt", murmelte Owen, während er zum Telefonhörer griff und beim Captain anrief. Schließlich hellte seine Miene sich auf – die Sekretärin verband ihn mit dem Captain und Owen schilderte den Fortgang der Ermittlungen, bevor er den Captain darum bat, Luke Maxwell gemeinsam mit Libby überwachen zu dürfen und auch andere Kollegen dafür ins Boot zu holen.

Gespannt hörte Libby zu und beobachtete schließlich, wie Owen ein zufriedenes Gesicht machte und sich bedankte. Nachdem er aufgelegt hatte, sagte er: „Vorläufig hat der Captain eine Observierung und Abhörmaßnahmen bis einschließlich Donnerstag bewilligt – mit der Option auf Verlängerung. Mal sehen. Jetzt müssen wir nur schauen, dass wir noch andere Kollegen einbinden."

Innerhalb der nächsten Stunde hatten sie eine Observierung für Luke Maxwell auf die Beine gestellt, die sich sehen lassen konnte. Die erste Schicht wollten Owen und Libby selbst übernehmen.

„Den Verbindungsnachweis nehmen wir einfach mit", sagte Owen. „Im Auto haben wir einen Laptop, da können wir uns das alles genau ansehen."

Libby war einverstanden. Sie packten alles zusammen und fuhren los. Unterwegs bevorrateten sie sich noch mit Sandwiches und Getränken, dann fuhren sie zur Clayton Avenue. Owen ließ den Wagen langsam rollen und hielt Ausschau nach einem geeigneten Parkplatz, den er schließlich vor dem Haus der jungen Mutter hinter einem großen Pick-Up fand. Das war weit genug weg von Luke Maxwells Haus, um hoffentlich nicht aufzufallen, aber immer noch nah genug dran, um alles im Blick zu haben.

Luke war zu Hause. Sein Auto stand in der Einfahrt, aber das überraschte die beiden nicht. Vermutlich hatte er frei, weil seine Frau gestorben war.

Während sie das Haus im Auge behielten, gingen Owen und Libby weiter Lukes Telefondaten durch.

„Diese Nummer ist interessant", sagte Owen schließlich und tippte auf eine Nummer, die zum ersten Mal an dem Abend auf der Liste auftauchte, an dem Cassidy noch zu Hause gewesen war. Um 23.18 Uhr hatte Luke von seinem Handy aus ein Gespräch mit einem Don Russell geführt, mit dem er fortan täglich telefoniert hatte – oft sogar mehrmals. Das endete abrupt am Samstag.

Libby, die den Laptop auf dem Schoß hatte, gab den Namen Don Russell in der Polizeidatenbank ein. Sie tauschte einen vielsagenden Blick mit Owen, als ein erkennungsdienstliches Foto erschien und sie das Vorstrafenregister von Don Russell in Augenschein nahmen.

Er war Mitte vierzig und hatte in seinem Leben schon wegen Zuhälterei, Vergewaltigung, Körperverletzung und räuberischer Erpressung gesessen. Er war seit ein paar Jahren wieder draußen und es lag wohl nichts Neues gegen ihn vor, aber Owen fand ihn durchaus interessant.

„Spannender Kerl. Den hat Luke uns gegenüber ja noch gar nicht erwähnt. Mal sehen, welches Auto er fährt …"

Libby verstand und sah in der Zulassungsdatenbank nach. Er fuhr einen Lincoln Continental, aber keinen Van.

„Gut, das heißt erst mal nichts", murmelte Owen.

„Willst du Maxwell auf ihn ansprechen?"

„Damit ich irgendeinen Scheiß zur Antwort bekomme? Nein, wir finden jetzt selbst heraus, was die beiden miteinander zu tun haben."

Sie gingen den Verbindungsnachweis weiter durch, aber ansonsten entdeckten sie erst einmal nichts von Interesse. Schließlich klappte Libby den Laptop zu und starrte weiter auf Maxwells Haus.

„Jetzt kriegst du das volle Programm der Polizeiarbeit auch mit ihren ekligen Facetten ab", sagte Owen und grinste.

„Noch finde ich es nicht eklig."

„Observierungen zerren an den Nerven. Meist passiert ja überhaupt nichts und die Zeit will einfach nicht vergehen."

„Bis jetzt bin ich guter Dinge. Ich bin einfach entschlossen, diesen Kerl zu kriegen. Koste es, was es wolle."

„Wenn du willst, stell den Fall doch mal deiner Mutter vor. Vielleicht hat sie ja noch eine Idee."

Libby machte ein betretenes Gesicht und verzog die Lippen. „Ich habe gestern Abend schon mit ihr gesprochen …"

Owen lachte. „Das hätte ich mir ja denken können. Was sagt sie?"

Weil sie ohnehin Zeit hatten, erzählte Libby ihm ausführlich von ihrem Gespräch mit Sadie. Owen nickte schließlich und sagte: „Da bin ich ja beruhigt, dass sie unsere Schlussfolgerungen teilt. Ich halte deine Mum für sehr fähig. Ich weiß nicht viel über sie, ich habe sie ja damals an der SJSU nur kurz und von weitem erlebt. Das mit ihrem Vater wusste ich ja gar nicht. Ich weiß aber, dass sie in Los Angeles dem Sohn des Ex-Bürgermeisters echte Scherereien gemacht hat. Hast du das noch erlebt?"

„Den Fall Tyler Evans hatte meine Mum ein paar Wochen vor meiner Flucht. Als ich draußen war, war er gerade in Haft und hat auf seinen Prozess gewartet. Ich kann mich aber dran erinnern, wie sie gegen ihn ausgesagt hat."

„Also hast du damit persönlich gar nichts mehr zu tun gehabt."

„Das kann man so nicht sagen", murmelte Libby und gab sich einen Ruck. Eigentlich hatte sie keine Lust, die alten Geschichten wieder aufzuwärmen, aber sie mochte Owen und so hatten sie immerhin etwas, worüber sie sich unterhalten konnten.

„Ich habe Tyler kennengelernt, als er mit Brian Leigh aus dem Antelope Valley State Prison geflohen ist."

Owen machte ein überraschtes Gesicht. „Ich kann mich zwar an die Sache erinnern, aber … Warte, Brian Leigh war auch ihr Fall, oder?"

Libby nickte. „Da war ich gerade erst bei den Whitmans. Das war ihr nächster Fall nach meinem, sozusagen."

„Dann erinnerst du dich daran bestimmt noch gut."

„Ja, weil ich Brian ganz gut kannte."

„Du kanntest ihn?"

Libby starrte auf die Straße, während sie sprach. „Brian war ein Bilderbuchpsychopath. Er war genau der Typ Serienmörder, der sich daran aufgeilt, die polizeilichen Ermittlungen zu verfolgen und den Ermittlern zu beweisen, dass er schlauer ist als sie. Und er fand es spannend, sich mit meiner Mum zu duellieren. Das wurde ganz persönlich. Sadie war damals schwanger und im Nachhinein grenzt es an ein Wunder, dass er nicht sie ins Visier genommen hat."

„Oh, das klingt nicht gut."

„War es auch nicht. Er hat sie beobachtet, er hat mich mit ihr gesehen ... und er hat einen Narren an mir gefressen. Er war ja damals erst achtzehn und hat sich als Schüler meiner Schule ausgegeben, um an mich ranzukommen. Ich habe es nicht bemerkt. Ich kam frisch aus der FLDS und hatte keine Ahnung, dass ein Serienmörder sich mit mir anfreunden will. Nicht, bis es zu spät war und er uns beide fast umgebracht hätte."

„Du meine Güte. Darüber habe ich nichts gefunden."

„In den Ermittlungsakten steht es, aber in den Medien wurde es nicht so groß aufgehängt. Zum Glück."

„Was hat er gemacht?"

„Er hat doch diese irre Verfolgungsjagd auf der Interstate 5 angezettelt. Ich war dabei, ich saß neben ihm im Auto und es hat mich auch erwischt, als er schließlich sein Auto gegen eine Betonwand gesetzt hat, weil er keinen Ausweg mehr gesehen hat."

„Wow. Das wusste ich nicht."

„Ich habe gegen Brian vor Gericht ausgesagt. Er hat meinen Glauben an die Welt hier draußen damals ziemlich erschüttert. Ich war noch kein halbes Jahr aus der FLDS draußen, nur um einem Serienmörder ins Netz zu gehen und es nicht mal zu merken."

Owen nickte ernst. „Hat dich das motiviert, in die Fußstapfen deiner Mutter treten zu wollen?"

„Nein, gar nicht. Ich war nur wütend auf mich selbst, dass ich es nicht gemerkt habe. Damals wollte ich mir alldem überhaupt nichts zu tun haben, das war mir zu krank. Ich habe meine Mum dafür bewundert, dass sie sich das immer antut ... Sie hat mir ja ein bisschen von den Ermittlungen erzählt und mir mal einen von Brians Briefen gezeigt. Ich fand das faszinierend, aber ich hätte nie geglaubt, dass mich das mal reizen würde oder dass ich das Zeug dazu hätte. Eigentlich habe ich ja Erziehungswissenschaften studiert, bevor ich dann gewechselt habe."

„Ach, tatsächlich?"

„Ja ... ich war recht unkreativ in der Frage, was aus mir werden soll. Mit Kindern kann ich ganz gut, Hayley Whitman ist ja wie meine kleine Schwester. Ich kenne sie von Geburt an und ich liebe sie wahnsinnig. Wir sind immer prima zurechtgekommen. Aus der FLDS kenne ich den Umgang mit Kindern, deshalb dachte ich, das wäre vielleicht was für mich."

„Klingt so weit auch schlüssig. Was hat dich umdenken lassen?"

„Die Studentenverbindung Theta Phi. Mein Freund wollte da unbedingt Mitglied werden, aber die hatten Dreck am Stecken."

„Ist da nicht jemand in den Knast gegangen für verbotene Aufnahmerituale und einen Todesfall?"

Libby nickte. „Zwei ihrer Mitglieder. Gegen Ron Hawkins habe ich damals noch ausgesagt. Das war schwer."

„Da warst du aber schon oft als Zeugin vor Gericht. Aber wieso hast du denn gegen die Verbindung deines Freundes ausgesagt?"

Libby ballte die Hände zu Fäusten und zögerte. Sollte sie wirklich?

Ohne Owen anzusehen, sagte sie: „Weil Ron Hawkins ein Vergewaltiger ist."

Owen reagierte nicht gleich, aber als Libby ihn nun unsicher ansah, merkte sie, wie sich Erkenntnis in seinem Gesicht abzeichnete.

„Dazu gehört Mut", sagte er schließlich.

„Wenn ich sage, dass es die Hölle war, ist das untertrieben."

„Wurde er dafür verurteilt?"

Libby nickte. „Das hat geholfen."

„Und deshalb wolltest du zur Polizei? Wieso?"

Darauf zu antworten, fiel Libby gar nicht leicht. „Ron ist ein Psychopath, genau wie Brian Leigh einer war. Brian hatte auch immer seine Ideen, was er gern mit mir angestellt hätte, aber dazu kam es nie. Damals war ich aber auch noch jünger und bin anders damit umgegangen. Ron hat mich irgendwie an einer empfindlichen Stelle erwischt. Ich hatte das Gefühl, dass ich ihm absolut gar nichts entgegenzusetzen habe. Ich wollte ihn auch erst nicht anzeigen, weil mich das alles zu sehr erschüttert hat, aber dann habe ich es doch getan und war entschlossen, nicht nur ihn hinter Gitter zu bringen, sondern auch noch andere Typen seines Kalibers. Ich wollte sie verstehen und ich wollte sie unschädlich machen."

Owen lächelte ehrlich. „Du hast verdammt viel Schneid, Libby."

„Bedank dich bei meiner Mum. Sie war mir da immer ein großes Vorbild."

„Wenn sie wegen ihres Vaters zum FBI gegangen ist, hat sie auch immer gegen ihre eigenen Dämonen gekämpft, oder?"

„Sozusagen. Meine Mum ist ja schon mehr als einmal mit Serienmördern konfrontiert worden. Von ihr weiß ich, wie der Job sein kann, mit all seinen hässlichen Seiten. Deshalb wäre es mir auch erst nie eingefallen, ihr nacheifern zu wollen."

„Was ich nachvollziehbar finde", sagte Owen. „Ich hatte keine Ahnung, dass du Brian Leigh kanntest. Und Tyler Evans auch?"

„Ja ... Beide wollten sich an meiner Mum rächen, weil sie sie ja in den Knast gebracht hat. Wir hatten Polizeischutz damals, weil sie keinen Hehl aus ihren Absichten gemacht haben, aber sie haben einen unserer Personenschützer bestochen. Evans war das. Anstatt in ein Safehouse haben sie uns geradewegs zu Brian und Tyler gebracht – meine Mum, meinen Dad und mich."

Owen erwiderte nichts. Er war sichtlich erschüttert.

„Wir hätten da alle sterben können. Das hat meiner Mum hinterher auch den Rest gegeben, glaube ich ... Danach hat sie sich an den Schreibtisch versetzen lassen und wollte ihre Ruhe."

„Verständlich."

„Das war einfach zu viel. Weißt du, sie hat das alles weggesteckt – die Flucht ihres Vaters damals und die Tatsache, dass er sie gekidnappt hat. Sie hat später auch noch wesentlich schlimmere Dinge erlebt, aber das war auch ihr Antrieb: Sie wollte verhindern, dass das anderen passiert und solchen Tätern das Handwerk legen. Das will ich jetzt auch. Und jetzt weißt du auch, warum ich Typen wie Luke Maxwell so hasse."

„Hätte ich in der Gerichtsmedizin gewusst, was du da erlebt hast ... Ich hätte meinen Mund gehalten."

„Nein, das war total okay. Ich will keine Sonderbehandlung, verstehst du? Lass mich einfach meine Arbeit machen."

„Okay. Wenigstens weiß ich jetzt, warum du dich so in diesen Fall reinhängst."

„Ich würde mich auch in jeden anderen Fall reinhängen, aber ich glaube, Cassidy ist durch die Hölle gegangen."

„Ja, das glaube ich allerdings auch. Ich hasse Männer, die so etwas tun. Aber dann kann ich dir auch erzählen, warum ich Cop geworden bin."

„Schieß los."

„In den Sommerferien, bevor wir aufs College gegangen sind, gab es eine Sommerparty bei einem der coolen Jungs aus dem Football-Team. Die Eltern hatten ein großes Haus und einen Pool im Garten, es war ein heißer Tag und entsprechend trieben sich alle knapp bekleidet in und um den Pool herum. Damals war auch ein Mädchen dort, für das ich geschwärmt habe. Sie hieß Lara. Der Alkohol floss in Strömen ... auch bei mir. Ich bin irgendwann neben dem Pool auf einer Liege eingeschlafen, weil ich so dicht war. Lara hat mit den anderen weiter gefeiert. Irgendwann, als es kalt wurde, ist sie reingegangen und wollte sich umziehen. Einer unserer Mitschüler hatte ebenfalls ein Auge auf sie geworden, Eric. Ich mochte ihn nicht, er hatte ein leichtes Aggressionsproblem. Im Gegensatz zu mir hat er Lara offensiv angeflirtet, aber sie hat ihn abblitzen lassen."

Owen machte eine Pause und Libby merkte ihm an, dass ihm das auch nach all den Jahren noch nahe ging. Sie hatte längst einen Verdacht, was er jetzt sagen würde.

„Ich schlief draußen auf der Liege und Lara war allein im Haus, im Zimmer der Schwester unseres Gastgebers. Und Eric, dieser dämliche ..." Owen ballte die Hände zu Fäusten. „Er ist ihr nach. Er wusste, dass niemand sonst im Haus ist und hat sich von hinten an Lara angeschlichen, als sie sich gerade umziehen wollte. Er hat sie geschlagen und halb ohnmächtig gewürgt, bevor er über sie hergefallen ist."

Libby schluckte hart und warf Owen einen betroffenen Blick zu, den er Sekunden später erwiderte.

„Deshalb hat mich das nicht kalt gelassen, was du gestern erzählt hast. Nach dem zu urteilen, was ich in deiner Strafanzeige gegen Ron Hawkins gelesen habe, ist das ganz ähnlich abgelaufen. Ihre Eltern waren es, die sie zu einer Anzeige gegen Eric gedrängt haben. Sie selbst wollte eigentlich nicht, ihr ging es richtig schlecht damit. Sie hat Eric dann tatsächlich angezeigt, aber zu spät. Sie war auch nicht mehr rechtzeitig beim Arzt für eine Untersuchung. Da keiner von uns den Tathergang mitbekommen hat, weil sie nicht mal geschrien hat und es kaum brauchbare Beweise gab, wurde der Fall nicht mal zur Anklage gebracht. Eric ist einfach damit davongekommen."

„Oh nein."

„Er hat das später am College wiederholt, wie ich erfahren habe. Dieses Mädchen hat es zum Glück klüger angestellt, so dass er dafür seine Strafe bekommen hat. Aber für Lara kam das zu spät. Sie hat sich etwa ein Jahr später umgebracht, weil sie nicht darüber hinweggekommen ist."

„Das tut mir wirklich leid, Owen."

„Ich war so wütend darüber, dass ich mich nach dem College bei der Polizei beworben habe. Interessiert hat mich das immer schon, mein Onkel ist Polizist. Ich wollte einen Unterschied machen, verstehst du?"

„Natürlich. Geht mir auch so."

Owen lächelte. Für einen Moment sagte keiner der beiden etwas, bis Libby das Schweigen wieder brach.

„Meine Mum hatte da gestern noch eine gute Idee, von der ich dir vorhin noch gar nicht erzählt habe."

„Lass hören. Für mich ist es okay, dass du mit ihr darüber gesprochen hast, auch wenn du sicher weißt, dass du das eigentlich nicht darfst."

„Ja … ich hatte nur das Gefühl, dass wir feststecken. Bei ihr ist das gut aufgehoben."

„Das dachte ich mir."

„Jedenfalls fragte sie mich danach, ob Maxwell Videoequipment besitzt oder ob er einen Laptop hat."

„Eine Videokamera wurde gefunden", murmelte Owen nachdenklich. „Was, du meinst, er hat gefilmt, wie er seine Frau misshandelt?"

„Könnte doch sein. Sadie meinte, wir sollen mal bei der Abteilung für Cyberkriminalität nachfragen."

„Moment." Owen griff nach seinem Handy und suchte eine Nummer heraus. Libby hörte mit, wie er einem Kollegen erklärte, an welchem Fall er gerade arbeitete und dass er Hilfe brauchte. „Guck einfach mal in unserer Datenbank nach einem Foto von Cassidy Maxwell. Da sind auch Fotos ihrer nackten Leiche, falls das hilft."

Libby stierte weiter aus dem Fenster. Bei Maxwell tat sich überhaupt nichts.

„Hast du es? Gut. Also, ich wäre euch dankbar, wenn ihr mal ein wenig das Darknet durchforstet. Vielleicht gibt es ja irgendwo kranke Porno-Homevideos, auf denen man sieht, wie ein Mann seine Frau vergewaltigt und schlägt. Wenn irgendwo eine Frau zu sehen ist, die aussieht wie Cassidy Maxwell, will ich das wissen. Danke." Schließlich legte Owen auf und steckte sein Handy wieder weg. „Die Kollegen sind auf der Suche."

„Ich weiß gerade nicht, ob ich mir nun wünschen soll, dass sie etwas finden oder eben auch nicht …"

„Das Gefühl kenne ich."

„Wir müssen ihn kriegen, Owen. Unbedingt."

„Das schaffen wir schon. Wenn sogar deine Mum das sagt ..."

„Ich hoffe es so sehr. Maxwell ist ein kranker Mistkerl."

Owen erwiderte nichts. Für eine Weile sagte keiner der beiden ein Wort. Sie saßen einfach nur da, beobachteten das Haus und Libby ging noch einmal die Telefondaten von Maxwell durch. In seinem Haus blieb alles ruhig.

„Nachher glauben wir nur, dass er da ist und er ist es gar nicht", murmelte Owen grinsend.

„Das sollte hoffentlich bloß ein Witz sein."

„Klar. Ich hoffe, er verrät sich bald durch irgendwas."

„Hast du schon oft jemanden observiert?"

„Als Streifencop regelmäßig … war meistens nicht mein Fall. Es war übrigens auch so eine Sache, wegen der ich angeschossen wurde."

„Was war da los?", fragte Libby.

„Wir haben diesen kleinkriminellen Ganoven beschattet, weil wir einen Tipp bekommen haben. Einer unserer Informanten sagte uns, da wäre etwas geplant – vermutet hatte er einen Überfall auf einen Geldtransport, Genaueres konnte er uns nicht sagen. Er wusste nur, dass sein Vetter irgendein krummes Ding drehen wollte. Wir wurden also darauf angesetzt, ihn zu beschatten und ich hatte mit meinem Partner gerade die zweite Schicht angetreten und mich gegenüber mit ihm in einem Zivilfahrzeug postiert, als dieser Typ zusammen mit seinem kleinen Bruder aus dem Haus kam. Sie sind zu einem Van gegangen und wir haben uns erst überhaupt nichts dabei gedacht, als der Junge hinten in den Laderaum geguckt hat und wir fast vom Glauben abgefallen sind. Das Auto war voller Waffen und Sprengstoff. Wir haben sie natürlich nicht wegfahren lassen, sondern sind aus dem Auto raus und haben versucht, sie zu stellen. Wir hatten unsere Waffen in der Hand und wollten sie aufhalten. Der Fahrer hat einfach Gas gegeben und draufgehalten. Meinen Partner hat er angefahren, so dass der erst mal außer Gefecht gesetzt war. Ich bin zur Seite gesprungen und habe auf einen Reifen geschossen. Ich hatte wahnsinnige Angst, dass ich den Van treffe mit dem Sprengstoff darin – das war mitten in einem Wohngebiet und an der Ecke war eine Schule.

Ich habe den Reifen auch getroffen und irgendwie sogar den Fahrer. Nicht tödlich, aber er war außer Gefecht gesetzt und konnte nicht mehr fahren. Daraufhin ist der Junge komplett ausgerastet und hat eine Pumpgun aus dem Laderaum geholt. Der hat auf mich gefeuert wie ein Wahnsinniger und zweimal meine Weste getroffen, bevor ich hinter einem Auto in Deckung gehen und das SWAT verständigen konnte. Das war eine ziemlich üble Sache."

„Macht dir das was aus?", fragte Libby.

„Nein, gar nicht so sehr. Ich meine, dafür tragen wir die Westen schließlich, oder?“

„Sehe ich auch so.“

„Es war eine heftige Schießerei, das kann ich dir sagen. Als mich die beiden Kugeln getroffen haben, dachte ich kurz, es reißt mich von den Füßen. Mir ist die Luft weggeblieben, aber ich bin hinter das Auto gesprungen, weil ich wusste, sonst bin ich tot. Ich habe ein bisschen gebraucht, um wieder zu mir zu kommen, und ich habe fast mein ganzes Magazin leergeschossen. Deshalb war ich heilfroh, als schließlich das SWAT da war und den Kerl festgenommen hat.“

„Das glaube ich dir. Warst du verletzt?“

„Man hat mich zwar ins Krankenhaus gebracht, aber außer ein paar hübschen blauen Flecken ist nicht viel passiert. Musstest du schon mal schießen?“

„Nein, noch nie.“

„Sei froh. Das sind die Schattenseiten des Jobs.“

„Musstest du schon jemanden erschießen?“

„Zum Glück nicht. Ich hoffe, das bleibt noch eine Weile so.“

Libby lächelte, als er das sagte. Das blieb wirklich nur zu wünschen.

Mittwoch, 11. November

Ihre Observierung am Vortag hatte überhaupt keine Erkenntnisse zutage gebracht, weder ihre eigene noch die der Kollegen. Luke Maxwell hatte exakt einmal das Haus verlassen – um die Post reinzuholen. Er hatte auch keinen Besuch bekommen. Gerade hingen sie mit ihren Ermittlungen völlig in der Luft: Es gab noch kein Ergebnis der DNA-Analyse von Cassidys Leiche und entsprechend auch keinen Abgleich mit Lukes DNA. Die Kollegen aus der Abteilung für Cyberkriminalität hatten noch keine Verlautbarung von sich gegeben und der Van war auch noch nicht aufgetaucht.

Um die Kollegen zu entlasten, hatten Owen und Libby sich für die Spätschicht bei der Observierung gemeldet. Bei der Übergabe, die in sicherer Entfernung stattfand, berichteten die Kollegen davon, dass Maxwell an diesem Tag bei der Arbeit und später noch einkaufen gewesen war, aber auch hier hatte sich nichts Verdächtiges ereignet.

„Ich hoffe, wir finden wenigstens bis morgen noch irgendwas heraus", murmelte Owen, während er es sich auf dem Fahrersitz bequem machte und zum Haus der Maxwells starrte. Die Sonne stand bereits tief, bald würde die Dämmerung hereinbrechen.

„Denkst du, der Captain verlängert die Observierung nicht?"

„Wenn sich hier absolut nichts tut, sieht es schlecht aus."

„Dann hoffe ich, dass die Kollegen wenigstens etwas im Darknet finden."

„Das hoffe ich auch. Ich will einfach nicht, dass Maxwell davonkommt."

„Der macht bestimmt noch einen Fehler."

Langsam begann es zu dämmern. Libby und Owen saßen einfach nur da und beobachteten die Ereignisse auf der Straße. Manche Nachbarn hatten sie zwar längst bemerkt, verhielten sich aber unauffällig. Anscheinend waren sie nicht allein mit ihrem Wunsch, Maxwell festzunehmen.

„Ich muss dir auch etwas beichten", sagte Owen unvermittelt.

„Du mir? Was ist denn los?“

„Wir haben uns gestern so gut unterhalten und ich war ja noch eine Weile im Büro, als du schon Feierabend hattest …“ Owen unterbrach sich selbst. „Ich glaube, ich kann das jetzt nicht sagen, ohne dass es völlig idiotisch klingt.“

„Sag es einfach“, forderte Libby ihn unverzagt auf.

„Ich habe in die Akte von Ron Hawkins geschaut.“

Libbys Gesichtsausdruck versteinerte, als er das sagte, aber sie unterbrach ihn nicht.

„Ich weiß, das ist vielleicht nicht die feine Art, aber ich kam mir gestern ziemlich dumm vor, als du davon gesprochen hast und ich will nicht, dass ich mir noch mal so ein Ding leiste wie in der Gerichtsmedizin. Ich wollte einfach nur wissen, wo ich dran bin. Ich verspreche dir, ich habe den medizinischen Bericht nicht angerührt und ich habe deine Aussage nicht gelesen. Ich habe mir nur die Strafanzeige angeschaut, das ist alles, und ich wollte dir sagen, dass du nichts als meine Hochachtung hast.“

Gequält erwiderte Libby seinen Blick. „Ich hätte besser den Mund gehalten.“

„Nein, um Gottes Willen. Es war mutig, davon zu erzählen, und noch mutiger war es, dass du ihn angezeigt hast. Ich habe selbst schon als Cop mit Frauen zu tun gehabt, die eine Vergewaltigung anzeigen wollten. Das kommt ja selten genug vor. Noch seltener kommt es vor, dass sie vor Gericht aussagen und eine Verurteilung erwirken. Du bist wirklich mutig, Libby, und das bewundere ich an dir. In der Anzeige habe ich die grobe Darstellung des Tatablaufes gelesen und wollte dir sagen, dass mir das leid tut.“

„Muss es nicht, du kannst ja nichts dafür“, sagte Libby knapp.

„Ich wollte nur, dass du das weißt. Ich weiß, ich hätte es vielleicht lassen sollen.“

„Ja, hättest du. Wenn du irgendwas über Ron wissen willst, frag mich. Du solltest echt nicht hinter meinem Rücken in seiner Fallakte herumwühlen. Da gibt es Fotos von mir, die sind nicht schön.“

„Kann sein, das weiß ich nicht. In die medizinischen Unterlagen habe ich, wie gesagt, nicht reingeschaut. Ich war nur so beeindruckt von dem, was du mir erzählt hast … über dich und über deine Mum."

„In welche Fallakten hast du noch reingeguckt? Brian Leigh? Tyler Evans? Oder in die meines Vaters?"

Betreten starrte Owen aufs Lenkrad. „Ich glaube, ich hätte besser die Klappe gehalten."

Libby wollte ihm schon zustimmen, aber dann holte sie erst einmal tief Luft und versuchte, sich zu beruhigen.

Plötzlich wurde ihr siedend heiß. „Was ist mit meinem Vater?"

Matt hatte einmal unschuldig vier Monate lang im Gefängnis gesessen, weil Ex-Bürgermeister Evans es fertiggebracht hatte, ihm einen Mord in die Schuhe zu schieben, der so nie stattgefunden hatte.

„Ich habe es gesehen. Dass die Kollegen unten in L.A. unterirdische Ermittlungen abgeliefert haben, war ziemlich offensichtlich und wie leicht es ist, ein falsches Geständnis zu kriegen, musst du mir nicht erklären."

„Owen, du kannst mich so etwas doch fragen! Aber bitte mach das nicht hinter meinem Rücken."

„Ich weiß. Tut mir leid. Deshalb wollte ich es dir sagen. Du hättest es sowieso gemerkt. Ich bin ein Cop, ich kann nicht aus meiner Haut. Sorry."

Er sah sie so schuldbewusst und kleinlaut an, dass Libbys Groll gegen ihn augenblicklich verflog. Immerhin besaß er den Schneid und sagte es ihr jetzt. Und wenn sie ehrlich war – sie hätte nicht anders gehandelt.

„Danke, Owen. Es bedeutet mir viel, dass du es jetzt wenigstens erzählst."

Nun traute er sich doch, zu lächeln. „Ich finde, das muss sein."

Libby erwiderte sein Lächeln. Sie mochte seine aufrechte, geradlinige Art. Um seine Erfahrung und seinen Posten beneidete sie ihn und er strahlte das Selbstvertrauen und die Erfahrung, die man dafür brauchte, auch aus. Dass er so große Stücke auf sie hielt, imponierte ihr und es überraschte sie nicht, dass er genau wissen wollte, wer sie eigentlich war.

„Gibt es noch irgendwas, das du wissen willst?“, fragte sie deshalb.

„Nein, ich … nein. Du bist mir keine Rechenschaft schuldig, aber ich dir vielleicht.“

„Inwiefern?“

„Ich habe dir gestern nicht die ganze Wahrheit darüber erzählt, warum ich Cop geworden bin. Dazu hat mich nicht nur Lara gebracht, sondern auch mein Bruder.“

„Du hast einen Bruder?“

„Ja, er heißt Byron. Tatsächlich schweige ich ihn lieber tot. Ich weiß nicht, wie gut die Kollegen es fänden, wenn ihnen auffallen würde, dass ein Cop einen kriminellen Bruder hat.“

Unbeeindruckt erwiderte Libby seinen Blick. „Na und? Was kannst du denn für deinen Bruder? Wie alt ist er?“

„Er ist knapp drei Jahre jünger als ich. Er ist als Jugendlicher auf die schiefe Bahn geraten, nachdem unsere Eltern sich haben scheiden lassen. Das war eine hässliche Sache … Ich war damals dreizehn. Irgendwie habe ich das weggesteckt, aber Byron ist danach etwas aus der Art geschlagen. Wir haben beide bei unserer Mum gelebt und sie hatte seiner vorlauten Art nicht viel entgegenzusetzen. Als großer Bruder habe ich es immer wieder versucht, aber erfolglos. In der Pubertät ist er auf die schiefe Bahn geraten und hat sich vorübergehend einer Gang angeschlossen. Er hat angefangen, Drogen zu nehmen und zu dealen … und er ist von zu Hause abgehauen, als er sechzehn war. Ich hatte damals gerade meinen High School-Abschluss in der Tasche und bin aufs College gegangen. Ich habe noch irgendwie versucht, auf ihn einzuwirken und ihm angeboten, dass er in meinem Studentenzimmer auf dem Sofa schlafen kann, aber das wollte er nicht.

Er ist dann immer wieder wegen verschiedener Delikte im Gefängnis gelandet und ich dachte schon, er versaut mir die Laufbahn bei der Polizei. Bei der Einstellung bin ich auch auf ihn angesprochen worden, hatte zu dem Zeitpunkt aber schon seit drei Jahren fast keinen Kontakt mehr zu ihm. Ich weiß gar nicht, wie es ihm gerade geht oder wo er steckt.“

„Oh“, sagte Libby betreten. „Das tut mir leid.“

„Ach, inzwischen habe ich mich dran gewöhnt … es gehört irgendwie dazu. Ich weiß gar nicht, ob er gerade wieder sitzt oder nicht. Meine Mutter weiß auch nicht viel mehr. Und zu meinem Vater hatte ich noch länger keinen Kontakt.“

„Wie traurig.“

Owen zuckte mit den Schultern, als wäre das nichts. „Es ist schade und es tat mir auch immer leid, aber irgendwann habe ich mir gesagt, dass ich nicht dazu da bin, meinem Bruder den Arsch zu retten. Er weiß zwar, dass ich Cop bin, aber er wollte deshalb noch nie meine Hilfe. Nicht, dass er sie nicht bekommen hätte, aber er ist wahnsinnig stur. Ich dränge ihm meine Hilfe nicht mehr auf.“

„Er hat dich zu oft enttäuscht, oder?“

Jetzt nickte Owen. „Wenn du mir jetzt erzählst, was du für eine tolle Familie hast, finde ich es immer noch schade, dass es bei mir anders gelaufen ist.“

„Ja, allerdings. Das tut mir leid.“

„Ist ja nicht deine Schuld. Aber jetzt weißt du auch was Spezielles über mich.“

Libby lächelte, denn sie wusste diesen Vertrauensbeweis sehr zu schätzen. Er hätte es ihr nicht erzählen müssen.

„Im Übrigen kannst du wirklich irre stolz drauf sein, dass du Hawkins angezeigt hast“, sagte Owen unvermittelt.

„Bin ich auch“, sagte Libby ehrlich. „Mein erster Impuls war auch, dass ich nicht will … Ich stand zu Hause schon vor der Dusche und wollte das einfach nur vergessen. Ich bin dann aber nicht duschen gegangen, sondern habe meine Kleidung in eine Tüte gepackt und mich am nächsten Tag untersuchen lassen.“

„Eine tolle Leistung.“

„Meine Mum hat mich ins Krankenhaus begleitet. Ich dachte, ich sterbe. In dem Moment habe ich es bereut, dass ich ihn anzeigen wollte. Er wäre sowieso auch für die anderen Dinge in den Knast gegangen, aber ich war ja nicht das erste Mädchen, mit dem er das gemacht hat. Ich wollte, dass er auch dafür bestraft wird und im Nachhinein tut das auch verdammt gut.“

„Das glaube ich dir."

„Vor Gericht war es die Hölle. Weißt du, was sein Verteidiger mich gefragt hat?"

„Was denn?"

„Ob ich mit meinem Hintergrund überhaupt zwischen Einvernehmlichkeit und Gewalt unterscheiden könnte – schließlich komme ich ja aus einer polygamen Mormonensekte und könnte ja jede Annäherung zwischen Mann und Frau als Gewaltakt empfinden."

Sie konnte Owen die Wut ansehen. „Nicht im Ernst."

„Doch, tatsächlich. Der DNA-Test hat Ron ja eindeutig überführt, deshalb haben sie auf alle erdenklichen anderen Arten versucht, seinen Kopf aus der Schlinge zu ziehen. Hat zum Glück nicht geklappt."

„Der Anwalt sollte sich schämen."

„Ron kommt mit grauen Haaren wieder aus dem Knast. Damit kann ich leben."

„Sei froh, dass es nicht deine Beziehung zerstört hat."

„Nein, das nicht. Ich bin danach in die Offensive gegangen. Das ist schwer, aber richtig. Und jetzt bin ich hier."

„Das ist toll. Es braucht mehr Überzeugungstäter!"

Die beiden lächelten einander an, was sich in diesem Moment ziemlich gut anfühlte. Schweigend starrten sie zum Haus der Maxwells, in dem sich nicht viel rührte. Es wurde dunkel, in den Häusern wurde das Licht eingeschaltet, die Menschen kamen nach Hause. Allmählich verstand Libby, warum Owen fand, dass Observierungen an den Nerven zerrten.

Libby nahm schließlich das Gespräch wieder auf und erzählte ihm doch noch ein wenig von Sadies Fällen, weil sie gemerkt hatte, dass er da großes Interesse zeigte. Owen erzählte ihr schließlich ein wenig von den Fällen, die er in seiner bisherigen Laufbahn als Detective bearbeitet hatte. Teilweise konnte sie sich daran erinnern, weil sie in den Nachrichten davon gehört hatte. Seine Aufklärungsquote war gut, wie er nicht ganz ohne Stolz berichtete und dabei hatte er von Banden- bis zu Sexualmorden schon die ganze Bandbreite dazwischen gehabt.

Zwischendurch aßen sie ihre mitgebrachten Sandwiches und Libby versuchte, sparsam zu trinken, um nicht zu schnell zur Toilette zu müssen. Das war im Augenblick denkbar unpraktisch.

Es war etwa gegen viertel nach neun, als ein Lincoln Continental an ihnen vorbei rollte und vor dem Haus der Maxwells stehen blieb. Libby und Owen saßen angespannt auf ihren Sitzen und beobachteten, was geschah.

„Kannst du das Kennzeichen lesen?", fragte Owen. Libby machte ein Foto mit ihrem Handy und nickte.

„Das ist das Auto von Don Russell. Ich erinnere mich an die letzten Zahlen seines Kennzeichens. Das ist es definitiv."

Während Owen aufmerksam nickte, stieg auf der Fahrerseite jemand aus und ging zur hinteren Tür, wo er etwas vom Rücksitz nahm. In der Dunkelheit vor Maxwells Haus erkannten sie den Mann nicht, aber sie sahen, dass er eine Laptoptasche bei sich hatte. Nun griff Owen ebenfalls nach seinem Handy und machte Fotos davon, wie die Person mit der Tasche zur Haustür ging und klopfte. Owen fotografierte auch das Auto im Vordergrund und hielt schließlich fest, wie die Haustür geöffnet wurde und Luke Maxwell zum Vorschein kam.

Er sprach kurz mit dem Mann, dann nahm er ihm die Laptoptasche ab und nickte. Augenblicke später verabschiedeten sie sich voneinander und der fremde Mann kehrte zum Auto zurück. Nachdem er eingestiegen war, fuhr er los und wendete den Wagen am Ende der Straße. Owen und Libby machten sich klein in ihrem Wagen, aber Libby ließ es sich nicht nehmen, vorsichtig aus dem Fenster zu linsen und in das Auto zu spähen, als es vorbei fuhr. Es dauerte nur wenige Augenblicke, doch als der Wagen fort war, richtete sie sich wieder auf und sagte: „Auf dem Beifahrersitz saß Don Russell."

„Bist du sicher?"

„Ich habe ihn erkannt, ja. Höchstpersönlich."

„Okay … schade, dass wir ihn nicht auch auf einem Foto haben, aber zumindest wissen wir jetzt, dass es eine Verbindung gibt und offensichtlich haben wir auch Recht, was den Computer angeht. Es gibt einen, aber Maxwell hatte ihn versteckt."

„Das nützt uns jetzt wenig …"

„Ich durchsuche das Haus auch gern noch mal. Wir sollten aber erst noch weitere Beweise sammeln und abwarten, was die Kollegen im Darknet vielleicht finden. Das hier ist gerade vor allem hilfreich, um die Observierung zu verlängern."

„Immerhin."

„Ja, das gefällt mir gut … Maxwell, wir sind dir auf den Fersen", verkündete Owen zufrieden.

Libby fuhr hoch, als ihr Handy klingelte. Es war kurz nach acht, aber für Libby gefühlt eindeutig zu früh. Sie war frühestens um halb zwei eingeschlafen und hatte auch gemerkt, als Kieran aufgestanden war. Sie tastete nach ihrem Handy und nahm den Anruf an.

„Ja?"

„Libby, hier ist Owen. Es gibt Neuigkeiten aus der Cybercrime Division. Sie haben was. Kannst du ins Department kommen?"

„Bestimmt ... wenn ich wach bin."

„Ich muss mich auch noch fertig machen. Also dann, bis gleich."

Bevor Libby protestieren und fragen konnte, welche Neuigkeiten es denn gab, hatte er schon aufgelegt. Sie sprang aus dem Bett und verschwand kurz im Bad. Nachdem sie sich angezogen hatte, lief sie in die Küche und machte ein zufriedenes Gesicht, als sie fertige Sandwiches im Kühlschrank entdeckte. Die hatte sie zwar eigentlich für die Observierung besorgt und Kieran verboten, sie ihr wegzuessen, aber gerade kamen sie ihr gelegen. Daran hatte sie gar nicht mehr gedacht.

Zehn Minuten später war sie im Department. Owen war ebenfalls gerade eingetroffen und hängte noch seine Jacke auf.

„Komm mit", sagte er und ging voraus zur Cybercrime Division. Den Weg hätte Libby zwar auch gewusst, aber sie folgte ihm. Inzwischen fühlte sie sich auch etwas wacher.

Owen hielt Libby eine schwere Tür auf und ließ ihr den Vortritt. Sie betrat ein Großraumbüro mit erheblich mehr Computern und Bildschirmen, als sie es sonst sah.

„Ah, da ist er ja." Ein schlaksiger junger Mann stand auf und ging auf sie zu. Neben ihm stand ein großer, muskulöser Mann mit sonnengebräunter Haut und dunklem Haar, hielt sich aber vorerst im Hintergrund.

Owen wandte sich zu Libby, um ihr den Kollegen vorzustellen. „Malcolm Griffin ist ein echtes Cyber-Superhirn. Wenn du irgendwas brauchst, was mit Computern zu tun hat, ruf ihn an."

„Jetzt übertreibst du aber", sagte Malcolm.

„Überhaupt nicht. Malcolm, das ist Libby Whitman. Sie ermittelt mit mir wegen Cassidy Maxwell und ist der Experte in dem Fall."

„Hi, Libby", sagte Malcolm und lächelte.

„Was habt ihr denn gefunden?"

„Ein Video, von dem wir glauben, dass es Cassidy Maxwell zeigt. Ein verdeckter Ermittler hat uns drauf gebracht." Malcolm drehte sich zu dem Mann um, der hinter ihm stand. „Das ist Ian Wright. Er ermittelt gerade undercover gegen Don Russell. Auf den seid ihr ja auch schon gestoßen."

Owen nickte. „Wir sind also auf der richtigen Spur."

„Das würde ich annehmen", sagte Ian. „Wollt ihr euch erst das Video ansehen, bevor wir weitersprechen?"

„Nur zu. Ist es das, was ich befürchtet habe?"

„So ungefähr", sagte Malcolm. „Es dürfte die Fantasien einiger kranker Wichser da draußen sehr anregen."

Owen warf Libby einen zögerlichen Blick zu, aber sie nickte kaum merklich. Das würde sie schon packen. Jedenfalls glaubte sie das.

Sie gingen in ein separates Büro, in dem Malcolm alles schon vorbereitet hatte. Nachdem er das Video gestartet hatte, hielt er sich mit Ian im Hintergrund und ließ Owen und Libby den Vortritt.

Das Video war in Maxwells Keller aufgenommen worden, Libby und Owen erkannten den Raum sofort. In der Mitte stand ein Stuhl und darauf saß Cassidy – gefesselt und splitternackt. Ihre Haare standen wirr ab, ihr Gesicht war tränennass und ihre Augen blickten voller Furcht. Sie blickte zu jemandem auf, der im Bild nicht zu sehen war.

„Du warst kein braves Mädchen, nicht wahr?", sagte eine Männerstimme, die Libby und Owen nur zu bekannt vorkam. Das war Luke Maxwell.

Cassidy schluchzte leise und schüttelte den Kopf. „Nein …"

„Weißt du, was mit Mädchen passiert, die nicht brav sind?"

Ein Wimmern entrang sich Cassidys Kehle. Das war echte

Panik. Libby verschränkte die Arme vor der Brust und krallte sich mit den Fingern in ihre Oberarme, schaute aber weiter zu.

In diesem Moment trat ein Schatten ins Bild. Es war ein Mann, nur von hinten zu sehen und er trug eine Ledermaske auf dem Kopf. Er blieb neben Cassidy stehen und schlug ihr einmal so hart ins Gesicht, dass ihr Kopf zur Seite flog und ihr das Blut nur so aus der Nase schoss.

„Du weißt, dass ich dich jetzt bestrafen muss."

Libby krallte sich fester in ihre Oberarme und hielt für einen Moment die Luft an.

„Bitte nicht", flehte Cassidy unter Tränen.

„Aber das muss sein. Das ist eine Lektion, die du lernen musst."

„Nein …" Nun rutschte Cassidy auf dem Stuhl herum, aber gefesselt konnte sie nicht viel tun.

„Ich habe ein paar Freunde eingeladen, die mir dabei helfen werden, dich zu erziehen."

Während Libby die Zähne fest zusammenbiss, blickte Owen mit hochgezogener Augenbraue zu Malcolm und Ian. „Ihr habt vergessen, uns zu sagen, dass wir davon Alpträume kriegen werden."

Ian nickte ungerührt. „Stimmt. Wird nicht mehr besser, aber deshalb bin ich ja auch an diesen Schweinen dran."

Verstohlen warf Owen Libby einen Blick zu, den sie zu ignorieren versuchte. Sie wollte jetzt stark sein. Sie musste einfach.

Es folgte ein Schnitt. In der nächsten Einstellung saß Cassidy nicht mehr auf dem Stuhl, denn der lag umgestürzt am Boden und sie kniete darüber. Ihre Arme waren an die Stuhlbeine gefesselt, ihre Beine an die Seiten der Stuhllehne. Allmählich wurde Libby übel.

Die Kamera bewegte sich langsam und filmte Cassidy von allen Seiten. Zum Schluss hockte sich die filmende Person vor Cassidy und packte sie an den Haaren, so dass sie den Kopf hob und man in Nahaufnahme ihre Tränen und ihre Panik sehen konnte. Im Mund hatte sie einen Ballknebel aus dem Sexshop und wimmerte leise.

Libby hatte Mühe, nicht zu schreien. Sie verfolgte das Video wie durch einen Tunnelblick, während ihr abwechselnd heiß und kalt wurde und sie spürte, wie ihre Eingeweide verkrampften.

„Geht es?", fragte Owen nun laut. Libby antwortete nicht. Sie konnte nicht.

„Wer will denn zuerst?", fragte Luke Maxwell im Video.

Owen blickte zu den Kollegen. „Was soll das bitte heißen?"

„Es sind insgesamt fünf Männer", sagte Ian. „Einer, der filmt und vier, die sie nacheinander vergewaltigen."

Er trat vor, griff nach der Maus und sprang mit der Zeitleiste weiter voran im Video bis zu einer Einstellung, in der man Cassidys Gesicht in Nahaufnahme sehen konnte, während schemenhaft hinter ihr ein Mann zu erahnen war, der sich ihr gewaltsam zum Sex aufzwang.

Alles in Libby schrie. Sie war wie versteinert und versuchte, sich nur aufs Atmen zu konzentrieren. Während das Video weiterlief, wandte sie den Blick ab. Owen griff hastig nach der Maus und hielt das Video an.

„Sieht man da noch mehr?", fragte er mit gereiztem Unterton.

„Sie misshandeln die Frau anschließend noch."

„Okay, das reicht. Ist es zwingend notwendig, dass wir das sehen?"

Ian und Malcolm tauschten irritierte Blicke, aber dann schüttelte Ian den Kopf.

„Vorerst nicht, denke ich. Malcolm machte mir Hoffnung, dass ihr mir irgendwas zu diesem Video sagen könnt."

„Wir? Ich habe doch darum gebeten, nach einem solchen Video Ausschau zu halten", sagte Owen überrascht.

„Ja, und anhand der Beschreibung landete das bei mir. Aber von vorne – ich bin Don Russell seit ein paar Monaten auf den Fersen. Dieser fiese Wichser behandelt Frauen schon sein ganzes Leben lang wie Dreck. Schon vor zwanzig Jahren war er ein berüchtigter Zuhälter, ist dann aber für eine ganze Weile eingefahren. Nun ist er wieder draußen und wie es scheint, sind nun illegale Pornos fürs Darknet sein neues Geschäftsmodell."

Libby hatte Mühe, ihm zuzuhören. Sie war immer noch damit beschäftigt, die Bilder zu verkraften, die sich gerade in ihre Erinnerung ätzten.

„Unser Hauptverdächtiger hat mehrmals mit Don Russell telefoniert“, sagte Owen.

„Luke Maxwell, ich weiß. Ich bin leider noch nicht tief genug drin, als dass ich das hier rechtzeitig mitbekommen hätte oder es hätte verhindern können, aber ich weiß, wann das aufgenommen wurde.“

„Und wann?“

„Letzte Woche in der Nacht von Dienstag auf Mittwoch. Dass es neue Videos gibt, wusste ich seit Freitag und zum ersten Mal in die Finger bekommen habe ich es am Dienstag.“

„Videos? Plural? Es gibt noch mehr davon?“, fragte Owen.

Ian nickte. „Die habe ich noch nicht gesehen, die hält Russell unter Verschluss. Er will jede Woche eins ins Darknet stellen. Er bewirbt sie mit: *Ungehorsame Hausfrau wird gefügig gemacht – echte Schläge, echter Schmerz.*“

Wortlos starrte Owen ihn an, während Libby spürte, wie sie die Fassung zu verlieren drohte.

„Ich muss mal an die frische Luft“, sagte sie und verließ fluchtartig das Büro, ohne eine Reaktion der Männer abzuwarten. Es war ihr auch egal, wie das aussah. Sie musste raus, das war einfach zu viel.

Während sie den Flur betrat, spürte sie, wie ihre Übelkeit noch zunahm. Anstatt den Weg nach draußen anzutreten, versuchte sie, den Brechreiz noch irgendwie zu unterdrücken und die nächste Toilette zu finden. Hastig rannte sie den Flur entlang, weil sie am Ende ein entsprechendes Hinweisschild gesehen hatte. Dort angekommen, stieß sie die Tür auf und ignorierte die Tatsache, dass es die Männertoilette war. Zitternd übergab sie sich ins nächste Waschbecken, aber weil sie noch nicht gefrühstückt hatte, kam fast nur Magensäure. Sie krallte sich keuchend am Beckenrand fest und drehte schließlich das Wasser auf. Mit beiden Händen schöpfte sie etwas, um sich den Mund auszuspülen und starrte dann auf ihr eigenes Spiegelbild. Das Wasser lief weiter.

Seit Ron sie vor fünf Jahren vergewaltigt und sie gegen ihn ausgesagt hatte, war ihr kein derart starker Trigger mehr begegnet, der die alten Gefühle von Ohnmacht, Furcht, Schmerz und Trauma so mühelos zum Vorschein bringen konnte, aber das war schlimm. Mehr als das. Genau so einen Knebel hatte Ron benutzt. Libby hatte nie vergessen, wie sich das anfühlte.

In dem Moment, als ihre Knie weich zu werden drohten, öffnete sich die Tür langsam und Owen steckte seinen Kopf hindurch. Libby nahm ihn zwar wahr, rührte sich aber nicht. Vorsichtig betrat Owen den Raum und zögerte kurz.

„Brauchst du was?"

Libby holte tief Luft und stellte das Wasser wieder ab, sah Owen aber nicht an.

„Dieser Blitzdingser aus Men in Black wäre jetzt was", murmelte sie.

Owen verstand. „Erinnerungen löschen."

„Ich hoffe, ich habe mich jetzt nicht zum Gespött der Kollegen gemacht, aber es ging einfach nicht. Das war zu krass."

„Das war es auch. Den Rest schaue ich mir, wenn überhaupt, allein an. Nur, dass du das schon mal gehört hast."

Libby wollte kurz Stärke vortäuschen, aber dann nickte sie. „Ja, ist gut."

„Das ist wirklich übel und bevor du dir jetzt Sorgen machst: Es macht sich niemand lustig."

„Wenigstens etwas."

„Ich habe es ihnen nicht erklärt."

„Das ist gut, es geht sie auch nichts an."

Owen lächelte ermutigend. „Geht's wieder?"

Libby nickte und straffte die Schultern. „Kehren wir zurück."

Wortlos hielt Owen ihr die Tür auf, lächelte aber immer noch. Für seine einfühlsame Reaktion war Libby ihm sehr dankbar.

Sie hatte trotzdem kein gutes Gefühl, als sie wieder bei den Kollegen auftauchte und hätte im Boden versinken mögen, als Ian sie geradewegs anstarrte, doch dann sagte er: „Ich bin nachts schon von dem Scheiß wach geworden, Don Russell hat ja mehrere dieser Videos im Repertoire ... Aber ihr könnt mir jetzt helfen, ihn dafür dranzukriegen."

„Wo waren wir?", fragte Owen und tat so, als sei nichts passiert.

„Ich bin seit Monaten damit beschäftigt, mir Don Russells Vertrauen zu erarbeiten. Vor kurzem stieß Luke Maxwell in seinen Dunstkreis. So wie ich das mitbekommen habe, hatte er Geldprobleme und die Rede kam darauf, dass er sich mit brutalen Homevideos von seiner Frau was verdienen könnte. Don Russell kennt sich damit aus. Letzte Woche ist irgendwas gelaufen, das habe ich mitbekommen. Ich weiß auch, dass am Samstag einer von Russells Handlangern unterwegs war, um Spuren zu verwischen – das war der genaue Wortlaut, den Russell am Telefon benutzt hat."

„Er wusste also von Cassidys Tod?", fragte Owen.

„Ich nehme es an. Ich hatte keine Ahnung, was los ist – wie gesagt, seit Dienstag kenne ich das Video und weiß, dass es das ist, was letzte Woche aufgenommen wurde. Ich wusste aber nicht, wer darauf zu sehen ist. Erst, als man mir hier gesagt hat, dass ein Video gesucht wird, dessen Beschreibung auf dieses hier passt, bin ich hellhörig geworden."

„Er hat uns gezeigt, wo es im Darknet zu finden ist", sagte Malcolm. „Sonst hätten wir da lange suchen können."

„Jetzt meine Frage: Wisst ihr, wer der Kerl ist, der das Video gemacht hat und wo das aufgenommen wurde?", fragte Ian.

„Das ist Luke Maxwell", sagte Owen ohne Umschweife. „Die Stimme erkenne ich sofort. Und aufgenommen wurde es in seinem Keller in einem schallisolierten Raum mit Stahltür."

Überrascht hob Ian die Augenbrauen. „Das wisst ihr?"

„Wir standen drin, aber er hat den Raum so gut gereinigt, dass nichts mit Beweiskraft gefunden wurde."

„Okay ... ich hatte auch vermutet, dass es Maxwell selber ist. Gestern habe ich ihn kurz kennengelernt, weil ich mit Russell bei ihm war, um ihm seinen Laptop zurückzubringen."

„Was, das warst du?", entfuhr es Owen.

„Ihr habt ihn observiert, nicht wahr? Ich dachte, ich hätte eins unserer Zivilfahrzeuge gesehen, als wir wieder gefahren sind."

„Ja, das waren wir. Weißt du, ob auf dem Laptop was Interessantes ist?"

„Mit Sicherheit, denn ich habe mitbekommen, dass Russell ihn seit Freitag in Verwahrung hatte, ebenso wie DVDs, Festplatten und sogar Magnetbänder. Die hat er auch immer noch – ich vermute, da sind die anderen Filme drauf, die er noch ins Darknet stellen will. Jedenfalls sollten wir in der Sache unbedingt zusammen arbeiten. Ihr kriegt euren Mörder von Cassidy Maxwell und ich bringe Don Russell endlich hinter Gittern, wenn wir es schaffen nachzuweisen, dass er mit ihrem Tod zu tun hatte."

„Ich bitte doch sehr darum", sagte Owen. Libby stand die ganze Zeit über wortlos daneben.

„Ich spitze jetzt mal die Ohren und versuche rauszufinden, was da letzte Woche gelaufen ist und wer in die Sache verwickelt ist. Ich weiß, dass ihr einen Van sucht – ich kriege bestimmt raus, wer von Russells Leuten einen fährt. Ich glaube, über die Sache wissen einige Leute Bescheid. Wenn ich die richtigen Fragen stelle, liefere ich euch den Mörder, aber ich muss auch unbedingt euren bisherigen Ermittlungsstand kennen."

„Natürlich. Wir können in meinem Büro weiter sprechen, da haben wir auch alle Fotos und Unterlagen", schlug Owen vor. Ian war einverstanden und so machten sie sich ohne Malcolm auf den Weg in Owens Büro. Dort tauschten die drei sich über alles aus, was sie bislang wussten. Darüber gelang es Libby tatsächlich, sich wieder zu beruhigen. Nun konnte sie sich auf etwas Anderes konzentrieren und musste nicht mehr an die grässlichen Bilder aus dem Video denken.

Doch je weiter sie sprachen, desto klarer wurde ihr, dass sie die ganze Zeit über Recht gehabt hatte.

„Whitman? Hörst du noch zu?", fragte Ian schließlich.

Überrascht erwiderte Libby seinen Blick. „Tut mir leid, ja. Ich musste nur gerade daran denken, dass ich noch auf der Suche nach Cassidy war, als sie noch gelebt hat. Ich stand vor der Haustür, als sie unten in dem Keller war."

Zu ihrer Verwunderung machte Ian ein mitfühlendes Gesicht. „Schöne Scheiße. Ich habe vorhin gemerkt, dass dir der Fall nahe geht."

„Ja, tut er. Also, was machen wir jetzt, um die alle hinter Gitter zu bringen?"

„Wir übernehmen heute Abend wie geplant die Observierung", sagte Owen. „Ich telefoniere gleich mit dem Captain, schildere ihm die neue Faktenlage und dann wird er die Observierung garantiert verlängern."

„Ich soll heute Abend wieder bei Russell erscheinen. Dann versuche ich mal, herauszufinden, was da letzte Woche genau gelaufen ist und wer die Leiche entsorgt hat", sagte Ian.

„Wir hatten da auch diese Zeugenaussage einer Nachbarin, die in der Nacht zu Donnerstag den Van vor Maxwells Haus gesehen hat. Nicht unwahrscheinlich, dass man in diesem Moment Cassidy woanders hin gebracht hat."

Ian nickte. „Das finde ich heraus. Ich muss nur aufpassen, dass ich das nicht zu auffällig mache."

„Ja, natürlich. Wir halten die Füße still, noch wiegt Maxwell sich in Sicherheit."

„Wir können erst zuschlagen, wenn wir wissen, wer Cassidy Maxwell umgebracht hat. Darüber können wir sie alle kriegen." Ian klang gleichermaßen zufrieden und hoffnungsvoll.

„Das kriegen wir schon hin. Deinetwegen haben wir jetzt wenigstens einen konkreten Anhaltspunkt."

Libby und Owen stellten den Captain ihre Ermittlungsfortschritte persönlich vor, nachdem Ian gegangen war. Der Captain äußerte sich sehr zufrieden mit ihren Ergebnissen und schlug von sich aus einer Verlängerung der Observierung vor. Das war genau das, was Libby und Owen hören wollten, obwohl beide das Gefühl hatten, dass Ian im Augenblick die sinnvollere Arbeit leisten konnte.

Als sie damit fertig waren, schickte Owen Libby noch einmal nach Hause. Wenn sie am späten Nachmittag zur Observierung antreten mussten, brauchten sie noch eine gewisse Ruhezeit dazwischen. Libby wusste jedoch nicht, ob sie sich darüber freuen sollte. Sie würde allein zu Hause sein, was ihr nicht sonderlich verlockend erschien. Nach dem Video, das sie da vorhin gesehen hatte, wollte sie eigentlich mit jemandem reden. Kurzerhand rief sie bei ihren Eltern in Pleasanton an und war erleichtert, als Matt ans Telefon ging.

„Hey, Matt. Hier ist Libby", sagte sie, während sie sich in ihr Auto setzte.

„Schön, dass du anrufst. Was kann ich für dich tun?"

„Ich wollte nur wissen, ob einer von euch zu Hause ist."

„Offensichtlich bin ich zu Hause", erwiderte er nicht ganz ernst gemeint und lachte. „Sadie hat gerade Vorlesung. Ich weiß nicht, wann sie nach Hause kommt."

„Hast du denn Zeit?"

„Sicher. Ich bearbeite gerade ein paar Fotos, aber das muss ich nicht jetzt tun."

„Dann würde ich gern vorbeikommen."

„Ja, sehr gern. Lass uns zusammen etwas zu Mittag essen."

Diese Idee gefiel Libby sehr gut. Sie verabschiedete sich voller Vorfreude von Matt und machte sich auf den Weg. Eine halbe Stunde später parkte sie in Pleasanton vor dem Haus ihrer Eltern und ging hinein.

Sie fand Matt in der Küche, wo er gerade damit beschäftigt war, den Kühlschrank auf den Kopf zu stellen. Als er Libby bemerkte, schloss er den Kühlschrank und umarmte sie fest.

„Schön, dass du da bist. Du hast nicht zufällig eine Zucchini mitgebracht?"

„Eine Zucchini? Nein. Was hast du vor?"

„Da gibt es dieses schöne Rezept für Pasta mit Tomatensoße und Fleischbällchen … da kommt noch allerhand buntes Gemüse rein, aber ich kann diese Zucchini nicht finden."

„Klingt auf jeden Fall lecker", fand Libby, die große Lust hatte, mit Matt zusammen zu kochen. Das erinnerte sie an früher. Schließlich fand Matt die Zucchini hinter dem Joghurt und legte sie zu den übrigen Zutaten auf die Arbeitsplatte.

„Was verschlägt dich denn gerade mitten am Tag hierher?", fragte er. „Ermittelst du nicht mit dem Detective?"

„Doch, aber ich muss erst heute am frühen Abend wieder zur Observierung da sein. Gestern haben wir auch schon unseren Verdächtigen beschattet."

„Oh, das habe ich während meiner Laufbahn auch öfter getan. War nicht gerade meine Lieblingsbeschäftigung."

„Ja, Owen hat mir auch schnell prophezeit, dass es langweilig werden würde."

„Und, ist es das nicht?"

„Es geht. Es bringt uns wenigstens voran."

„Na immerhin. Wie ist Owen so?"

„Klasse", erwiderte Libby. „Sehr sympathisch, zielstrebig und wirklich nicht auf den Kopf gefallen. Wir arbeiten total super zusammen."

Mit einem Lächeln begann Matt, das Gemüse kleinzuschneiden. Libby ging ihm dabei zur Hand.

„Das freut mich sehr", sagte Matt. „Ich kann mir ungefähr vorstellen, wie der Job die meiste Zeit für dich sein muss. Streife fahren fand ich nie so besonders und es hat mir den letzten Nerv geraubt, als ich es damals in Dale City wieder tun musste, als Sadie zum FBI gegangen ist und ich noch gehofft habe, dass sie mich nehmen. Das war ein echter Abstieg."

„Hattest du denn nie Ambitionen, Detective zu werden?"

„Nicht so richtig … Ich bin ziemlich schnell Polizeifotograf geworden, die Fotografie war ja schon immer meine Leidenschaft. Natürlich sind Polizeifotos künstlerisch nicht sehr anspruchsvoll, aber man muss sein Handwerk beherrschen. So hatte ich immer mit vielen spannenden Fällen zu tun. Das hat mir gefallen."

„Dass es dich nicht verfolgt hat, was du da abgelichtet hast."

„Nein, normalerweise nicht."

Libby lachte. „Normalerweise?"

„Ich habe einen robusten Magen, sagen wir so. Einzig Wasserleichen sind echt schlimm, aber die gibt es ja im kalifornischen Hinterland nicht so oft …"

Unwillkürlich schüttelte Libby sich. „Du machst mich fertig."

„Du kannst Sadie fragen, ich hatte damals einen speziellen Humor. Der Fall Grimes, bei dem wir uns näher gekommen sind, hatte ja auch seine ekligen Momente. Die eine Leiche, die da im Keller lag, lag da schon seit ein paar Tagen und die Verwesung war entsprechend fortgeschritten. Man darf kein Problem mit Gerüchen oder Fliegenmaden haben."

Pikiert sah Libby ihn an. „Red nur weiter, dann habe ich gleich keinen Hunger mehr."

„Wie Sadie mir sagte, ist die Leiche in eurem Fall aber auch aus einem Klärbecken gefischt worden …"

„Ja, und entsprechend unschön war das auch."

„Immerhin lag die da wohl nicht sehr lang drin, oder?"

„Nein, das nicht … du bist echt makaber, Matt."

„Anders erträgt man das doch auch nicht, oder?"

„Manchmal nicht, nein. Da hast du Recht."

Gemeinsam schnitten sie Gemüse und widmeten sich dann der Tomatensoße und den Fleischbällchen. Sie machten alles selbst, was ihnen große Freude bereitete. Libby kochte ohnehin ganz gern, deshalb passte es ihr gut.

Schließlich saßen sie zum Essen zusammen. Libby konnte sich gar nicht daran erinnern, wann sie das zuletzt mit Matt gemacht hatte – irgendwann, als sie noch zu Hause gewohnt hatte. Manchmal fehlte ihr das. Mit Kieran fühlte sie sich zwar auch wohl, aber im Moment langweilte sie der Alltagstrott ein wenig, der sich allmählich einschlich. Ihre Arbeitszeiten waren eine Herausforderung und Kieran hatte seinen eigenen Job, der seine Aufmerksamkeit forderte. Vor allem aber fehlte es ihr, mit ihm über ihre Arbeit zu sprechen. Einerseits, weil sie es nur begrenzt durfte, aber andererseits, weil er es gar nicht hören wollte. Er war nicht wie Sadie und Matt, die sich nicht nur dafür interessierten, sondern ihr auch Ratschläge geben konnten. Dieses Gefühl von Akzeptanz fehlte ihr bei Kieran.

„Es freut mich sehr, dass der Detective dir jetzt die Chance gibt, dich zu beweisen", sagte Matt unvermittelt.

„Ja, das hätte er nicht tun müssen, denke ich. Er hatte da aber überhaupt keine Vorbehalte. Er ist da total verständnisvoll und er behandelt mich nie von oben herab. Heute haben wir eine erste heiße Spur gefunden, ein Video der Toten, das zeigt, wie sie vergewaltigt wird. Das ist im Darknet gelandet."

Libby konnte sehen, wie Matts Miene einfror. Er hatte jeden Grund, Gewalt gegen Frauen zu hassen, denn er hatte schon mehr als einmal zu spüren bekommen, was sie anrichten konnte.

„Das war sicher hart für dich", sagte er.

„Ziemlich. Mir ist schlecht geworden, aber von Owen kam da kein dummer Spruch. Im Gegenteil."

„Das ist gut. Hat er es gemerkt?"

„Ich habe es ihm erzählt", erwiderte Libby.

„Oh, mutig."

„Ich vertraue ihm da. Außerdem ist das nichts, wofür ich mich schämen müsste."

„Da hast du Recht, aber du hast ja sicher schon gemerkt, wie es bei der Polizei zugeht."

„Natürlich. Da ist ein Kollege, der mich immer ziemlich aufs Korn nimmt und mich gefragt hat, was ich wohl getan habe, damit Owen mich zu seiner Partnerin macht ... Du hättest Owen hören sollen, wie er ihn genüsslich zusammengefaltet hat. Er hat das nämlich mitbekommen."

Matt horchte auf. „Klingt fast so, als hätte er Interesse an dir."

„Nein, er weiß, dass ich einen Freund habe."

„Was ein Grund ist, aber kein Hindernis."

Libby schüttelte vehement den Kopf. „Nein, nicht Owen. Wir verstehen uns nur gut."

Sie wartete auf eine Reaktion, aber die blieb aus. Gespannt musterte sie Matt und sie konnte sehen, wie er sich auf die Zunge biss, aber er sagte nichts.

„Spuck's aus", ermutigte sie ihn.

Matt antwortete nicht gleich, doch dann sagte er: „Du weißt, ich war nun wirklich kein Kind von Traurigkeit, bevor ich Sadie kennengelernt habe. Ich hatte schon viele Beziehungen. Die einzige, die wirklich gut funktioniert, ist die mit einer Kollegin", sagte er grinsend.

„Wie lang seid ihr jetzt zusammen?"

„Zwölf Jahre, wenn ich mich jetzt nicht verrechnet habe. Aber wenn man bei der Polizei oder beim FBI ist, braucht man entweder einen Partner, der den Job kennt oder der zumindest ein endloses Verständnis für alle Eigenheiten hat, die der Job so mit sich bringt."

„Das glaube ich dir."

„Du hast es bei uns erlebt. Als ich undercover ermittelt habe, wollten mich zwei Kartellmitglieder erschießen. Sadie hat das nicht nur verhindert, sie hat mir deshalb nie Vorhaltungen gemacht."

„Ach, das würde Kieran auch nicht tun."

„Das kannst du nicht wissen. Wahrscheinlicher ist das Gegenteil."

„Wir sind schon so lange zusammen!"

„Ich weiß. Ich behalte meine väterlichen Ratschläge besser mal für mich", sagte Matt augenzwinkernd.

„Sei nicht beleidigt."

„Bin ich nicht."

Sie aßen schweigend weiter, doch nach ein paar Bissen fragte Matt: „Und du willst das wirklich die ganzen zwei Jahre durchziehen?"

„Warum denn nicht?"

„Weil das verschenktes Potenzial ist! Das FBI würde dich nehmen, auch jetzt schon. Das weißt du."

„Matt, ich will mir das verdienen. Ich will nicht, dass Nick Dormer oder sogar der Director mich einfach durchwinken, weil ich Sadie Whitmans Tochter bin. Das geht gar nicht."

„Ein Dickkopf warst du ja immer schon."

„Ich meine das ernst. Ich will keine Sonderbehandlung."

„Ich war auch nur dabei, weil Nick Dormer sich für mich eingesetzt hat. Die Schießprüfung hatte ich vergeigt, damit wäre ich raus gewesen."

„Ich weiß. Ich will das trotzdem nicht."

„Na gut. Wenn du meinst."

„Ja, das meine ich." Nun war Libby damit an der Reihe, ihrem Vater zuzuzwinkern. Sie hatte Matt unheimlich gern, eigentlich immer schon. Zwar war anfänglich Sadie ihre hauptsächliche Bezugs- und Vertrauensperson gewesen, aber im Zusammenspiel mit Hayley hatte Libby gesehen, was für ein liebevoller Vater Matt war. Er hatte auch immer hinter ihr gestanden und sie gefördert, egal worum es ging. Dafür liebte sie ihn aufrichtig.

Nach dem Essen räumten sie gemeinsam auf und verbrachten noch ein wenig Zeit zusammen, doch zu Libbys Bedauern tauchte Sadie nicht mehr auf, bevor sie aufbrechen und nach San José zurückkehren musste. Owen und die nächste Schicht warteten auf sie und da sie sich mit Owen am Department treffen würde, musste sie früher los.

Libby war rechtzeitig am Ziel und beschloss, Owen in seinem Büro aufzusuchen. Sie fand ihn jedoch schon davor auf dem Gang mit Ian Wright. Ian hob die Hand zum Gruß und Owen lächelte.

„Hey", sagte Libby und gesellte sich zu den beiden.

„Wir gehen gerade noch ein paar Sachen für Ians Einsatz heute durch", erklärte Owen. „Schön, dass du schon da bist."

Wäre sie allein mit Owen gewesen, hätte sie ihm erklärt, dass sie aus Pleasanton kam, aber so verkniff sie es sich. Die Männer nahmen ihr Gespräch wieder auf und Libby hörte gespannt zu, doch keine zwei Minuten später klingelte Owens Handy. Erst hörte er nur zu, doch dann wirkte er schlagartig unruhig.

„Ist okay, wir machen uns auf den Weg und erwarten ihn dort. Bis gleich." Damit legte er auf und blickte zu Libby und Ian.

„Die Kollegen haben vorhin einen Anruf bei Maxwell mitgehört – ein Wayne Sanders hat ihn gewarnt, dass er observiert wird und meinte, er müsse unbedingt seinen Laptop verschwinden lassen."

„Wayne Sanders?", wiederholte Ian. „Das ist der Troubleshooter in Russells Gruppe, ein verdammt gerissener und skrupelloser Kerl."

„Und was ist jetzt los?", fragte Libby.

„Die Kollegen meinten, dass Maxwell früher Schluss gemacht hat und vermutlich auf dem Heimweg ist. Sie folgen ihm gerade auf den Freeway und meinten, dass wir zur Sicherheit auf Maxwell warten sollen."

„Das ist eine gute Idee", fand Ian. „Er ist bestimmt auf dem Weg nach Hause, den Laptop habe ich ihm doch gerade erst gebracht."

„Also nichts wie los, bevor er noch irgendwas verschwinden lässt …"

„Aber ohne mich, ich kann meine Tarnung nicht riskieren."

„Sicher. Lass uns fahren, Libby."

Sie nickte und folgte Owen zum Auto. Zum Glück hatten sie es nicht weit bis zu Maxwells Haus. Sie parkten gegenüber vom Haus, blieben aber im Auto. Dort angekommen, rief Owen den Captain an und setzte ihn über den aktuellen Stand der Dinge in Kenntnis. Aufgrund akuter Verdunklungsgefahr sagte der Captain ihnen zu, dass sie alles Nötige unternehmen durften, um den Laptop sicherzustellen.

Owen hatte das Gespräch gerade beendet, als Libby im Rückspiegel Maxwells Auto bemerkte. Sie beobachteten, wie er näherkam und in die Einfahrt fuhr. Dann dauerte es allerdings einen Moment, bis er ausstieg. Er drehte sich zu ihnen um und ging ohne Umschweife auf ihr Auto zu. Libby und Owen stiegen aus, woraufhin Maxwell gleich brüllte: „Jetzt verpisst euch einfach, okay?"

Wutschnaubend stapfte er auf Libby zu. So aggressiv, wie er sie ansah, war sie versucht, nach ihrer Waffe zu greifen, aber da war er schon bei ihr und wollte sie packen. Sofort preschte sie vor und versuchte, ihm zuvorzukommen, während Owen um das Auto herum lief.

„Maxwell, lassen Sie sofort meine Partnerin in Ruhe!", schnaubte Owen. Während Libby noch damit beschäftigt war, Maxwell abzuwehren, unterstützte Owen sie dabei. Als er versuchte, Maxwell von Libby wegzureißen, schlug Luke um sich und traf Owen unversehens hart ins Gesicht. Anschließend wandte er sich gleich wieder Libby zu, die kurz nicht aufgepasst hatte. Maxwell nutzte die Chance, umfasste ihre Kehle mit seinen Händen und warf sie rücklings gegen das Auto.

Innerlich fluchte Libby. Sie hatte sich ablenken lassen. Eigentlich bereitete es ihr keine Schwierigkeiten, sich gegen jemanden zu wehren, aber gerade war sie überfordert.

„Du verdammtes Miststück hast mich auf dem Kieker, ja?“, schnaubte Maxwell.

Mit einem Klicken entsicherte Owen seine Waffe und hielt sie Maxwell seitlich an den Kopf.

„Lassen Sie sofort meine Kollegin los“, forderte er gereizt.

„Sie schießen nicht“, behauptete Maxwell und würgte Libby weiter. Im Augenwinkel sah sie Owen, der mit heftigem Nasenbluten dastand und Maxwell hasserfüllt anstarrte, während er ihn mit seiner Waffe bedrohte. Libby sah, dass Maxwell nun seinerseits abgelenkt war und rammte ihm ihr Knie in den Schritt, so dass Maxwell sie hustend und fluchend losließ. Sofort hatte Libby ihre Handschellen in der Hand, drückte ihn mühelos zu Boden und legte ihm die Handschellen an.

„Sie sind festgenommen wegen tätlichen Angriffs auf zwei Polizeibeamte“, sagte sie. Owen stand daneben und drückte sich ein Taschentuch unter die Nase.

„Leckt mich!“, brüllte Maxwell. Zum Glück erschienen in diesem Moment auch die Kollegen, die ihn observierten und nahmen Maxwell gleich in Empfang. Luke brüllte und tobte weiter, während sie ihn auf den Rücksitz des Streifenwagens verfrachteten.

„Dieser Bastard“, grollte Owen unter dem Taschentuch. „Alles okay bei dir, Libby?“

„Mir geht es gut, aber was ist mit dir?“, erwiderte sie.

„Ach, das ist bloß Blut.“

„Bist du sicher?“

„Ja, schon gut. Fragen wir ihn mal nach dem verdammten Laptop.“

Libby nickte und beschloss, das kurzerhand zu übernehmen. Sie ging zum Streifenwagen, öffnete eine der seitlichen hinteren Türen und sah Maxwell herausfordernd an.

„Wo ist der Laptop?“, fragte sie.
„Das geht Sie einen Scheiß an!“
„Oh, das glaube ich nicht. Wir wissen, dass Sie darauf belastendes Material gespeichert haben, das Sie verschwinden lassen wollten. Wo ist er?“
„Suchen Sie ihn doch selbst!“
„Von mir aus“, erwiderte Libby achselzuckend und warf die Tür wieder zu. Einer der Officers beschloss, Libby und Owen zu begleiten, während der andere bei Maxwell blieb.
Sie verschafften sich Zutritt zum Haus und gingen auf die Suche. Zuerst schauten sie sich im Wohnzimmer um – erfolglos. In dem Schrank mit dem Videoequipment war er auch nicht.
„Verdammt, ich hoffe, er hat ihn hier irgendwo“, sagte Owen. „Es wäre ja besser, das Video auf seinem Laptop zu finden, als Maxwell auf einem Film identifizieren zu müssen, den wir aus dem Darknet haben.“
„Ganz davon abgesehen, was sonst noch alles drauf sein könnte“, sagte Libby.
„Lasst uns mal im Keller nachsehen“, schlug Owen vor.
Libby war einverstanden und folgte ihm durch die Küche in den Keller. Der Officer begleitete sie. Owen ging voran zu dem leeren Raum mit der Stahltür. Sie stand offen, im Raum befand sich immer noch nichts – auch kein Laptop.
Owen blieb in der Tür des Raumes stehen. „Ich frage mich, ob der kranke Bastard sie hier regelmäßig eingesperrt hat.“
„Ich fürchte es fast“, sagte Libby.
„Warum ist sie nicht weggelaufen, als sie konnte?“, fragte der Officer. „Warum ist sie nicht mit Ihnen gegangen?“
„Sie konnte nicht“, sagte Libby.
„Warum nicht?“
„Weil er ihre Persönlichkeit zerstört hat“, sagte sie. „Laut den Nachbarn ging das ja schon seit mindestens drei Jahren so. Wenn dir immer einer sagt, dass du nichts taugst, dass du unfähig und hässlich bist, dann glaubst du das irgendwann.“
„Aber sie waren doch verheiratet.“

„Er wird nicht immer so zu ihr gewesen sein. Das ist ein schleichender Prozess. Er hat sie eingeschüchtert, geschlagen, ihr gedroht, sie isoliert … er stand im Zentrum ihrer Welt, dafür hat er gesorgt. Sie hat nicht gearbeitet, sie war ja abhängig von ihm. Wenn man sich die ganze Zeit so runterbuttern lässt, dann fehlt einem irgendwann der Mut, sich davon überhaupt zu befreien."

„Hm", machte der Kollege. Er konnte das nicht nachvollziehen, aber Libby hatte nicht vor, das Thema zu vertiefen. Sie selbst war auch nicht entsprechend gestrickt, aber bei ihrer eigenen Mutter hatte sie gesehen, wie die Mechanismen der Unterdrückung funktionierten.

Stirnrunzelnd nahm Owen den Raum in Augenschein. „Echt gruselig. Lass uns hier verschwinden."

Libby nickte und ging mit ihm nach oben in die erste Etage. Sie durchwühlten den Kleiderschrank, schauten unter dem Bett nach, prüften das Bad, die Vorratskammer und den Keller. Irgendwann blieb Libby nachdenklich im Wohnzimmer stehen und hockte sich vor dem Sofa auf den Boden, um darunter zu spähen, und grinste.

„Ich glaube, ich habe ihn", rief sie und zog eine Laptoptasche hervor.

„Was, so einfach?" Owen stöhnte. „Bringen wir ihn zu Nerds, damit die uns sagen, was Schönes drauf ist."

Gemeinsam mit den Kollegen fuhren sie das kurze Stück zum Department. Die Officers brachten Maxwell zur erkennungsdienstlichen Behandlung, während Owen und Libby mit dem Laptop zum Captain gingen. Sie wurden auch sofort empfangen und der Captain machte ein erfreutes Gesicht, als Owen ihm die Laptoptasche zeigte.

„Sie haben Ihr Beweisstück also gefunden."

„Wir gehen gleich zu den Technikern und lassen den Inhalt der Festplatte überprüfen. Wenn alles gut geht, haben wir dann die schönsten Beweise, die wir brauchen, um Maxwell festzunehmen", sagte Owen.

„Der Richter hat noch nichts unterschrieben, aber er hat mir vorhin telefonisch zugesichert, die Durchsuchung rückwirkend abzunicken."

„Fantastisch", sagte Owen zufrieden. Nachdem sie das alles geklärt hatten, gingen Owen und Libby zu den Technikern. Die Freude über den vermiesten Feierabend war nicht besonders groß, aber Malcolm versprach, sich sofort zu kümmern und ihnen Bescheid zu geben, sobald sie etwas gefunden hatten. Sie mussten ja erst mal das Passwort entschlüsseln.

In der Hoffnung, dass sie schon mit Maxwell reden konnten, machten sie sich auf den Weg zu ihm. Man hatte seine Fingerabdrücke bereits genommen und die Fotos waren auch schon fertig. Er wartete in einem Befragungsraum auf sie, saß dort mit Handschellen an eine Stange gekettet am Tisch saß und sah Owen und Libby ungläubig an.

„Was soll das alles?", schnappte er gleich.

Owen lehnte sich zurück. „Was soll was?"

„Warum observieren Sie mich? Dürfen Sie das überhaupt?"

„Natürlich. Wollen Sie nicht mit uns kooperieren? Das wäre gut für Sie. Verraten Sie uns doch das Passwort Ihres Laptops."

„Einen Scheiß werde ich tun! Mit Ihnen rede ich nicht. Schon gar nicht ohne Anwalt."

Owen stöhnte. „Fein … rufen Sie ihn an."

„Verpissen Sie sich!"

„Nicht in dem Ton, ja? Was werden wir denn auf dem Laptop finden? Überlegen Sie doch mal, wollen Sie wirklich nicht mit uns kooperieren?"

„Nein!", schnappte Maxwell. „Gehen Sie einfach."

Libby beschloss, es auch mal zu versuchen. „Wir wissen, dass Sie Ihre Frau nicht ermordet haben. Sagen Sie uns doch endlich, was passiert ist, dann können wir Ihnen auch helfen."

„Raus jetzt!", tobte Maxwell. Owen und Libby versuchten weiter, ihn zum Sprechen zu bringen, aber schließlich sagte er überhaupt nichts mehr.

„Dann eben nicht", grollte Owen und ging. Sie beschlossen, bei den Technikern nachzuschauen, wie gut sie mit Maxwells

Laptop vorankamen, doch sie sahen schon von weitem, dass sie ihn noch nicht entsperrt hatten.

„Was macht ihr denn schon wieder hier?", fragte Malcolm. „Wir sind noch nicht so weit. Ich kann euch auch nicht versprechen, dass wir das heute noch schaffen. Wollt ihr nicht in der Zwischenzeit mit ihm reden? Vielleicht verrät er ja sein Passwort."

„Haben wir gerade versucht, er schweigt uns an", erwiderte Owen knapp.

„Oh, das ist schlecht. Wisst ihr was, ich gebe euch sofort Bescheid, wenn wir hier vorankommen. Ihr verpasst nichts. Ein bisschen wird das noch dauern, aber wir kriegen das hin."

„Na gut", murmelte Owen und blickte zu Libby. „Also was? Feierabend?"

„Ich weiß nicht, wenn Maxwell nicht mit uns redet … Vielleicht wird er gesprächiger, wenn wir den Laptop entsperrt haben."

„Der Mistkerl schindet gerade nur Zeit. Ich habe keine Lust, ihn damit durchkommen zu lassen!"

„Auf dem Laptop finden wir bestimmt was, dann kann es uns egal sein, ob die achtundvierzig Stunden schon laufen. Der kommt hier nicht mehr raus", sagte Libby zuversichtlich.

Owen zuckte unschlüssig mit den Schultern und ging voraus auf den Flur. „Je nachdem, was die Techniker finden, guckst du dir das bitte nicht an."

Überrascht zog Libby die Brauen hoch. „Das ist auch mein Fall."

„Ja, und das soll er auch sein, aber ich fand das Video heute schon extrem und offensichtlich war es für dich zu viel."

„Lass es mich selbst entscheiden."

„Brennst du etwa darauf?"

„Nein, aber ich will keine Sonderbehandlung, Owen. Lass mich jetzt bitte nicht bereuen, dass wir darüber gesprochen haben."

„Nein, okay … ich verstehe. Das ist deine Sache."

Libby lächelte dankbar. Gemeinsam gingen sie in Owens Büro, wo ein Fax auf dem Tisch lag. Interessiert zog Owen die Augenbrauen hoch und schaute nach, worum es ging.

„Oh, die Ergebnisse des DNA-Tests sind da“, sagte er.
„Und?“
„Keine Übereinstimmung mit Maxwell, wie wir ja schon vermutet hatten. Die Forensiker haben aus dem gefundenen Material drei Profile neben Cassidys eigenem extrahiert.“
Libby machte ein gequältes Gesicht, auch wenn sie das ebenfalls angenommen hatten. „Und irgendwelche Treffer in der Datenbank?“
„Leider keine. Ich wette, dass alle Beteiligten, die wir in der Datenbank haben, Kondome benutzt haben. Verflucht!“ Genervt knallte Owen das Fax auf den Tisch und brummte: „Lass uns Feierabend machen, das bringt heute alles nichts mehr. Ich begleite dich noch zum Auto.“
„Das musst du nicht.“
„Ich möchte aber. Wir sind aufgeflogen und jetzt wissen Russells Leute von uns. Ich lasse dich nicht aus den Augen, ich könnte mir doch nie verzeihen, wenn sie dir etwas tun. Das ist ja eine Gruppe von Männern, die gewerbsmäßig Folterpornos drehen und ins Darknet stellen.“ Owen schüttelte den Kopf. „Nein, ich begleite dich, ob es dir nun passt oder nicht.“
Seine Entschlossenheit imponierte Libby und sie hatte nicht vor, es in Frage zu stellen. „Okay.“
Owen hatte wohl mit mehr Gegenwehr gerechnet, denn er zeigte sich überrascht, aber auch erfreut. „Also dann.“
Die beiden verließen das Department und trotteten zum gegenüberliegenden Parkplatz. Für einen kurzen Moment ertappte Libby sich bei dem Gedanken, dass Owens Anwesenheit ihr doch behagte, denn inzwischen war es schon spät und entsprechend dunkel und einsam draußen.
„Zu Hause passt ja dein Freund auf dich auf“, sagte Owen, als hätte er Libbys Gedanken gelesen.
„Klar. Kieran ist schon in Ordnung.“
„In Ordnung“, wiederholte Owen erstaunt.
„Ja, was soll ich sonst über ihn sagen? Wir sind seit acht Jahren zusammen, er ist mein erster Freund.“
„Wow. Das hat man heute nicht mehr oft. Wollt ihr heiraten?“

Libby zuckte mit den Schultern. „Keine Ahnung. Ich fühle mich noch zu jung zum Heiraten."

„Er hat Glück", sagte Owen. Libby wusste nicht, was sie erwidern sollte.

„Sei froh, dass du gleich nicht allein zu Hause bist. Ich werde diese Bilder heute Nacht bestimmt nicht los", fuhr Owen deshalb fort.

„Sorgen wir einfach dafür, dass die alle einfahren."

„Absolut. Mal sehen, was Ian morgen sagt. Wir sehen uns dann um acht."

Libby nickte. Inzwischen hatten sie ihr Auto erreicht und blieben daneben stehen. Aus einem Impuls heraus umarmte Libby Owen, verabschiedete sich und setzte sich ins Auto. Owen blieb stehen, bis sie ausgeparkt hatte und schaute ihr hinterher.

Nachdenklich blickte Libby in den Rückspiegel, als sie an der nächsten Ampel stand und seufzte tief. Matt hatte wohl Recht. Owen verhielt sich mehr als nur kollegial und nett. Vielleicht wäre es ihr nicht aufgefallen, wenn Matt nichts gesagt hätte, aber jetzt wurde sie den Gedanken nicht mehr los.

Es verwirrte sie. Ja, sie war seit acht Jahren mit Kieran zusammen, er war ihr allererster Freund, sie blickten auf gemeinsame Erlebnisse zurück – gute wie schlechte. Er war immer zuvorkommend und rücksichtsvoll gewesen und nach der Sache mit Ron hatte er sich unglaublich einfühlsam verhalten.

Aber er war nicht überzeugt von ihrem Wunsch, zum FBI zu gehen. Das wusste sie, aber sie wusste nicht, wie sie aus dieser Zwickmühle wieder rauskommen sollte. Was Matt gesagt hatte, stimmte: Als Ermittler brauchte man einen Partner, der kein Problem mit diesem Job hatte, ihn vielleicht selbst machte.

Je näher sie ihrer Wohnung kam, desto vehementer schob sie diese Gedanken beiseite. Mit Kieran würde sie sich schon zusammenraufen. Es verband sie so viel.

Sie parkte unweit des Apartmenthauses und schaute sich um, während sie das kurze Stück vom Auto zur Wohnung zurücklegte. Es war kurz nach neun, als sie die Tür aufschloss. Bis auf die Geräusche von Kierans Tastatur war es still. Er rechnete gar nicht mit ihr, noch nicht jedenfalls. Libby ging zu ihm und legte ihre Hand auf seine Schulter. Er legte den Kopf in den Nacken und lächelte.

„Du bist ja schon da", sagte er, nachdem er sich die Kopfhörer abgenommen hatte.

„Ja, die Observierung ist abgeblasen, aber dafür haben wir jetzt hieb- und stichfeste Beweise gegen den Kerl", sagte Libby.

„Das ist doch gut. Sollen wir zusammen fernsehen? Ich würde die Gelegenheit gern nutzen, da du ja nun schon ganz unverhofft hier bist."

Libby lächelte. „Klar, okay. Wenn du willst."

Kieran schaltete seinen Computer aus, während Libby sich umzog. Fürs Sofa brauchte sie bequeme Kleidung. Als sie fertig war, erwartete Kieran sie bereits und der Fernseher war auch schon eingeschaltet.

„Lass uns mal schauen, was Netflix Neues anzubieten hat", schlug er vor.

„Oh ja, gute Idee!" Libby gesellte sich zu ihm und machte es sich an ihn geschmiegt auf dem Sofa gemütlich. Während er das Serienangebot abgraste, versuchte Libby, nicht zu viel in die Tatsache hineinzuinterpretieren, dass er gar nicht weiter nach ihrer Arbeit gefragt hatte. Eigentlich durfte sie ihm ja auch nicht davon erzählen, das war ihr nur allzu klar. Natürlich konnte sie mit ihm nicht über dieselben Dinge sprechen wie mit Owen.

Schließlich hatten sie sich für eine Serie entschieden, von der sie gleich zwei Folgen hintereinander ansahen. Anschließend beschlossen sie, ins Bett zu gehen. Nachdem sie die Zähne geputzt hatte, zog Libby sich im Schlafzimmer um. Kieran lag schon im Bett und beobachtete sie dabei.

„Starrst du mich etwa an?", fragte Libby.

„Ich starre nicht, ich stelle nur fest, dass meine Freundin sexy ist."

„Ach so?"

Er warf ihr einen vielsagenden Blick zu. „Komm mal her. Am besten so, wie du bist."

„Wird das ein unmoralisches Angebot, Mr. Woodley?“, fragte Libby, die bloß noch ihren Slip trug.

„Und wenn?“

Kurzerhand kletterte sie nicht bloß aufs Bett, sondern setzte sich gleich auf seinen Schoß und beugte sich über ihn. Ihr langes blondes Haar fiel ihr ins Gesicht, während sie ihn küsste. Kieran fuhr ihr durchs Haar, ließ seine Hände erst über ihren Rücken gleiten und schließlich nach vorn zu ihren Brüsten. Libby schloss die Augen und spürte, wie ein Schauer sie überlief, als er sie streichelte. Das gefiel ihr. Genau das brauchte sie jetzt.

FREITAG, 13. NOVEMBER

Als Libby am Morgen guter Dinge Owens Büro betrat, war er bereits voll bei der Sache.

„Malcolm hat angerufen, sie haben den Laptop entsperrt. Wir können da sofort ran. Es ist tatsächlich einiges an Videomaterial drauf.“

„Dann nichts wie los“, sagte Libby.

Sie verließen Owens Büro und gingen zu den Technikern. Malcolm und ein anderer Kollege zeigten ihnen stolz, dass sie den Laptop geknackt und auch schon eine Kopie der Festplatte angefertigt hatten.

„Jetzt gehört er euch“, sagte Malcolm. „Ich habe mal reingeschaut – da ist noch verdammt viel Filmmaterial von der Frau drauf, alles ungeschnitten und nicht bearbeitet. Schaut euch das mal selbst an, ich halte mich da lieber raus …“

„Schon okay“, sagte Owen und blickte wieder zu Libby, die keine Miene verzog. Malcolm trug ihnen den Laptop in einen Nebenraum und ließ sie allein, nachdem er ihnen gezeigt hatte, wo sich das Filmmaterial befand.

„Bist du sicher?“, fragte Owen erneut in Libbys Richtung.

„Bin ich. Ich höre einfach rechtzeitig auf. Diesmal sind es ja nur wir.“

Er nickte bloß, ohne etwas zu erwidern, und begann, die ersten Videos zu sichten. Die kannten sie allerdings schon, es waren die unbearbeiteten Filme, die Cassidy in Maxwells Kellerraum zeigten, deshalb verschwendeten Owen und Libby nicht allzu viel Zeit darauf. Sie betrachteten die Aufnahmen oberflächlich und spulten immer wieder vor.

„Geht es?", erkundigte Owen sich.

„Ja, passt schon ... Ich kenne das Material ja auch schon. Wobei ich sagen muss, dass es in der Rohfassung fast noch schlimmer ist."

Owen nickte. „Wirkt echter."

„Dieser elende Bastard hat zugelassen, dass man ihr das antut. Er hat selbst noch dabei geholfen. Ich möchte jetzt nicht laut sagen, was ich solchen Kerlen an den Hals wünsche."

„Doch, mach ruhig. Ich werde dir in jedem Fall zustimmen."

„Ich habe die Fallakten von Sadies Vater studiert", erzählte Libby, um sich selbst auch ein wenig abzulenken. „Er hat seine Opfer auch auf unmenschliche Art gefoltert. Das war kaum zu ertragen. Mir wird jetzt noch schlecht, wenn ich mir vorstelle, dass er sie elf Jahre lang großgezogen hat."

„Und beinahe umgebracht hat er sie auch", sagte Owen. Er öffnete eine neue Videodatei, die donnerstags erstellt worden war. Die beiden sahen auf Anhieb, dass es woanders aufgenommen war. Von der Umgebung war nicht viel zu erkennen, nur Cassidy befand sich inmitten eines Lichtkegels, der von der Decke herab strahlte. Sie war mit einem Strick an die Decke gefesselt, man hatte ihr die Arme über den Kopf gezogen und außerdem die Augen verbunden. Wieder war sie splitternackt. Libby krallte ihre Finger in ihren Pullover und versuchte, sich zu entspannen und die Assoziationen nicht hochkommen zu lassen, die sich ihren Weg nach oben suchten.

Nicht jetzt. Sie musste hier ihre Arbeit machen. Das ging nicht.

Eine schwarz gekleidete Gestalt mit einer Maske erschien im Bild. Mit einer Bewegung holte der Mann aus und es knallte. Cassidy versuchte, nicht zu schreien, aber es gelang ihr nicht.

„Lauter", spornte Maxwell sie an, während die Peitsche erneut auf ihren Rücken niedersauste.

Owen schluckte hart. „Ich fasse es nicht, dass der Kerl das mit seiner eigenen Frau macht."

„Ich frage mich gerade, ob er das auch zuvor schon getan hat."

Die Blicke der beiden trafen sich. „Warum?", wollte Owen wissen.

„Weil Ians Frage, warum sie nicht weggelaufen ist, wirklich gut ist. Ich hätte sie einfach mitnehmen sollen … Ich hätte sie nicht dort lassen dürfen", sagte Libby kopfschüttelnd und mit Tränen in den Augen.

„Es ist nicht deine Schuld", beharrte Owen.

„Ich weiß, aber das tröstet mich doch nicht."

„Das kann ich verstehen." Mitfühlend sah er sie an und Libby bemerkte ein Zucken in seiner Hand, aber dann führte er die Bewegung doch nicht aus. Sie versuchte, sich ihre Überraschung nicht anmerken zu lassen und dachte an das, was Matt gesagt hatte.

Hatte er etwa Recht?

Owen legte die Hand wieder auf die Maus, die Malcolm ihnen an den Laptop gehängt hatte, und sprang weiter im Video. Es zeigte ausführlich, wie Cassidy ausgepeitscht wurde. Owen sprang an eine Stelle, wo sie lauthals weinte und darum flehte, endlich verschont zu werden. Das Video ging trotzdem noch weiter.

Libby biss sich auf die Lippen und legte eine Hand an den Mund. In ihren Augen sammelten sich Tränen. Owen startete das nächste Video. Diesmal war die Umgebung heller beleuchtet – sie befanden sich in einem Raum, der die düstersten Sexfantasien befeuert hätte. An der Wand hingen Peitschen und allerhand andere Spielzeuge, in einer Ecke stand ein Andreaskreuz, die Tapete war klischeehaft rot und mittendrin stand ein Bettgestell aus Metall. Cassidy lag darauf, war an Händen und Füßen gefesselt, trug immer noch die Augenbinde und war geknebelt.

Eine Träne löste sich aus Libbys Auge, als sie sah, wie ein maskierter Mann auf das Bett kletterte und Cassidy vergewaltigte.

„Soll ich anhalten?", fragte Owen sofort, doch Libby schüttelte den Kopf.

„Nein, ist okay … mach weiter. Ich hasse es nur", sagte sie, aber es klang dumpf.

„Wem sagst du das." Owen ließ das Video laufen, sprang immer mal weiter und stellte fest, dass es auch diesmal mehrere Männer waren, die Cassidy vergewaltigten.

In diesem Moment war es Libby egal, dass sie weinend neben ihm saß. Er sagte nichts dazu, wofür sie ihm dankbar war.

„Ich glaube, Maxwell hat das immer nur aufgenommen", murmelte er irgendwann. „Selbst vergewaltigt hat er sie nicht."

Libby holte tief Luft. Dieser Fall brachte sie fast an ihre Grenzen. Es war nicht bloß ihre eigene Vergewaltigung durch Ron Hawkins, die sie gerade so beschäftigte, sondern vielmehr das Wissen darum, dass nicht nur Sadie solche Fälle schon gehabt hatte, sondern auch sie selbst bestimmt noch welche haben würde.

Was eigentlich der Grund dafür war, dass sie das jetzt beruflich machen wollte. Tatsächlich erfüllte es sie auch jetzt schon sehr, obwohl sie bislang nur Streife fuhr und das FBI noch ein Fernziel war. Im Rückblick konnte sie sich gar nicht mehr vorstellen, dass sie eigentlich mal einen Beruf im pädagogischen Bereich ins Auge gefasst hatte, doch sie hatte sich lange Zeit nicht zugetraut, so etwas wie einen Polizeijob zu machen. Sie war in einer weltfremden Sekte aufgewachsen und hatte erst lernen müssen, wie die Welt draußen funktionierte, aber als Polizistin war sie eine Repräsentantin des Staates. Inzwischen glaubte sie, dem gewachsen zu sein.

Aber es würde sie verfolgen, dass sie Cassidy nicht hatte retten können – und nicht nur das. Die Art ihres Todes würde sie ebenfalls verfolgen. Libby wollte unbedingt die Verantwortlichen zur Rechenschaft ziehen.

Owen spulte das Video bis zum Ende durch. Es hörte einfach irgendwann nach einer Vergewaltigung auf und Libby atmete tief durch.

„Ich kann mir den Rest immer noch allein ansehen", bot Owen erneut an.

„Lieb von dir, aber nein. Ich bin Polizistin geworden, gerade weil ich solchen Kerlen das Handwerk legen will. Dass das nicht immer schön wird, war mir klar."

„Okay", sagte Owen achselzuckend und startete das letzte Video. Es war freitags aufgenommen worden, augenscheinlich kurz vor ihrem Tod.

„Ob da drauf ist, wie sie stirbt?", formulierte Owen zeitgleich Libbys Gedankengang.

„Lass es uns ansehen", schlug sie vor. Angespannt beugte sie sich vor, während Owen das Video startete. Auf den ersten Blick hatte die Szenerie sich nicht verändert, Cassidy lag immer noch auf demselben Bett. Ein maskierter Mann war bei ihr und beugte sich über sie.

„Ich möchte, dass du schreist", sagte er. Das war nicht Luke Maxwell, die Stimme kam Owen und Libby fremd vor. Sie beobachteten fassungslos, wie der Mann sich mit einem Gegenstand über das Bett beugte und ihn Cassidy zwischen die Beine rammte. Libby zuckte zusammen, als Cassidy einen markerschütternden Schrei ausstieß.

„Libby", sagte Owen besorgt, aber sie reagierte nicht. Das Video lief weiter.

„Lauter", sagte der Mann. Er folterte Cassidy. Libby konzentrierte sich aufs Atmen und krallte sich in ihre Oberarme.

„Lass es weiter laufen", sagte sie. Owen tat es, obwohl ihm sichtlich unwohl damit war.

Cassidy schrie. Schließlich würgte der Mann sie fast bis zur Bewusstlosigkeit, ließ aber rechtzeitig los. Cassidy wimmerte und bettelte, dass er aufhören sollte, und schrie dann: „Luke, warum tust du das? Hilf mir! Bitte!"

Der Mann, der sie die ganze Zeit über folterte, schlug ihr ins Gesicht. Luke stand sicher wieder hinter der Kamera.

„Diese perverse Ratte … Ich hoffe, der fährt bald ein", grollte Owen düster.

„Luke!", schrie Cassidy erneut. Daraufhin wurde sie geknebelt. Sie wurde geschlagen und weiter gefoltert. Libby strich mit ihren feuchten Handflächen über ihre Jeans. Owen kommentierte es nicht.

Endlich hörte es auf, aber das Video lief weiter. Schluchzend und wimmernd lag Cassidy auf dem Bett, während der maskierte Mann auf die Kamera zuging. „Da, sie gehört dir."

Es kam keine Antwort. Nun kam Luke in Sicht, nicht einmal maskiert.

„Hat der echt vergessen, die Kamera auszuschalten?", wisperte Owen.

Luke beugte sich über Cassidy, löste ihre Fußfesseln und fragte: „Du musst bestimmt mal, oder?"

Leise weinend nickte sie, woraufhin er sie losband. Owen und Libby beobachteten gebannt, was geschah. Cassidy setzte sich langsam und zitternd aufrecht. Sie nahm sich selbst den Knebel ab, während Luke plötzlich hochschrak.

„Die Kamera."

Er wollte schon aufstehen, um sie auszuschalten, als Cassidy plötzlich sagte: „Du bist doch krank, Luke. Was ihr hier tut, ist so erbärmlich."

Er verharrte in seiner Bewegung. „Wie war das?"

„Willst du mich umbringen? Mach doch. Ich bin schon längst tot, verstehst du?"

„Halt's Maul!", brüllte Luke sie an und schlug ihr quer übers Gesicht. Cassidy schrie und wollte sich wehren, woraufhin er komplett ausrastete. Er prügelte mit seinen Fäusten auf sie ein, er warf sie zu Boden, er trat sie. Er hörte überhaupt nicht auf, ganz gleich, wie sehr sie schrie oder flehte. Irgendwann war sie still.

Owen beugte sich vor. „Lebt sie noch?"

Libby antwortete nicht. Sie konnte es nicht sagen. Blut tropfte Cassidy aus der Nase, aber dann bewegte sie einen Arm und stöhnte.

„Sie lebt noch", sagte Libby leise. Luke ließ endlich von ihr ab, stapfte zur Kamera hinüber und schaltete sie aus.

„Wow", sagte Owen schockiert. „Wenn wir den Haftbefehl nicht schon hätten – jetzt wäre er uns sicher."

Libby holte tief Luft und nickte. „Ich bin froh, dass wir das Material haben. Das bringt ihn sicher in den Knast."

„Wenn wir ihn kriegen."

Gemeinsam durchforsteten sie Maxwells Laptop und schauten sich alles an, was es dort zu entdecken gab. Andere Videos fanden sie nicht, vermuteten aber, dass er sie auf externe Speichermedien verschoben hatte.

„Den ganzen Kram bräuchten wir jetzt auch, den er da hat verschwinden lassen", murmelte Owen.

„Kriegen wir bestimmt noch."

Sie durchsuchten den Laptop weiter und stellten fest, dass Maxwell Online-Spielschulden hatte. Finanziell war die Lage des Ehepaars alles andere als rosig gewesen.

„Wenn Ian da ist, müssen wir ihm mal Passagen der Videos vorspielen, auf denen man die Stimmen der Männer hört. Vielleicht kann er sie identifizieren", sagte Owen.

„Kann ich in der Zwischenzeit irgendwas anderes machen?"

„Bestimmt. Ich gehe das gern mit ihm allein durch."

Libby lächelte dankbar. Sie war froh, dass sie Owen das nicht erklären musste.

„Wollen wir kurz ein bisschen frische Luft schnappen, bevor wir zu Maxwell gehen? Mit dem Material bringen wir ihn ja sicher zum Reden", sagte Owen.

„Gute Idee", sagte Libby und folgte Owen nach draußen auf den Parkplatz. Das war zwar nicht der idyllischste Ort in San José, aber frische Luft tat gerade wirklich gut.

„Als ich vorhin gesehen habe, wie Maxwell seine Frau da verprügelt, muss ich daran denken, wie meine Mum gestorben ist", sagte Libby, während sie in die Sonne blinzelte.

„Oh", machte Owen. „Warum?"

„Mein Vater … oder sagen wir: Der Mann in der FLDS, mit dem meine Mutter verheiratet war und der mich großgezogen hat, hat sie im Affekt getötet. Sie hat ihn provoziert, indem sie ihm gesagt hat, dass sie um ein Haar mit mir geflohen wäre – was sie nur nicht getan hat, um mir den Rücken freizuhalten. Dafür hat sie mit dem Leben bezahlt."

Owen sagte nichts, während Libby tief Luft holte und die Schultern straffte.

„Das FBI hatte eine Razzia in der FLDS-Siedlung in Yucca

Valley geplant, aber die Anführer wussten, dass das FBI kommen würde. Sprengsätze gingen hoch, es wurde geschossen und plötzlich war es eine Situation wie bei der Belagerung der Branch Davidians 1993 in Waco. Eine Kollegin meiner Mum hat anfangs verhandelt und irgendwann hat der Anführer verlangt, mit mir zu sprechen. Ich war ziemlich frech am Telefon und habe meinem Vater, der mitgehört hat, an den Kopf geworfen, dass er gar nicht mein Vater ist. Er hatte keine Ahnung und ist daraufhin total ausgerastet. Er ist auch handgreiflich geworden und hat meine Mutter angegriffen. Du weißt, in der FLDS zählt eine Frau nicht viel. Laut Zeugenaussagen hat er sie gegen die Wand geworfen und gewürgt, ihren Kopf gegen einen Türrahmen geschleudert und als sie zu Boden ging …" Libby machte eine kurze Pause, um sich zu sammeln. „Er hat ihren Kopf auf den Boden geschlagen, bis sie bewusstlos war und zu zucken anfing. Sie hat gekrampft und ist einfach erstickt."

Sprachlos starrte Owen Libby an. Er wusste nicht, was er sagen sollte, und auch Libby sagte für einen Moment nichts. Sie war froh, dass sie das nicht gesehen hatte. Sie wusste nur, dass es passiert war und sie hasste ihren Vater dafür, dass er ihre Mutter auf diese Art getötet hatte.

„Bevor Sadie und Matt mich adoptiert haben, hieß ich Liberty Nichols. Meine Mum hieß Grace. Falls du in den Fallakten nachsehen willst."

„Ich … Libby, ich will dir nicht nachspionieren."

„War auch gar nicht so gemeint. Aber ich weiß, dass du neugierig bist."

Die Blicke der beiden trafen sich, dann sagte Owen: „Danke, dass du mir das erzählt hast."

Libby nickte bloß und erwiderte: „Nicht unwahrscheinlich, dass es Cassidy hier ähnlich ergangen ist, oder?"

„Der Fall muss ja aus mehreren Gründen für dich die Hölle sein. Ich hätte dich nicht fragen sollen."

„Doch, Owen, ich bin froh darüber. Ja, der Fall ist die Hölle für mich, aber du gibst mir die Chance, mich zu beweisen. Dafür bin ich dir wahnsinnig dankbar."

„Gern." Owen lächelte. „Das mit deiner Mum tut mir trotzdem leid."

„Mir auch. Hätte ich gewusst, dass sie stirbt, wäre ich nicht allein weggelaufen. Das hätte ich nie gemacht. Sie fehlt mir und ich weiß, es würde ihr gefallen, was ich jetzt hier tue. Sie hat mich immer im Rahmen ihrer Möglichkeiten gefördert und wollte, dass ich ein gutes Leben habe. Ich sollte nicht als fünfte unterdrückte Frau meines Onkels enden und weil Sadie und Matt mich aufgenommen haben, hatte ich eine Chance."

„Klingt, als hättest du wahnsinnig tolle Eltern."

„Das sind sie. Vielleicht lernst du sie ja mal kennen", sagte Libby mit einem Lächeln.

„Das wäre toll", erwiderte Owen und lächelte ebenfalls. „Was meinst du, nehmen wir es mit Maxwell auf?"

Libby nickte entschlossen. „Unbedingt!"

Mit dem Laptop unterm Arm betrat Owen den Befragungsraum, in den die Kollegen Maxwell bereits gebracht hatten. Wie am Vortag war er an eine Stange auf dem Tisch gefesselt und bedachte Owen und Libby mit einem verächtlichen Blick, als sie hereinkamen.

„Müssen die Handschellen sein?", schnaubte er.

„Klar müssen die sein. Mr. Maxwell, wir müssen reden." Owen klappte den Laptop auf und startete ihn. Das Entsetzen stand Maxwell ins Gesicht geschrieben, weshalb er sein Schweigen brach. „Das ist mein Computer!"

„Gut, dass Sie uns das noch mal bestätigt haben", sagte Owen und verkniff sich ein Grinsen. In diesem Moment begriff Maxwell, dass er sich verplappert hatte.

„Wollen Sie uns vielleicht nicht vorab schon mal erzählen, wie das mit Ihrer Frau letzte Woche wirklich gelaufen ist?", schlug Owen vor, während der Computer hochfuhr.

Luke erwiderte seinen Blick starr. „Was genau meinen Sie?"

„Sie haben uns erzählt, Cassidy sei dienstags verschwunden

und Sie hätten sie seitdem nicht gesehen. Wir können beweisen, dass das eine Lüge war."

„Und wie?"

Libby fragte sich, ob Luke nur bluffte oder ob er es wirklich vergessen hatte. Owen rief derweil in einer Seelenruhe das letzte Video auf und drehte den Laptop so, dass Maxwell auf den Bildschirm sehen konnte.

„Wirklich widerlich, wie Don Russell da Ihre Frau missbraucht. Geht Ihnen einer ab, wenn Sie dabei zusehen können, wie fremde Männer sich an Ihrer Frau vergehen?", fragte Owen.

Maxwell kniff feindselig die Augen zusammen, sagte aber nichts. In diesem Moment kam er auf dem Video ins Bild und Cassidy sprach ihn namentlich an.

„Schalten Sie das aus", sagte er.

„Nein, warten Sie, das Beste kommt doch erst noch", sagte Owen und zog den Laptop ein Stück zurück, während auf dem Video zu sehen war, wie Cassidy ihren Mann provozierte und Luke daraufhin begann, sie windelweich zu prügeln. Luke wandte den Blick ab, als ginge ihn das alles nichts an. Das ärgerte Libby dermaßen, dass sie sich zu Owen beugte und wisperte: „Darf ich?"

Owen nickte geflissentlich und wartete gespannt ab.

Libby straffte die Schultern und sagte: „Sehen Sie hin, Maxwell. Sehen Sie sich das an. Das sind Sie, der da Cassidy verprügelt und tritt, als sie am Boden liegt."

Wieder schnaubte Luke nur, doch daraufhin schlug Owen mit der Faust auf den Tisch und brüllte: „Jetzt sehen Sie schon hin!"

„Und dann was? Von mir aus gehe ich eben dafür in den Knast!"

„Ist Ihnen das jetzt unangenehm, ja? Sehen Sie hin", sagte nun wieder Libby. Hasserfüllt starrte Luke sie an.

„Sie befehlen mir gar nichts."

„Sie sind ein Feigling, Maxwell. Sie haben uns angelogen, was Cassidys Verschwinden betrifft. Sie wussten die ganze Zeit, wo sie ist. Die ersten Videos sind in Ihrem Keller entstanden, den Sie so penibel gereinigt haben. Sie haben gefilmt, wie die anderen Männer sie vergewaltigen. Das ist so erbärmlich." In Libbys Blick lag nichts als Verachtung.

„Ich kann ja wohl mit meiner Frau noch tun, was ich will."

„Nein, können Sie nicht", sagte Owen und beugte sich vor. „Was Sie da getan haben, erfüllt den Tatbestand der Freiheitsberaubung, der Körperverletzung, der Beihilfe zu allerhand ziemlich widerwärtigen Verbrechen … und vielleicht geht ja auch Cassidys Tod auf Ihr Konto?"

„Nein, tut er nicht! Ich habe sie nicht umgebracht!"

Owen lachte kurz. „Aber klar."

„Nein, ehrlich! Die kleine Schlampe hatte es zwar nicht anders verdient, aber ich war das nicht."

Kopfschüttelnd verschränkte Owen die Arme vor der Brust und lehnte sich zurück. „Ich glaube Ihnen nicht."

„Dann lassen Sie es. Beweisen können Sie mir gar nichts."

„Doch, ich kann beweisen, dass Sie Ihre Frau vor Ihrem Tod als Sklavin gehalten haben. Dafür gehen Sie …" Owen überlegte kurz. „Also, für das alles gehen Sie locker zwanzig Jahre in den Knast. Wenn Sie jetzt schlau sind und uns sagen, warum Ihre Frau gestorben ist, könnte es weniger werden … oder ich sorge zumindest dafür, dass es nicht noch mehr wird."

„So ein Schwachsinn."

„Erzählen Sie uns zumindest mal, wie das hier gelaufen ist. Dachten Sie letzten Montag spontan: Ach, sperre ich doch mal meine Frau in den Keller, lade ein paar Freunde ein und filme, wie sie vergewaltigt wird?"

„Nein … so war das nicht."

Owen klappte den Laptop zu. „Wie war es denn dann?"

Luke holte tief Luft. „Ich brauchte Geld."

„Aha. Ja. Haben wir gesehen, Sie haben Spielschulden."

Luke nickte. „Dann kennen Sie ja den Grund."

„Und Russell hat Ihnen Geld dafür gegeben?"

„Ja, hat er", bestätigte Maxwell.

„Don Russell?"

Jetzt schluckte Luke. „Dürfen Sie das eigentlich, mich so ohne Anwalt befragen?"

„Natürlich dürfen wir", sagte Owen. Libby saß mit Pokerface daneben. Maxwell war unheimlich nervös, deshalb machte er einen Fehler nach dem anderen.

„Liefern Sie uns mehr Infos über Russell, dann kriegen Sie auch was dafür", versuchte Owen, Maxwell zu ermutigen. „War es seine Idee?"

„Ja … Er wusste, dass ich Geldprobleme habe."

„Und dann hat er Ihnen vorgeschlagen, Gewaltpornos von Ihrer Frau zu drehen oder wie?"

Maxwell antwortete nicht gleich, sondern fragte nach einem kurzen Moment des Überlegens: „Und ich kriege einen Deal?"

„Sicher", sagte Owen, der sich dessen nur zu bewusst war, dass kein Anwalt neben Maxwell saß, der den auch für ihn hätte einfordern können. Libby kam allmählich zu der Überzeugung, dass Maxwell wirklich keine Ahnung hatte, was er da eigentlich tat.

„Also, ich hatte Probleme", begann Maxwell. „Ich habe mir bei Russell Geld geliehen."

„Wieviel?"

„Fünftausend Dollar."

Owen nickte nur.

„Ich konnte sie aber nicht zurückzahlen, deshalb hat er mir angeboten, diese Schuld anders zu begleichen."

„Mit diesen Filmen?", fragte Owen.

„Genau. Das war seine Idee, ich schwöre."

„Und dann dachten Sie: Macht ja nichts, dann überlasse ich ihm mal meine Frau und er tut mit ihr, was er will?"

„Nein, ich … Die Abmachung war, dass ich sie ihm für ein paar Tage zur Verfügung stelle und er ein paar Filme bekommt, die er im Darknet verkaufen kann."

„Ja, genau so meinte ich das", sagte Owen. „Und Sie haben sich kurzerhand als Kameramann angeboten."

„Ich … äh … ich wollte auf den Videos nicht zu sehen sein, aber …"

„Sie wollten schon dabei sein und sich das nicht entgehen lassen", vollendete nun Libby den Satz für ihn.

„Ich musste doch auf meine Frau aufpassen!“

„Ach, kommen Sie, glauben Sie diesen Bullshit etwa selbst?“

Überrascht sah Owen sie an, mischte sich aber nicht ein.

„Sie war ja immer noch meine Frau!“, verteidigte Maxwell sich.

„Sie haben Sie also in Ihren eigenen Keller gesperrt. Wann war das?“

„Am Montag. Wir hatten wieder Streit. Bis dahin wusste ich gar nicht, ob ich das tun will, aber sie sprach davon, mich anzuzeigen und ich war so wütend, dass ich sie abends noch in den Keller gebracht habe. Am Dienstag habe ich Don Bescheid gegeben und wir haben angefangen mit den Videos.“

Also hatte sie die ganze Zeit Recht gehabt, dachte Libby. Sie brauchte einen Moment, um sich zu sammeln. „Hat es Ihnen gefallen, was Sie da gesehen haben? Selbst hatten Sie doch gar keinen Sex mit ihr, oder?“

„Nein, hatte ich nicht und nein, es hat mir nicht gefallen.“

Libby verzog keine Miene. „Sie waren gewalttätig gegen Ihre Frau. Ich wette, Ihnen ist einer drauf abgegangen, zu sehen, wie andere Männer es mit ihr treiben.“

Noch immer saß Owen reglos da und ließ sie machen. Sie hatte auch nicht vor, jetzt aufzuhören, denn sie hatte sich gerade erst warmgelaufen.

„War sie die ganze Zeit im Keller?“, fuhr Libby fort.

Luke nickte. „Ja, immer. Den ganzen Dienstag und Mittwoch. Irgendwann hat Don vorgeschlagen, sie in sein Haus zu bringen. Er hat da auch so einen SM-Keller und meinte, dadurch könnten wir noch ein paar andere Einstellungen filmen.“

„Mittwoch Nacht stand ein Van vor Ihrem Haus.“

„Ja … da haben sie sie geholt.“

„Und das war alles okay für Sie?“

„Ja, weil Don meinte, dass meine Schulden abgearbeitet wären, wenn die Videos fertig sind. Er wollte sie ja nur noch zwei oder drei Tage bei sich haben.“

„Was Sie nicht gestört hat.“

„Ich hatte doch keine Wahl!“

„Ach, kommen Sie schon, da wird einem ja schlecht, wenn man Ihnen zuhört!", rief Libby.

„Wann hat man es Ihnen eigentlich zuletzt so richtig besorgt?"

„Vorsicht", sagte Owen scharf.

„Schon okay", erwiderte Libby. Sie war nun voll in ihrem Element. „Cassidy war dann also in Don Russells Haus."

„Ja, da sind weitere Videos entstanden wie das, was der Detective vorhin abgespielt hat."

„Und Sie haben das immer schön gefilmt."

„Schon, ja."

„Aber Ihre Idee war, Ihre Frau danach wieder mit nach Hause zu nehmen und so zu tun, als sei nichts gewesen?"

„Ich habe es ihr gesagt, dass ich Schulden habe."

„Die sie dann für Sie abgearbeitet hat. Dass Sie sich ernsthaft noch im Spiegel ansehen können …"

Luke erwiderte nichts, er spießte Libby nur mit Blicken auf.

„Aber Freitag Nacht ist Ihre Frau gestorben", sagte sie dann.

„Ja, aber ich war nicht dabei."

„Wissen Sie denn, was passiert ist?"

„Nein, keine Ahnung. Russell rief mich Samstag Morgen an und meinte ganz kleinlaut, dass sie tot wäre. Wir wussten nicht, was passiert ist."

„Ach, kommen Sie schon! Dafür kriegen Sie keinen Deal."

„So war es aber!"

„Und das haben Sie einfach akzeptiert? War ja nur Ihre Frau, die da gestorben ist ..."

„Das konnte ich doch nicht mehr ändern!"

„Ist sie in Russells Keller gestorben?"

„Ja, vermutlich."

„Und dann haben seine Leute sie mit dem Van seines Neffen weggebracht."

„Woher zum Teufel wissen Sie das?"

„Weil wir unseren Job machen", sagte nun Owen.

„Das mit Cassidy war ein Unfall! Niemand wollte sie töten. Sie sollte danach wieder nach Hause kommen. Ich wollte doch nicht, dass das passiert!"

„Ach Gott, mir kommen die Tränen", sagte Owen.

„Es war so! Sie haben mich angerufen und mir gesagt, dass etwas schief gelaufen ist. Wir haben dann beschlossen, sie irgendwann ungesehen verschwinden zu lassen."

„In der Wasseraufbereitungsanlage. Wie pietätvoll", sagte Libby.

„Das sollte doch alles nicht so laufen!"

„Und der Tod Ihrer Frau hatte nicht zufällig was mit Ihrer Prügelattacke zu tun, die wir da vorhin gesehen haben?", fragte Libby.

„Nein, ich war das nicht. Ich wollte doch nicht, dass sie stirbt!"

„Nein, natürlich nicht … Vergewaltigung ist okay, aber Mord? Wo kämen wir denn da hin?"

Owen musste sich das Lachen verkneifen, was Maxwell zum Glück nicht merkte, weil er damit beschäftigt war, Libby anzustarren.

„Sie haben mich doch von Anfang an verurteilt."

„Ich habe Sie nicht verurteilt, zumindest nicht zu Unrecht. Ich habe Sie immer schon für einen feigen Schläger gehalten, der sich nur dann gut fühlt, wenn er seiner Frau ein paar Schläge verpassen kann, damit sie nicht mehr aufmuckt. Ich wünschte bloß, Cassidy hätte auf mich gehört und wäre einfach gegangen."

„Ich habe sie doch geliebt!"

„Ach, kommen Sie! Gleich kommt mir ja mein Frühstück von gestern morgen wieder hoch!"

Owen grinste kurz und stand auf. „Fürs Erste sind wir hier zum Glück sowieso fertig."

„Ein Glück, dann muss ich nicht mehr dieselbe Luft atmen wie der Kerl", schnaubte Libby.

„He, wo wollen Sie hin? Was ist denn jetzt mit meinem Deal?", fragte Maxwell aufgewühlt.

„Was für ein Deal? Weißt du, wovon er spricht?", richtete Owen sich an Libby, während er ihr die Tür aufhielt.

„Nein, keine Ahnung", sagte sie und ging voraus. Nachdem die Tür hinter Owen ins Schloss gefallen war, zog er eine Augenbraue hoch und nickte anerkennend.

„Du hast ja ganz schön harte Sprüche drauf."

„Wundert dich das ernsthaft?"

Owen zögerte kurz. „Nein, eigentlich nicht. Das war verdammt gut."

„Danke. Vielleicht lernt der perverse Mistkerl ja im Knast, wie lustig es wirklich ist, vergewaltigt zu werden." Libby zog die Schultern hoch und verschränkte die Arme vor der Brust. In solchen Momenten hasste sie diesen Job – aber es war trotzdem richtig, dass sie ihn machte.

„Na, was gibt es Neues?", fragte Ian, während er sich neben Libby setzte. Inzwischen war es früher Nachmittag. Owen schob ihm die Ergebnisse des DNA-Tests hin, die Ian gespannt überflog.

„Hm", knurrte er unwirsch. „Das hilft uns ja nicht so richtig."

„Aber du könntest dir mal mit mir Teile der Videos ansehen, die wir auf Maxwells Laptop gefunden haben. Vielleicht erkennst du jemanden anhand seiner Stimme, so dass wir gezielt Proben einholen können. Libby, du könntest in der Zwischenzeit mal die Fallakte auf Vordermann bringen und sehen, ob alles vollständig ist – die Berichte aus der Gerichtsmedizin, von der Spurensicherung und so weiter."

„Klar", sagte Libby, die froh war, dass Owen sie so elegant unter einem Vorwand wegschickte. Sie musste sich wirklich nicht noch einmal ansehen, wie Cassidy vergewaltigt wurde. Dazu bestand absolut kein Grund.

Sie sammelte alle Unterlagen, die sie bislang zum Fall hatten, sortierte sie und kehrte schließlich zu Owen und Ian zurück. Sie hatten in weiser Voraussicht die Tür geschlossen und Libby klopfte zaghaft.

„Herein", rief Owen und lächelte ihr zu, als sie das Büro betrat. „Sind schon beim letzten Video. Ian meint, der Kerl, der Cassidy da so brutal traktiert, wäre Russell selbst."

Ian nickte. „Als Beweismittel ist das Video ein Traum."

„Das Video ist grauenvoll." Mit diesen Worten schloss Libby die Tür und setzte sich auf die andere Seite des Tisches, während Owen und Ian das Video noch bis zum Ende anschauten.

„Das ist definitiv Russell. Und ich weiß nicht, ob du genau hingeschaut hast, Owen – er hat tatsächlich ein Kondom benutzt", sagte Ian.

Fragend hob Owen eine Augenbraue. „Nein, da habe ich bis jetzt nicht so genau hingeguckt. Was hast du denn gestern noch so herausgefunden, Ian?"

„Wenig. Ich habe nur mitbekommen, dass Russell sich mit jemandem darüber unterhalten hat, wie gut es sei, dass sie noch Maxwells Festplatten hätten. Ich habe versucht, sie zu finden, aber es ist mir nicht gelungen."

„Die zu kriegen ist vom aktuellen Standpunkt her nur noch ein Sahnehäubchen."

„Ja, sieht ganz so aus. Dieser Laptop ist der Hauptgewinn. Wäre jetzt noch schön gewesen, wir hätten auf Video, wie Cassidy Maxwell stirbt, aber man kann nicht alles haben."

Libby stieß sich sehr an Ians Formulierung, sagte aber nichts, weil sie annahm, dass er es nicht so gemeint hatte.

„Dafür weiß ich jetzt, wem der Van gehört, den wir suchen. Jedenfalls ist davon auszugehen, dass es sich dabei um den Van handelt", fuhr Ian fort.

„Oh, und wem?"

„Russells Neffe Ross Hamilton fährt einen. Ob es wirklich der Van ist, wissen wir, wenn wir ihn beschlagnahmen und durchsuchen dürfen, aber zumindest ist in ihrem Dunstkreis jemand mit einem Van unterwegs."

„Wie hast du das jetzt rausgefunden?"

„Ich habe danach gefragt und behauptet, ich würde einen Van suchen, um Möbel zu transportieren."

Owen grinste. „Das ist schon mal gut."

„Ich war gestern auch mal in Russells Keller unterwegs, als niemand aufgepasst hat. Er hat auch einen Raum, der durch eine Stahltür gesichert ist, entsprechend weiß ich noch nicht, was sich dahinter verbirgt."

„Na, aber das wird doch langsam."

„Ja, ich denke auch. Russell hat mit jemandem erörtert, dass das nächste Video bis morgen fertig sein soll, damit es pünktlich bereitgestellt werden kann. Ich nehme stark an, dass sie damit das neueste Video über Cassidy meinten."

„Also müssen die Techniker Augen und Ohren offen halten", sagte Owen, woraufhin Ian nickte.

„Ich komme langsam weiter, aber wirklich nur langsam. Bei dem Gespräch über das Video habe ich mich allerdings eingeklinkt, denn ich habe eine Idee."

„Und welche?"

„Das wäre die perfekte Gelegenheit, um mich in Russells Gunst ganz nach oben zu katapultieren. Ich habe angedeutet, dass ich aufgeschnappt habe, wovon die Rede ist und dass ich vielleicht jemanden wüsste, der sich als Hauptdarstellerin für den nächsten Film eignet. Jetzt brauchen wir nur noch eine unerschrockene Kollegin, die mich als verdeckte Ermittlerin unterstützt."

„Eine Kollegin? Als Darstellerin in einem brutalen Pornofilm?" Owens Gesichtsausdruck und der Unterton in seiner Stimme verrieten gleichermaßen sein Entsetzen.

„Dazu soll und darf es nicht kommen, das ist klar. Es soll mich nur vertrauenswürdig erscheinen lassen. Ich muss da mal einen Schritt nach vorn machen, sonst kommen wir nie weiter. Ich brauche einen Beweis dafür, wer alles an Cassidys Tod beteiligt war und so könnte ich den kriegen."

„Da hat er Recht", stimmte Libby Ian zu.

„Zeig mir mal die Kollegin, die das macht", sagte Owen kopfschüttelnd und schob dann hinterher: „Libby wird das auf keinen Fall tun!"

„Nein, irgendjemand von Russells Leuten kennt ja möglicherweise euch beide. Das ist viel zu riskant."

Erleichtert atmete Libby auf. Wenigstens musste sie jetzt nicht mit ihnen darüber diskutieren, dass sie auch gar nicht dazu bereit war. Sie machte vieles mit, aber davor hatte sie wahnsinnige Angst.

Und sie hatte nicht überhört, wie entschlossen Owen sich vor sie gestellt hatte.

Derweil schien er immer noch nicht überzeugt zu sein. „Wie haben die denn auf dein Angebot reagiert?“

„Interessiert. Nur muss ich jetzt auch liefern.“

„Dann such mal schön eine Kollegin …“

Ian verzog das Gesicht. „Du könntest da ruhig eine positivere Einstellung an den Tag legen.“

„Ich bin nur realistisch.“

„Und ich bin schon längst dran. Wollen mal sehen, ob ich bis heute Abend nicht jemanden habe.“

„Ich bin gespannt …“

„Mach dich nur lustig“, knurrte Ian.

„Wenn du eine findest, verkabeln wir euch aber und hören das mit. Dann seid ihr bloß noch mit Rückendeckung unterwegs.“

„Ja, schon klar. Mir ist bewusst, dass das nicht ganz ohne ist, aber wir sind doch inzwischen so nah dran!“

Das sah Libby ähnlich. Sie wagte zwar auch zu bezweifeln, dass eine Kollegin sich das traute, aber vielleicht behielt Ians Optimismus ja recht. Unverzagt machte er sich auf die Suche nach einer Kollegin, die er für diesen Einsatz gewinnen konnte, doch das entlockte Owen nur ein Kopfschütteln, als Ian sein Büro verlassen hatte.

„Jetzt spinnt er völlig.“

„Warum? Er hat Recht, das könnte uns wirklich helfen.“

„Ja, sicher, aber als Frau würde ich mich dazu nicht bereit erklären.“

„Ich mich auch nicht“, sagte Libby und fügte leiser hinzu: „Danke, dass du das von vornherein klargestellt hast.“

Owen warf ihr einen schiefen Blick zu, lächelte dann aber. Erst wirkte er so, als wolle er etwas sagen, aber dann tat er es nicht. Erst nach einer Pause bat er Libby, ihm zu zeigen, was sie bislang alles zusammengetragen hatte und lobte sie für ihre gründliche Arbeit. Sie spürte, wie sie errötete, was ihr alles andere als recht war. Owen war wahnsinnig nett zu ihr. Zu nett. Und am meisten beunruhigte sie die Tatsache, dass ihr das irgendwie nicht egal war.

„Wir haben schon verdammt viel", sagte Owen schließlich zufrieden.

„Bis auf Beweise für den Mord an Cassidy ..."

„Nur Geduld. Im Übrigen bin ich wirklich froh, dass du mir hier hilfst, sonst wäre ich längst noch nicht so weit."

„Danke, dass du mich helfen lässt! Das ist eine wahnsinnige Chance für mich."

„Na ja, nur wer Chancen bekommt, kann sie auch nutzen."

Libby lächelte, dann sagte Owen: „Wir sollten vielleicht mal den Van von Russells Neffen überprüfen. Wenn der unser gesuchtes Fahrzeug sein könnte, lasse ich ihn sicherstellen und untersuchen."

„Scheuchen wir Russell und seine Leute damit nicht unnötig auf? Das könnte Ians verdeckte Ermittlung gefährden."

„Ach was. Wie kommst du denn darauf?"

„Wenn die wissen, dass wir auf der richtigen Spur sind, könnten sie ihm misstrauen."

„Hm", machte Owen. „Fragen wir ihn doch selbst."

Damit war Libby einverstanden. Tatsächlich dauerte es gar nicht lange, bis es am Türrahmen klopfte. Ian war zurück – und er hatte jemanden bei sich: Eine junge, blonde Kollegin, die Libby nur wenig älter als sich selbst schätzte. Sie war hübsch und sie hatte eine tolle Figur.

„Trommelwirbel: Karen Coleman", sagte Ian mit einem zufriedenen Grinsen.

„Das sehe ich", erwiderte Owen.

„Jetzt sei nicht so unkreativ, Karen ist unsere Freiwillige, die mich bei meinen verdeckten Ermittlungen unterstützen wird."

„Im Ernst?" Owen konnte es nicht fassen.

„Was ist seltsam daran?", erwiderte Karen.

„Sie ist perfekt, sie sieht doch auch super aus", fand Ian.

„Danke für die Blumen", erwiderte sie.

„Karen, ist dir klar, worum es hier geht?", wollte Owen wissen.

„Ja, um eine Handvoll perverser Spinner, die Folterpornos im Darknet verscherbeln. Ian hat mich gefragt, ob er mich als die nächste mögliche Darstellerin einschleusen kann."

Owen machte große Augen und auch Libby staunte über die Selbstverständlichkeit, mit der Karen das verkündete.

„Das ist verflucht gefährlich“, erinnerte Owen sie.

„Dass das kein Sonntagsspaziergang wird, ist mir klar. Trotzdem habe ich ja nicht vor, wirklich in einem der Filmchen mitzuspielen. Du tust ja gerade so, als würden die mich morgen in Scheibchen schneiden.“

„Du kannst dir die Filme gern mal selbst ansehen, dann verstehst du meine Sorgen vielleicht.“

„Ian und ich sind doch bestens abgesichert – vor allem ich, Ian ist doch die ganze Zeit bei mir.“

„Wenn du meinst.“ Owen gab sich keine Mühe, seine Skepsis zu verbergen.

„Ach, das wird schon. Ian hat mir erzählt, worum es hier geht und es wäre mir eine Freude, die alle mit euch hochzunehmen.“

„Okay, dann lasst uns das mal besprechen. Ian, siehst du ein Problem darin, wenn wir den Van von Russells Neffen beschlagnahmen? Ich will wissen, ob Cassidy Maxwell da drin war.“

„Nein, wieso? Mach ruhig.“

„Libby hatte Bedenken, dass dadurch alle aufgeschreckt werden und dir misstrauen könnten.“

„Mir? Ich bin schon lang genug an Russell dran. Er wird mich nicht verdächtigen. Im Gegenteil, das könnte sogar nützlich sein. Vielleicht finde ich dadurch mehr heraus.“

„Fein“, sagte Owen, während Libby sich achselzuckend fügte.

Zu viert gingen sie die Details des bevorstehenden Undercovereinsatzes durch. Ian verschwieg Karen nicht, dass sie möglicherweise von jemandem angefasst wurde, aber das schockierte sie nicht sonderlich.

„Ich werde bestimmt keinen Sex mit irgendwem vor der Kamera haben, aber es ist okay für mich, das Spiel möglichst lang glaubhaft mitzuspielen – was auch immer dafür nötig ist. Ich habe so etwas schon mal gemacht.“

„Siehst du, und deshalb habe ich dich gefragt“, sagte Ian zufrieden.

„Ich stecke mir das Mikrofon einfach irgendwo in die Unterwäsche. Da wird es schon niemand finden, die behalte ich nämlich an. Im Idealfall haben wir ja, was wir brauchen, bevor einer eine Kamera einschaltet."

„Das war zumindest meine Idee."

In diesem Moment bewunderte Libby Karens Abgeklärtheit. Sie wusste nicht, ob sie das gekonnt hätte, aber Karen schien da unbesorgt zu sein.

„Ich bin ja froh, dass ich schon länger an Russell dran bin."

„Wir brauchen auch unbedingt ein Codewort, das ihr benutzen könnt, wenn ihr Hilfe braucht", sagte Owen.

„Bei meinem letzten Einsatz wäre es ein Satz gewesen: Hier riecht es verbrannt", sagte Karen. Ian nickte sofort, das gefiel ihm. Dann ging er dazu über, mit ihnen die Details zu erörtern.

„Don Russell hat einige Handlanger um sich geschart, die seine schmutzigen Geschäfte mit ihm abwickeln. Seine rechte Hand ist Terry Price, groß wie ein Baum und schnell mit der Faust." Ian zeigte Karen und den anderen ein Foto. „Ich bin ziemlich sicher, dass wir den auch auf den Videos gesehen haben. Russells Neffe Ross Hamilton ist garantiert auch in die Sache verwickelt, und zwar nicht nur mit seinem Auto. Der Kerl hat Informatik studiert und arbeitet in North San José bei einem Softwareentwickler. Ich wette mit euch, dass er es ist, der die Videos bearbeitet und ins Darknet stellt."

„Würde ja passen", sagte Libby.

Ian zeigte ihnen noch ein Foto. „Das ist Will Baxter, auch einer von Russells Handlangern."

„Baxter?", wiederholte Owen und betrachtete das Foto. „Sieh mal einer an, den kennen wir doch, was?"

Libby nickte. Sie hatte den ersten Mann, der Lukes Alibi seinerzeit bestätigt hatte, nicht vergessen.

„Den kennt ihr?", sagte Ian überrascht.

„Ja, und dann wissen wir jetzt auch, wer die Verbindung zu Don Russell hergestellt hat."

Ian äußerte sich zufrieden und zeigte ihnen noch einige weitere Fotos. Er erzählte ihnen auch etwas zu jeder einzelnen Person, doch Libby hatte hinterher Schwierigkeiten, sich alles zu merken. Sie beneidete Karen nicht darum, wissen zu müssen, wer das alles war.

„Uns fehlen aber immer noch die Kerninfos", sagte Owen. „Wir wollen immer noch wissen, wie und durch wessen Hand Cassidy gestorben ist und ob Russell oder Maxwell involviert waren."

„Dann ist es ja gut, dass Karen und ich heute Abend noch losziehen, um genau das rauszufinden", sagte Ian augenzwinkernd.

„Und wir müssen sehen, dass wir diesen Van beschlagnahmen", sagte Owen. „Reden wir mit dem Captain und klären das."

„Gute Idee, wir müssen ja noch mit ihm drüber sprechen, dass Karen mich jetzt unterstützt."

Zu viert machten sie sich auf den Weg zum Captain. Er hörte sich gespannt an, wie der aktuelle Stand der Dinge war und war sowohl mit Karens Einsatz bei Ian einverstanden als auch damit, dass sie den Van von Ross Hamilton beschlagnahmen und untersuchen wollten.

„Ich sehe zu, dass ich dafür einen richterlichen Beschluss bekomme", versprach der Captain. „Hier sind ja durchaus Verdachtsmomente gegeben."

„Danke, das wird uns sicher sehr voranbringen", sagte Owen hoffnungsvoll.

„Sie leisten da gute Arbeit. Besonders von Ihnen bin ich überrascht", richtete der Captain sich an Libby.

„Ich gebe mein Bestes", erwiderte sie, weil ihr nichts Besseres einfiel.

„Nur weiter so. Maxwell wird übrigens gleich dem Haftrichter vorgeführt. Mit den Videobeweisen und der Tatsache, dass er Sie beide angegriffen hat, bleibt er erst mal in Haft."

„Großartig", freute Owen sich.

„Also, machen Sie diesen Van ausfindig und ich sorge dafür, dass wir ihn zur Untersuchung herholen dürfen."

„Klingt gut", fand Owen. Sie schritten gleich zur Tat und Owen kümmerte sich darum, dass der Van abgeschleppt werden konnte, sobald sie ihn erst fanden. Als sie erst die Anordnung des Richters zur Beschlagnahme erhalten hatten, fuhren Owen und Libby zu Ross Hamiltons Arbeitsplatz. Der Van stand auf einem Parkplatz direkt vor dem Firmengebäude. Mit der richterlichen Anordnung in der Hand machten sie sich auf die Suche nach Hamilton, der an seinem Schreibtisch saß und sie wie vom Donner gerührt ansah, als sie sich vorgestellt hatten.

„Sie wollen meinen Van beschlagnahmen? Warum das denn bitte?"

„Weil der Verdacht besteht, dass darin eine Leiche transportiert wurde", sagte Owen.

„Das ist doch Schwachsinn, welche Leiche denn?"

„Zu laufenden Ermittlungen kann ich mich nicht äußern. Es geht um zwei Zeitpunkte letzte Woche Mittwoch und Samstag Nacht. Hatten Sie Ihr Auto verliehen?"

Ross starrte ihn an und wusste gar nicht, was er sagen sollte, doch plötzlich platzte es aus ihm heraus: „Ohne meinen Anwalt sage ich gar nichts."

„Von mir aus. Wir beschlagnahmen Ihr Auto jetzt trotzdem. Geben Sie uns bitte die Schlüssel."

Zwar wollte Hamilton sich sträuben, aber als Owen ihm klar gemacht hatte, dass er sich durchsetzen würde, gab Hamilton ihm den Schlüssel und beobachtete argwöhnisch, wie Owen den Abschleppwagen rief. Unter wachsamen Blicken wurde der Van schließlich aufgeladen und zur Polizei gebracht. Libby wusste, dass dieser Aufwand nur betrieben wurde, um keine möglichen Spuren im Inneren des Wagens zu zerstören. Hamilton telefonierte inzwischen auch – Libby wusste nicht mit wem, aber sie vermutete, dass es sein Anwalt war oder möglicherweise auch sein Onkel. Unverdächtig verhielt Hamilton sich in ihren Augen jedenfalls nicht.

„Schönen Tag noch", sagte Owen schließlich und verließ mit Libby das Gelände.

„Bin gespannt, was die Kollegen finden", sagte sie unterwegs.

„Oh, und ich erst. Das wird jetzt natürlich ein bisschen dauern – die Kollegen werden das ganze Auto auf links drehen und genauestens untersuchen. Aber vielleicht entdecken wir irgendwelche Spuren von Cassidy in dem Wagen. Vielleicht ist auch die Tatsache, dass Hamilton nebenberuflich als Schreiner arbeitet, eine Erklärung für die Holzspäne in ihren Haaren …" Die beiden grinsten einander zuversichtlich an.

„Wenn wir gleich am Department sind, machen wir am besten fürs Erste eine Pause. Wir sind ja heute Abend wieder im Einsatz", schlug Owen vor.

„Okay", sagte Libby. Das kam ihr gar nicht ungelegen, denn inzwischen war der Kühlschrank leer und sie wusste nicht, wann Kieran von der Arbeit kam und ob er Gelegenheit hatte, einkaufen zu gehen.

Am Department verabschiedete sie sich von Owen und fuhr auf dem Heimweg zum Supermarkt, wo sie den Einkauf gleich erledigte. Zu Hause angekommen, schrieb sie Kieran eine Nachricht, um ihm das mitzuteilen. Wenig später erhielt sie Antwort.

Klasse, dass du schon eingekauft hast. Wann musst du heute los? Ich hoffe, ich bin vorher da, damit wir uns noch sehen.

Libby antwortete ihm sofort. *Um kurz nach sieben. Bis dahin bist du doch bestimmt da.*

Kieran versprach ihr, bis spätestens fünf Uhr Feierabend zu machen, worauf Libby sich schon freute. Nachdem sie alle Einkäufe weggeräumt und in der Wohnung für Ordnung gesorgt hatte, überlegte sie kurz und schnappte sich dann das Telefon, um bei ihren Eltern anzurufen. Zu ihrer Freude hatte sie gleich Sadie am Apparat.

„Schön, dass du anrufst", sagte ihre Mutter. „Was machst du denn um dieser Zeit zu Hause?"

„Ich muss heute Abend noch mal los, Owen und ich begleiten unseren verdeckten Ermittler. Ich war heute schon arbeiten und jetzt habe ich erst mal Pause."

„Wie geht es denn voran mit eurem Fall?"

„Inzwischen ganz gut … Wir haben schon eine Festnahme, der Ehemann der Toten. Wir haben Videomaterial, das zeigt, wie er sie misshandelt."

„Was du dir angesehen hast, nehme ich an?"

„Ja … das war hart. Sie haben die Frau in den Keller gesperrt und …" Libby holte tief Luft. „Ich glaube, du kannst es dir vorstellen, oder? Wir hatten ein Video dabei, das zeigt, wie der Kerl sie windelweich prügelt und noch auf sie eintritt, als sie am Boden liegt. Vielleicht hat er ihr in dem Moment die gebrochene Rippe in die Lunge gestoßen. Daran ist sie ja erstickt …"

„Dass du aber auch gleich so einen Fall erwischen musstest."

Libby lachte kurz. „Ja, natürlich, was sonst? Es musste eine Frau sein, die eingesperrt, vergewaltigt und totgeprügelt wurde. Aber genau deshalb mache ich diesen Job ja, Sadie."

„Das musst du mir nicht erklären. Es muss schlimm gewesen sein, dieses Video zu sehen."

„Videos", präzisierte Libby und überlegte kurz, aber dann fuhr sie fort. „Aufnahmen, die zeigen, wie die Frau von mehreren Männern vergewaltigt wird. Immer wieder."

Sadie antwortete nicht gleich. „Pass auf dich auf, Libby. Bitte. Mute dir nicht zu viel zu."

„Nein, Owen achtet schon darauf. Er versteht das."

„Bitte sei vorsichtig."

„Mach dir keine Sorgen, ich packe das. Wir sind so nah dran, verstehst du? Wir haben Videobeweise und die DNA der Verantwortlichen. Wir brauchen nur noch Gegenproben. Außerdem überprüfen die Kollegen gerade das Auto, mit dem die Leiche vermutlich weggebracht wurde. Unser verdeckter Ermittler versucht jetzt, noch etwas über den Tod der Frau zu erfahren. Das irgendwem nachzuweisen, wird jetzt das größte Problem."

„Das kann ich mir vorstellen. Habe ich dir eigentlich schon gesagt, wie stolz ich auf dich bin?"

Libby lächelte. „Ja, schon ungefähr eine Million Mal."

„Nein, ehrlich. Du ermittelst gerade in einem Mordfall. Das ist toll."

„Auch, wenn es wohl kein Mord in dem Sinne war, sondern schwere Körperverletzung mit Todesfolge. Das ist es auch, was mich fertigmacht – ich habe Angst, dass wir dafür niemanden drankriegen können."

„Ich hoffe, ihr schafft es."

„Wir lassen auf jeden Fall nichts unversucht", verkündete Libby entschlossen.

„Ich weiß. Ich weiß, dass du es schaffst."

Libby lächelte. „Danke, Mum."

Kieran war schon um kurz nach fünf zu Hause gewesen und hatte Essen mitgebracht, wofür Libby ihm sehr dankbar war. Sie hatten noch schnell gemeinsam gegessen, bevor Libby zum Department aufgebrochen war.

Ian und Karen hatten sich mit Owen und Libby im Schlepptau gegen 19.30 Uhr auf den Weg zu Russell gemacht. Er wohnte in einem zweigeschossigen Haus mit großzügigem Anwesen in Willow Glen und Owen und Libby hatten in achtsamer Entfernung auf der anderen Straßenseite geparkt, um im Notfall in Reichweite zu sein.

„Nicht schlecht für jemanden, der so lang gesessen hat, oder?", murmelte Owen.

„Kriminelle kommen doch immer zu Geld."

„Wohl wahr …"

„Ah, Don", hörten sie Ian über ihre Kopfhörer sagen. „Wenn ich dir Cara Marley vorstellen darf …"

„Sehr angenehm", antwortete eine tiefe Männerstimme. „Wirklich eine schöne Frau. Du hast nicht zu viel versprochen. Kommt, holt euch einen Drink, macht es euch bequem. Wir reden später."

„Uff", machte Owen und stellte die Rückenlehne des Fahrersitzes etwas zurück. „Das kann dauern."

„Ich habe heute nichts mehr vor", sagte Libby trocken und lachte.

„Vorhin habe ich noch nachgefragt, wie die Untersuchung des Vans läuft. Und weißt du was? Die Kollegen haben schon Holzspäne gefunden."

Libbys Miene hellte sich auf. „Das ist doch fantastisch."

„Die müssen jetzt im Labor untersucht werden, aber ehrlich gesagt habe ich da nicht viele Zweifel."

„Hoffentlich bringt uns das weiter."

„Wir kommen der Aufklärung des Falles immer näher. Jetzt noch DNA-Proben von den Typen und die wandern alle schön ins Gefängnis ..."

„Nur wissen wir immer noch nicht, wer für Cassidys Tod verantwortlich ist."

Owen seufzte. „Ich bin gespannt, ob sich das noch rekonstruieren lässt. So wie sich mir die Sache darstellt, ist sie an den Folgen der Misshandlungen gestorben."

„Dafür müssen wir doch jemanden drankriegen können!" Beunruhigt sah Libby ihn an.

„Ja, das hoffe ich auch. Deshalb sind Ian und Karen ja drin, vielleicht finden wir so etwas heraus."

„Ich hoffe es."

Nach einem kurzen Moment des Schweigens sagte Owen: „Ich habe noch nie jemanden vorher gekannt, der ermordet wurde und dessen Mord ich aufzuklären versucht habe."

„Das macht es verdammt hart."

„Ja, das glaube ich dir. Kein Wunder, dass du dich so reinhängst."

Libby lächelte, erwiderte aber nichts.

„Dein Freund ist sicher schon ganz einsam", sagte Owen dann.

„Damit muss er jetzt klarkommen."

„Würde er dich nach Quantico begleiten?"

„Tja, das ist die Frage ... eigentlich will er, dass wir uns jetzt eine neue Wohnung in San José suchen. Als ich zu bedenken gab, dass ich nach Virginia gehen möchte, war er nicht sonderlich begeistert."

„Die Ausbildung an der Academy dauert doch nur vier oder fünf Monate."

„Schon klar, aber ich will ja in die Behavioral Analysis Unit und die ist ja auch in Quantico."

„Auch wieder wahr."

„Keine Ahnung. Manchmal glaube ich, er hofft insgeheim, dass sie mich nicht nehmen."

„Um ehrlich zu sein, klang es schon durchwachsen, als ich dich zum ersten Mal nach ihm gefragt habe."

Libby seufzte. „Kieran ist schon in Ordnung. Er hat nie seltsam reagiert, als ich ihm erzählt habe, dass ich eigentlich aus einer Sekte stamme. Er ist ein Gentleman, er war immer richtig toll und zuvorkommend. Und die Sache mit Ron Hawkins hat er tapfer mit mir durchgestanden."

„Na ja, Hawkins war ja auch der Kopf der Verbindung, für die er sich interessiert hat."

„Sicher … Er hat sich immer ein wenig die Schuld gegeben, glaube ich. Das habe ich nie getan. Schuld an Vergewaltigungen sind die Täter, niemand sonst."

Owen nickte anerkennend. „Gesunde Sichtweise."

„Das hat Sadie mir beigebracht, nachdem ich aus der FLDS kam. Ich habe viel von ihr gelernt."

„Das habe ich vorhin gesehen. Du wärst ein guter Profiler, glaube ich."

Libby errötete und lächelte. „Danke, dass du das sagst."

„Das ist mein Ernst. Das muss er doch auch sehen."

„Er hat mich eben anders kennengelernt. Plötzlich bin ich von Kleinkindpädagogik auf Verbrecherjagd umgeschwenkt. Ich glaube, er gewöhnt sich noch dran."

„Du bist schon fertig mit deinem Studium …"

„Ich werde meinen Weg gehen, davon hält er mich nicht ab."

„Das ist gut, das solltest du auch unbedingt tun. Das vorhin, hast du das auch von deiner Mum? Ich habe noch nie jemanden mit deiner Berufserfahrung solche Verhöre führen sehen."

„Wahrscheinlich … du darfst dir das jetzt nicht so vorstellen, dass sie mir darin einen Crashkurs gegeben hätte, aber ich war schon oft dabei, wenn sie so etwas getan hat. Zum ersten Mal bei der Razzia in Yucca Valley, da habe ich erlebt, wie sie Verhandlungen führt. Ich habe sie auch mit Brian Leigh erlebt, das war der helle Wahnsinn."

„Bei der Verfolgungsjagd?"

„Auch … da hat sie am Telefon versucht, ihn zur Aufgabe zu

überreden. Ich erinnere mich aber vor allem daran, wie sie mich später vor ihm gerettet hat."

Owen hörte aufmerksam zu und sagte nichts. Libby sah ihn nicht an, während sie sprach.

„Brian hatte versucht, Sadie und Matt zu töten und geglaubt, er hätte Erfolg gehabt. Habe ich auch erst geglaubt … Mit mir wollte er türmen. Nach Mexiko oder so, ich weiß es nicht. Er ist mit mir planlos durch Los Angeles gefahren, in ein Haus gestürmt, hat die Bewohner umgebracht und zum Glück hat die Polizei das Auto gefunden, bevor er mir was tun konnte … Aber er hatte mich ja immer noch als Geisel und Sadie ist dann reingegangen, um mich zu retten. Das war total verrückt. Ihr bester Freund ist Scharfschütze beim SWAT, auch heute noch."

„Was, ehrlich? Ein echter Sniper?"

Libby nickte. „Phil Richardson. Guck mal beim San Francisco Police Department. Sadie hat ihm den Raum beschrieben und unsere Position darin, ohne dass er etwas hätte sehen können und ohne dass Brian es gemerkt hat, so dass Phil schießen konnte."

Ungläubig sah Owen sie an. „Du nimmst mich auf den Arm."

„Nein, das ist mein Ernst! Die beiden waren immer ein tolles Team, sie waren schon Partner bei der Polizei. Ein echtes Dreamteam."

„Wie, mehr als mit ihrem eigenen Mann?"

„Das ist anders. Sadie und Matt sind … ich weiß nicht, wie aneinander gewachsen. Aber Phil … auf ihn ist immer Verlass. Er war auch bei dieser Sache mit Ron Hawkins dabei. Er hat auf ihn geschossen und ihn außer Gefecht gesetzt."

„Klingt wirklich nach einem tollen Freund."

„Phil ist super. Ihr würdet euch gut verstehen."

„Bestimmt." Owen nickte und fügte schließlich hinzu: „Ich verstehe die Idioten hier im Department alle nicht, dass sie das nicht nutzen wollen. Was du da schon an Erfahrung und Instinkt mitbringst, ist doch ein Geschenk. Du machst hier die vollwertige Arbeit eines Detectives, obwohl du keiner bist."

„Wenn du mich weiterhin so lobst, verliere ich noch die Bodenhaftung."

„Nein, sollst du nicht. Entschuldige. Ich kann mir aber vorstellen, dass man sich als Frau in dem Job echt durchbeißen muss. Hab ich ja bei deinem liebenswürdigen Kollegen in der Umkleide gesehen."

„Der macht sich bloß wichtig."

„Das macht es ja nicht besser."

„Das stimmt. Aber Alvarez ist in Ordnung."

„Immerhin."

Sie hatten viel Zeit, sich über private Dinge zu unterhalten und sich besser kennenzulernen. Zwar belauschten sie auch die Gespräche, die in Russells Haus geführt wurden, aber besonders spannend war das für lange Zeit nicht. Russell gesellte sich irgendwann zu Ian und Karen und machte ein bisschen Smalltalk mit ihnen. Er flirtete Karen offensiv an und irgendwann bat er Ian um ein Gespräch unter vier Augen. Augenblicklich setzte Owen sich aufrecht und auch Libby hörte aufmerksam zu.

Ian und Don Russell verließen den lauten Raum, in dem sie sich zuerst befunden hatten, und unterhielten sich irgendwo privat weiter, wo es bedeutend ruhiger war.

„Du hast wirklich nicht zu viel versprochen", wandte Russell sich zufrieden an Ian. „Deine kleine Freundin ist verdammt scharf."

„Ich weiß. Sie ist auch vielen Dingen gegenüber sehr aufgeschlossen. Sie hat schon Filme gemacht."

„Ja, das sagtest du schon. Ich wäre da durchaus interessiert."

„Dann sollten wir das doch auch mit ihr besprechen."

„Ich wollte erst mal bei dir herausfinden, wie weit man bei ihr gehen kann."

„Oh, ich weiß nicht … sie macht schon so einiges mit."

„Harte Fesselspiele? Schläge? Gangbangs?"

Owen verzog angewidert das Gesicht, als er das hörte, doch Libby zeigte keine Reaktion. Sie war nicht überrascht.

„Könnte ich mir schon vorstellen", sagte Ian. „Als sie mal angetrunken war, hat sie mir im Vertrauen gesagt, dass sie Vergewaltigungsfantasien hat."

„Die machen mich fertig", murmelte Owen kopfschüttelnd. Libby hörte einfach weiter zu.

„Na, das klingt doch gar nicht schlecht. Unser Publikum mag es etwas härter."

„Sicher, wenn ihr die Filme im Darknet anbietet ..."

„Wer hat dir das erzählt?"

„Maxwell", behauptete Ian geistesgegenwärtig.

„Ach, der Idiot ... Sie haben ihn vor seinem eigenen Haus festgenommen, wusstest du das?"

Ian tat ganz ahnungslos. „Nein, das ist ja verrückt. Warum denn das?"

„Die Darstellerin unseres letzten Videos war seine Frau. Er hat da ein gewisses Aggressionsproblem und hat sie geschlagen, deshalb waren ihm die Bullen sowieso schon auf der Spur. Wir hätten besser die Finger davon gelassen."

„Was ist passiert?", fragte Ian.

„Ach, das war ziemlich ... wie soll ich sagen ... das ist dumm gelaufen, aber ..."

In diesem Moment kam Hamilton herein, Libby erkannte seine Stimme. „Don, ich habe dich gesucht."

„Was gibt es?"

„Nein!", fluchte Owen und riss sich die Kopfhörer herunter. „Wir waren so dicht dran!"

„Er versucht es erneut", sagte Libby.

„Ja, klar, aber ... ach. Ich hasse diesen Scheiß."

Inzwischen ging das Gespräch im Haus weiter. „Was soll ich denn machen, wenn die Cops was in meinem Auto finden?"

Sofort waren Owen und Libby wieder bei der Sache und hörten zu.

„Jetzt mach dir mal keine Sorgen, Ross. Wir haben das Auto doch gründlich gereinigt. Was sollen sie finden?"

„Gibt es Ärger? Kann ich helfen?", mischte Ian sich ein.

„Nein, ich fürchte, da können wir gerade nichts tun", sagte Don, bevor er sich wieder an Hamilton wandte.

„Sei ganz beruhigt, Junge. Die werden nichts finden. Die haben schon bei der Hausdurchsuchung nichts entdeckt."

„Aber sie haben Maxwell festgenommen!"

„Ja, weil der Idiot sich anderweitig hat erwischen lassen. Jetzt mach dir mal keine Sorgen, der sagt schon nichts. Oder siehst du hier irgendwo Cops?"

„Nein …" Hamilton klang nicht überzeugt. „Warum musste es unbedingt mein Auto sein?"

„Ach, jetzt stell dich nicht so an. Komm, amüsier dich ein wenig mit uns."

Widerwillig ließ Hamilton sich überreden. Gespannt belauschten Libby und Owen die weiteren Gespräche und hofften, dass sie noch etwas Interessantes erfuhren, aber schließlich vertagten sie sich. Etwa gegen dreiundzwanzig Uhr beschlossen Ian und Karen, gemeinsam aufzubrechen und Owen und Libby erwarteten sie hinter der nächsten Ecke mit dem Dienstwagen. Sobald Ian und Karen auf der Rückbank eingestiegen waren, fuhr Owen los.

„Euch ist niemand gefolgt?", fragte er.

„Nein, die haben keine Ahnung. Wie ihr vielleicht vorhin gehört habt, verstehe ich mich inzwischen ganz gut mit Russell. Er hätte mir ja fast was über Cassidy erzählt, wenn dann nicht Hamilton plötzlich reingeplatzt wäre", sagte Ian.

„Ja, der Idiot. Du hattest Russell doch fast so weit."

„Denke ich auch. Das Gespräch über den Van war aber doch auch schon was."

Owen nickte zustimmend. „Das war ein Schritt in die richtige Richtung."

„Ich versuche es weiter. Das dauert nicht mehr lang, wir sind fast am Ziel. Wir haben uns jetzt für morgen verabredet und wollen dann Details bezüglich des Films mit Karen besprechen."

„Gut, dann leg dich ins Zeug. Wir wollen ja nicht, dass ihr in die Verlegenheit kommt, ihm erklären zu müssen, warum sie den Film nun doch nicht machen will."

Ian lachte kurz. „Nein, bestimmt nicht. Das kriege ich schon hin, mach dir keine Sorgen."

„Okay. Lasst uns zum Department fahren und Feierabend machen. Es ist spät", sagte Owen. Libby gähnte, während sie sich auf den Rückweg machten. Sie freute sich darauf, nach diesem langen Tag zu Kieran ins warme Bett zu schlüpfen.

SAMSTAG, 14. NOVEMBER

Sie glaubte, keine Luft zu bekommen. Verzweifelt versuchte sie, nach Luft zu schnappen und zu schreien, aber es kam kein Laut. Im Mund schmeckte sie Blut. Sie war geknebelt. Als sie sich aufbäumen und um sich schlagen wollte, hielten Handschellen sie zurück. Sie lag am Boden, wurde schwer nach unten gedrückt und spürte den Schmerz im Unterleib wie tausend Messerstiche.

Zwei Hände schlossen sich um ihre Kehle. In Panik riss sie die Augen auf und erwartete, das Gesicht von Ron Hawkins über sich zu sehen, aber stattdessen war da nur eine schwarze Maske, die alles verdeckte bis auf die Augen und die Lippen des Mannes, der auf ihr lag. Er grinste und sagte mit der Stimme von Luke Maxwell: „Schrei doch, wenn du kannst."

Nach Luft schnappend fuhr Libby hoch und starrte keuchend in die Dunkelheit. Nur ein Alptraum. Nichts weiter.

Ihr Herz raste und sie war nass geschwitzt. Allmählich beruhigte ihr Puls sich wieder, während sie in die Dunkelheit lauschte und auf Kierans Atemzüge achtete.

Er schlief noch. Ein Glück. Es war lange her, dass sie Alpträume von ihrer Vergewaltigung gehabt hatte, aber eigentlich überraschte es sie nicht, dass es jetzt wieder da war – und das auch noch vermischt mit Bildern aus den grässlichen Videos, die sie gesehen hatte.

So leise wie möglich versuchte sie aufzustehen und schlich ins Bad. Zitternd setzte sie sich auf die Toilette, sie spürte einen ziemlichen Druck auf der Blase. Weil sie so geschwitzt hatte, war ihr jetzt kalt.

Ron Hawkins hatte sie damals zusammen mit einem Freund verschleppt, in seinem privaten Bad im Verbindungshaus mit Handschellen an die Heizung gefesselt und eine ganze Weile nur Katz und Maus mit ihr gespielt, bis ihre Gegenwehr ihn dazu gebracht hatte, die Fassung zu verlieren. Er hatte wie besinnungslos auf sie eingeprügelt, ihr die Nase gebrochen und schließlich hatte sie das Bewusstsein verloren. Als sie wieder zu sich gekommen war, hatte sie unter Ron auf den kalten Fliesen im Bad gelegen und am Rande ihres Bewusstseins realisiert, dass er sie vergewaltigte. Die meiste Zeit über war sie ohnmächtig gewesen, aber das beruhigte sie auch nicht wirklich. Das widerliche Gefühl, benutzt und zu etwas gezwungen worden zu sein, das sie nicht wollte, war trotzdem da.

Der Schock hatte tief gesessen. Erst hatte sie ihn gar nicht anzeigen wollen, aber ihn damit davonkommen zu lassen, war auch keine Option. Sie hatte ihn einen Tag später angezeigt und mit Sadies Beistand das ganze Programm ertragen, das dann abgespult wurde: Ärztliche Untersuchung und Beweisaufnahme, Fotos, eine Schilderung des Tathergangs bei der Polizei. Seine DNA hatte ihn zwar zweifelsfrei überführt, aber trotzdem hatte er vor Gericht versucht, sich herauszureden. Hatte ihr die Schuld gegeben. Hatte ihre Kindheit in der Sekte angeführt, um zu begründen, dass sie zu Unrecht überall sexuelle Gewalt sah.

Aber man hatte ihn dafür verurteilt. Libby war so verdammt stolz auf sich, das durchgestanden zu haben, dass sie daran gewachsen war. Deshalb war sie jetzt Officer des SJPD – und sie würde auch alles in ihrer Macht Stehende tun, um Cassidy Gerechtigkeit widerfahren zu lassen.

Mit diesem Gedanken legte sie sich wieder schlafen und als sie am Morgen mit Kieran erwachte, war das Schreckgespenst der Nacht fast vergessen. Sie frühstückten in Ruhe und verbrachten etwas Zeit zusammen. Mit Owen hatte sie besprochen, sich erst am Abend wieder zu treffen, wenn es Zeit für den nächsten Besuch bei Russell war. Bis dahin sollte es genügen, wenn sie telefonisch erreichbar war, hatte er gesagt. Das war vollkommen in Ordnung für sie.

Am späten Nachmittag, bevor sie los musste, kochten und aßen Libby und Kieran gemeinsam etwas.

„Was ist eigentlich mit dieser Wohnung am Municipal Rose Garden, die ich gefunden habe? Sollen wir da nicht langsam mal anrufen?“, fragte Kieran seine Freundin beim Essen. Er schaute immer wieder nach passenden Wohnungen und Libby ließ ihn gewähren, denn ihr fehlte gerade die Zeit dazu. Die Zeit – und vor allem die Motivation.

„Kannst du machen, wenn du magst. Ich kann dir nur im Moment nicht versprechen, dass ich einen Besichtigungstermin nicht platzen lassen muss."

„Ich weiß. Schon okay. Aber ich würde die Chance gern nutzen, bevor die Wohnung einfach weg ist. Das würde mich ärgern."

„Nur zu." Ein unverbindlicher Termin konnte ja nicht schaden, dachte sie bei sich.

„Schade, dass du gleich schon los musst", sagte Kieran bedauernd.

„Ach, dir wird es doch an nichts fehlen, du bist doch heute Abend auch unterwegs."

„Stimmt schon. Das wird bestimmt auch cool."

„Klar." Libby lächelte, schnappte sich ihre Dienstwaffe und machte sich schließlich fertig für den Dienst. Mit einem Kuss verabschiedete sie sich von Kieran und fuhr zum Department. Sie hatten sich für achtzehn Uhr verabredet, so hatten sie noch genügend Zeit für eine Lagebesprechung, bevor es losging.

Wieder einmal war Owen schon da, als Libby eintraf. Er saß konzentriert vor seinem Computer, deshalb ließ Libby ihn in Ruhe und wartete ab, bis er aufsah und sie beachtete.

„Da bist du ja schon", begrüßte er sie lächelnd. „Warte, ich muss eben noch diese E-Mail schreiben."

„Kein Problem."

Owen hackte noch kurz in die Tastatur, dann schaltete er seinen Rechner aus. „Ich freue mich schon drauf, gleich mit dir wieder die verdeckte Ermittlung zu begleiten. Das hat Spaß gemacht gestern."

„Mir auch", erwiderte Libby mit einem Lächeln.

„Ich könnte mich dran gewöhnen!"

„Ich mich auch." Zum Glück war sie gerade um keine Antwort verlegen, obwohl sie sich über Owens Offenherzigkeit wunderte. Oder interpretierte sie da zu viel hinein, weil Matt sie aufgestachelt hatte?

„Diesmal bist du ja damit an der Reihe, mehr von dir zu erzählen", sagte Libby nach einem Augenblick des Schweigens.

„Mein Leben ist nicht halb so interessant wie deins."

„Ich bin nicht sicher, ob ich das bei mir als Vorteil sehen sollte ..."

„Es ist zumindest kein Nachteil. Vielleicht war vieles davon nicht schön, aber du kannst etwas für dich mitnehmen."

„Ja, sicher. Sonst säße ich jetzt nicht hier."

„Was wirklich bedauerlich wäre."

Libby schluckte. Er tat es immer noch. Sollte sie ihn darauf ansprechen? Sie war nicht sicher. Vor allem aber fehlte ihr der Mut.

Die Frage erledigte sich spontan dadurch, dass Ian und Karen erschienen und bereit zum Aufbruch waren. Ian trug Kapuzenpullover, Jeans und Sneakers, während Karen ein enges Oberteil mit tiefem Ausschnitt, einen knappen Rock und Stiefel gewählt hatte.

Owen zog die Augenbrauen hoch. „Du willst es ja wissen."

„Ich finde es perfekt", sagte Ian. „Sexy, aber nicht nuttig."

„Aber auch nur ganz knapp."

„Seid ihr jetzt fertig?", fragte Karen stirnrunzelnd.

„Jup, kann losgehen", sagte Owen. Karen und Ian hatten die Mikrofone schon unter der Kleidung versteckt und waren bereit zur Abfahrt. Wie schon am Vorabend fuhren sie zusammen, aber Owen und Libby ließen die Kollegen in respektvoller Entfernung zum Ziel aussteigen und warteten, bevor sie ihnen zu Russells Haus folgten und fast an derselben Stelle parkten wie am Vorabend. Ian und Karen waren bereits bei Russell im Haus, Owen und Libby hörten die beiden glasklar.

Jemand pfiff durch die Zähne. „Wow, macht Platz für die sexy Lady." Das war Russell.

„Guten Abend", erwiderte Karen mit einem sehr schmeichelhaften Unterton.

„Kommt nur herein", sagte Russell.

„Wäre ich Karen, ich würde denen vor die Füße kotzen", sagte Owen kopfschüttelnd.

Libby grinste und pflichtete ihm bei. „Ich bin wirklich froh, dass ihr mich nicht gebeten habt."

„Nein, auf gar keinen Fall. Du willst vielleicht keine Sonderbehandlung, was ich verstehen kann, aber mit deiner Vorgeschichte lasse ich dich so was bestimmt nicht machen. Kommt gar nicht in Frage."

„Ich hätte mich auch geweigert."

„Richtig so."

Die beiden lächelten einander an. Im Haus wurden Getränke angeboten, Ian und Karen hatten bereits irgendwo Platz genommen. Dort war es ruhiger und außer der Stimme von Russell hörten sie nur noch eine weitere – Terry Price.

„Wie kommt es, dass du diesen Film machen willst?", fragte Price.

„Das ist nicht mein erster in der Richtung. Es hat mir beim ersten Mal sehr gefallen", erwiderte Karen.

„Ich habe gestern schon mit Chris darüber gesprochen – er hat angedeutet, dass du es gern etwas härter magst", sagte Russell. Chris war Ians Deckname.

„Unbedingt. Er hat mir von eurem Keller hier erzählt. Der eignet sich bestimmt gut."

„Du stehst auf Bondage?"

Karen bejahte. „Es ist schon fast Kunst, wenn jemand gut fesseln kann."

„Lässt du dir auch gern den Arsch versohlen?"

„Das gehört doch dazu, oder?"

Libby verzog kopfschüttelnd das Gesicht. „Unfassbar."

„Du musst da nicht zuhören", sagte Owen.

„Ach, schon gut. Ich verstehe bloß nicht, wie sie das so rüberbringen kann, ohne mit der Wimper zu zucken. Ich könnte das nicht."

„Ich auch nicht. Karen ist schon unglaublich."

Drinnen ging das Gespräch weiter. „Hättest du ein Problem mit Gangbangs?", fragte Russell.

„Wenn jeder Kondome benutzt, überhaupt nicht", erwiderte Karen.

„Eine Frau, die weiß, was sie will", sagte Russell.

„Ich habe da ganz konkrete Vorstellungen."

„Chris hat angedeutet, dass du auf Rollenspiele stehst. Wir würden gern ein Video machen, in dem es so aussieht, als würde man dich zum Sex zwingen."

„Sehr gern."

Nun zog Libby sich doch die Kopfhörer herunter. Owen beachtete das gar nicht, sondern lauschte dem Gespräch allein weiter. Libby öffnete das Beifahrerfenster ein Stück weit und atmete die frische Luft ein. Das musste sie sich nun wirklich nicht anhören. Sie wusste, Karen spielte das alles, aber das erzeugte bei Libby Bilder im Kopf, auf die sie keinen Wert legte.

Schließlich gab Owen ihr zu verstehen, dass sie wieder zuhören sollte, und sie setzte die Kopfhörer wieder auf.

„Sie gehen in den Keller", raunte Owen ihr zu. Libby hörte es in diesem Moment selbst, Schritte hallten in einem Treppenhaus wider. Wenig später knarzten die hölzernen Stufen einer Kellertreppe.

„Wir können gern ein paar Probeaufnahmen machen", schlug Russell vor.

„Mal sehen", sagte Karen. „Ich bin gespannt, was der Raum alles zu bieten hat."

Die Absätze ihrer Stiefel klackerten laut. Owen und Libby hörten konzentriert zu. Auf der Straße war alles dunkel und ruhig, darauf mussten sie also nicht achten.

„Wow", sagte Ian.

Karen ging voran und sagte staunend: „Eine echte Spielwiese."

„Nicht wahr? Wir können alles ausprobieren, vom Bett bis zum Andreaskreuz und sämtliche Spielzeuge inklusive Peitschen", sagte Russell.

Libby knurrte unglücklich. Owen tauschte einen Blick mit ihr, sagte aber nichts.

„Was würde dir zusagen?", erkundigte Russell sich bei Karen.

„Oh, ich weiß nicht. Ich hatte gar nicht damit gerechnet, dass wir heute schon Probeaufnahmen machen."

„Nicht? Du hast dich doch extra hübsch gemacht."

„Um vor der Kamera zu posieren, aber filmen wollten wir

noch nicht. Wir müssen doch erst mal absprechen, was alles gefilmt werden soll und was tabu ist“, eilte Ian Karen zu Hilfe.

„Wie, macht ihr jetzt einen Rückzieher?“, empörte Russell sich.

„Nein, ganz und gar nicht“, versuchte Ian, ihn zu beschwichtigen. „Komm, gehen wir wieder nach oben und besprechen alles in Ruhe.“

Russell knurrte etwas, das wie ein Einverständnis klang, doch dann vernahmen Owen und Libby einen Schrei. Das war Karen.

„He, was zum Teufel …“ begann Ian, aber Russell unterbrach ihn.

„Deine hübsche Freundin bleibt einfach gleich hier.“

„Spinnt ihr? Mach die Tür wieder auf!“

Libby und Owen saßen angespannt auf ihren Sitzen und tauschten einen Blick. Noch hatte Ian keine Hilfe angefordert.

„Wir machen die Tür nicht wieder auf. Sie ist doch genau so von der Polizei wie du, oder?“

„Scheiße“, entfuhr es Owen.

Libby war wie erstarrt. „Wir müssen da rein.“

Er nickte bloß und griff nach dem Funkgerät. „Young an Zentrale, wir brauchen dringend Verstärkung in der Blanding Avenue! Zwei Officers werden bedroht.“

„Verstanden, Detective. Verstärkung ist unterwegs.“

Owen hatte nicht mehr vor, noch zu antworten. Er warf den Funksender zur Seite, stieg aus dem Wagen und griff nach seiner Waffe.

Fassungslos blickte Ian auf die verschlossene Stahltür. Price hatte sie mit Schwung zugeworfen, bevor Karen den Raum hatte verlassen können. Jetzt war sie gefangen, denn die Tür war mit einem Zahlenschloss gesichert.

„Young! Whitman!“, rief Ian lauthals, während er schon auf Price losgehen wollte. Der hielt jedoch plötzlich eine Waffe in der Hand und zielte damit genau auf Ians Stirn.

„Um deine beiden Freunde da draußen kümmern meine

Leute sich gerade", sagte Russell, während Price die Waffe entsicherte.

„Hört schon auf mit dem Scheiß! Das bringt doch jetzt nichts mehr, wir haben längst alle nötigen Beweise gegen euch! Wir haben DNA von Cassidys Leiche, wir haben die Videos von Maxwells Laptop und wir haben den Van. Macht es jetzt nicht noch schlimmer, als es sowieso schon ist!", redete Ian auf ihn ein.

„Nimm die Hände hoch, du Scheiß-Bulle", befahl Price.

Ian tat, was er gesagt hatte. „Komm schon, Terry, leg die Waffe weg. Erschieß jetzt keinen Cop, tu dir den Gefallen."

Achselzuckend erwiderte Price: „Das macht jetzt auch keinen Unterschied mehr."

Ohne zu zögern, drückte er den Abzug. Ein blutiges Loch klaffte in Ians Stirn auf, dann ging er einfach zu Boden und blieb tot liegen. Achselzuckend blickte Terry auf ihn herab und sah dann zu Russell. Von oben hörten sie Tumult und Schreie.

„Was treiben die da?", murmelte Russell kopfschüttelnd und beeilte sich, nach oben zu kommen. Derweil drehte Price sich um, entsicherte die schwere Stahltür mit einem Zahlencode und wollte die Waffe schon auf Karen richten, die wie eine Furie auf ihn losging und ihm einen gezielten Tritt in den Schritt verpasste. Price schnappte nach Luft und geriet ins Taumeln, aber er verhinderte, dass Karen ihm die Waffe abnahm und versperrte ihr den Weg. Als sie ihn erneut angreifen wollte, schlug er ihr mit der Faust ins Gesicht, so dass sie fast das Gleichgewicht verlor. Vor Schmerz stöhnend lehnte er sich an den Türrahmen, zielte auf sie und schoss. Er traf Karen in den Oberkörper, woraufhin sie mit einem Schmerzensschrei zu Boden ging. Breitbeinig blieb Price vor ihr stehen, zielte auf ihren Kopf und richtete sie hin.

„Beschissene Cops", schnaubte er wütend.

Hastig, aber leise rannten Owen und Libby quer über die Straße zu Russells Grundstück und beeilten sich, zum Haus zu kommen. Libby hielt ihre entsicherte Waffe ebenfalls schon in der Hand. Sie hatten das Haus fast erreicht, als die Haustür geöffnet wurde und jemand ohne Vorwarnung auf sie schoss.

„San José Police Department! Stellen Sie das Feuer ein und ergeben Sie sich!“, brüllte Owen, nachdem er und Libby zur Seite gesprungen waren. Er ging hinter einem Strauch in Deckung und schoss sofort, als in der Tür wieder jemand zum Vorschein kam. Das anschließende Stöhnen verriet ihm, dass er getroffen hatte.

„Young an Zentrale, schicken Sie alle verfügbaren Einheiten! Officers unter Beschuss!“, funkte Owen geistesgegenwärtig. Libby lag noch immer auf der Lauer und schoss ebenfalls, sobald sich in der Tür etwas rührte. Im Haus wurde es laut, dann ertönte ein Schuss. Libby zuckte zusammen und blickte zu Owen.

„Scheiße“, entfuhr es ihm. „Gib mir Rückendeckung!“

Libby wollte noch protestieren, doch Owen war bereits unterwegs zum Haus. Konzentriert behielt Libby alles im Auge, was sich im Haus bewegte und versuchte, an Owen vorbei zu zielen. Dabei war sie so fokussiert, dass sie den Schatten hinter sich nicht bemerkte. Jemand legte von hinten einen Arm um ihren Hals und riss ihr gleichzeitig die Waffe aus der Hand. In diesem Moment verfluchte sie die kugelsichere Weste, denn darin konnte man sich ungefähr so gut bewegen wie eine Schildkröte in ihrem Panzer. Sie versuchte noch, sich zu wehren, aber da wurde ihre Waffe entsichert und ihr seitlich gegen den Kopf gedrückt.

„Keine Bewegung“, zischte der Mann. Libby rang nach Luft und hob die Hände. Sie verfluchte sich dafür, dass sie nicht besser aufgepasst hatte. Anfängerfehler.

Ohne noch etwas zu sagen, schleifte der Mann sie in die Auffahrt und dann weiter zum Haus.

„Detective!“, brüllte er zu Owen, der bereits in der Haustür stand und gerade auf jemanden schießen wollte. „Legen Sie die Waffe hin oder Ihre Partnerin ist tot!“

Owen blieb wie angewurzelt stehen. Es dauerte einen winzigen Augenblick lang, in dem er all seine Optionen durchging, bis er sich umdrehte und Libby in der Gewalt ihres Angreifers sah. Sofort hielt er die Waffe zur Seite hoch und ließ sie dann fallen.

„Wir haben bereits Verstärkung angefordert", sagte er.

„Ist mir scheißegal! Auf die Knie und Hände hoch!"

„Hört auf mit dem Scheiß", sagte Owen, doch da kamen zwei Männer aus dem Haus, die mit ihren Waffen auf ihn zielten.

„Hinknien!", wiederholte einer von ihnen. Libby erkannte Don Russell. Plötzlich ertönte ein weiterer Schuss – und noch einer.

„Was zum Teufel ..." Russell drehte sich um und schüttelte den Kopf, doch dann wandte er sich wieder Owen zu und brüllte: „Auf die Knie und Hände hinter den Kopf, oder wie sagt ihr Cops das immer?"

Libby beobachtete alles gleichermaßen angespannt und hilflos. Owen sollte bloß keine Heldentaten versuchen, er hatte doch schon Verstärkung gerufen.

Russell trat vor und nahm Owen die Handschellen vom Gürtel ab. Er zog ihm die Arme auf den Rücken und legte ihm seine eigenen Handschellen an.

„Ihr wollt wohl sichergehen, dass ihr in den Knast wandert, oder?", fragte Owen stirnrunzelnd.

„Soll ich dich lieber erschießen?", schnappte Russell. Libby lauschte darauf, ob sie Sirenen aus der Ferne vernahm, doch noch war alles ruhig.

„Hier wird jetzt nicht mehr geschossen, ist das klar? Kümmert euch auch um die Frau", befahl Russell. Jemand kam aus dem Haus und bewegte sich auf Libby und ihren Angreifer zu. Es war Ross Hamilton. Wütend starrte sie ihn an, während er auch ihr die Handschellen wegnahm und ihr damit die Hände auf dem Rücken fesselte. Als sie damit fertig waren, zerrten sie Libby in Richtung Haus zu Owen.

„Bist du übergeschnappt, Terry?", brüllte Russell im Keller. „Warum hast du sie erschossen?"

„Was, sollte ich nicht?"

Libby schluckte. War Karen tot? Was war mit Ian? Sie wurde gemeinsam mit Owen ins Haus gestoßen. Man hatte ihre eigenen Waffen auf sie gerichtet, was sich verdammt beschissen anfühlte. Dann zwangen die Männer sie beide nebeneinander auf die Knie. Libbys Herz raste.

Im Keller tobte Russell weiter. „Du Idiot, der Film mit ihr sollte uns reich machen! Warum hast du das gemacht?"

„Sie war doch auch ein Cop, oder nicht?"

„Ja, und wenn schon! Was hatten wir gesagt? Wir bringen den Kerl um, machen den Film mit ihr, werden reich und setzen uns ab!"

„Oh, ich dachte …"

„Ach, verdammt, Terry! Los, wir müssen weg, der Detective hat schon Verstärkung gerufen." Russells Stimme kam näher, Libby hörte Schritte. Sekunden später erschien Russell am oberen Ende der Kellertreppe am anderen Ende des Flures, dicht gefolgt von Price.

„Der Detective? Wen meinst du?", fragte Price.

„Der Cop, der die Ermittlungen gegen uns führt. Er und seine Partnerin." Russell trat zur Seite, so dass Price Owen und Libby sah.

„Die leben noch?", wunderte Price sich.

„Kann vielleicht nicht schaden", überlegte Russell.

Sirenen. Libby hörte sie in der Ferne, leise und doch eindeutig. Russell hielt inne, er hatte sie auch gehört.

„Kann vielleicht wirklich nicht schaden", sagte er. „Los, wir müssen weg hier. Bringt die Cops zum Transporter."

„Was hast du vor?"

„Könnten wir das unterwegs besprechen?", knurrte Russell, bevor er sich an die anderen wandte. „Ihr wisst Bescheid. Ihr wartet im Versteck, bis wir euch grünes Licht geben."

„Was soll das werden?", fragte Owen stirnrunzelnd. Russell machte blitzschnell zwei Schritte auf ihn zu und schlug ihm brutal mit der Faust ins Gesicht, so dass Owens Kopf zur Seite flog und ihm das Blut nur so aus der Nase schoss. Libby hatte das hässliche Knacken noch gehört, als seine Nase brach.

„Schnauze, verdammt noch mal! Los, Terry, nimm ihnen die Schlüssel für die Handschellen ab und bring ihn in den Transporter."

Price tat wortlos, was Russell gesagt hatte, packte Owen an einem der Riemen seiner kugelsicheren Weste und schleifte ihn aus dem Haus. Russell tat dasselbe mit Libby. Als sie die beiden hinten in einen Transporter stießen, der vor dem Grundstück am Straßenrand parkte, erinnerte Libby sich daran, dass Price einen besaß.

Was sollte jetzt passieren?

Price und Russell stiegen vorn ein, dann fuhr der Transporter sofort mit rasanter Geschwindigkeit los. Libby wurde dabei gegen Owen geworfen, dem das Blut inzwischen von der Nase bis zum Kinn gelaufen war und nun auf seine kugelsichere Weste tropfte.

„Alles okay?", fragte Libby. Owen brummte nur etwas.

„Wie sieht der Plan jetzt aus?", fragte in diesem Moment Price. Das Motorengeräusch wurde leiser, sie blieben an einer roten Ampel stehen.

„Wir müssen gleich sehen, dass wir so bald wie möglich eine Starterlaubnis für den Jet kriegen. Die anderen warten so lange im Motel am Flughafen."

„Und wir? Was willst du mit den Cops?"

„Die könnten sich noch als nützlich erweisen. Und da du ihre hübsche Kollegin ja leider erschossen hast, müssen wir uns jetzt was Neues überlegen, um an die Kohle zu kommen, die wir jetzt brauchen."

„Tut mir leid, ich habe nicht nachgedacht."

„Was du nicht sagst. Bringen wir sie in deinen Lagerraum. Da sollten wir sicher sein."

Sie fuhren weiter. Mit geschlossenen Augen lehnte Owen neben Libby an der Seitenwand des Fahrzeugs und konzentrierte sich aufs Atmen. Russell hatte ihn hart erwischt. Seine Nase blutete nicht nur heftig, sie schwoll auch an. Er hatte Schwierigkeiten beim Atmen.

Wenig später fuhren sie auf den Freeway. Libby spürte in diesem Moment kaum Angst, sie überlegte nur, was jetzt passieren sollte und wie sie sich und Owen aus dieser misslichen Lage befreien konnte. Er selbst sagte nichts, er war zu sehr mit Atmen beschäftigt. Libby überlegte, etwas zu sagen, aber dann entschied sie sich dafür, den Mund zu halten.

Nach ein paar Minuten hatte Owen sich soweit erholt, dass er unvermittelt sagte: „Das war alles eine Falle, oder?"

„Oh, Detective", meldete Russell sich erstaunt vom Beifahrersitz. „Sie waren aber wortkarg bisher."

„Sie haben mir ja auch die Nase gebrochen."

„Ich bitte vielmals um Verzeihung." Russell lachte kurz.

„Glauben Sie wirklich, Sie können jetzt unbehelligt das Land verlassen?"

„Ich gehe davon aus. Im Moment haben wir ja auch noch Sie als Druckmittel."

„Unsere Kollegen sind beide tot, nehme ich an?"

„Ja, was im Fall Ihrer Kollegin wirklich bedauerlich ist."

„Bedauerlich?" Owen schnaubte verächtlich. „Kommen Sie schon, was Sie hier machen, ist keine gute Idee!"

„Seit wann interessiert mich Ihre Meinung?"

Kopfschüttelnd fragte Owen: „Woher wussten Sie von dem Undercovereinsatz?"

„Einer von unseren Leuten hat eure Kollegen gestern dabei gesehen, wie sie zu euch ins Auto gestiegen sind. Er hat euch erkannt und da war klar, was läuft."

„Und Sie wollen jetzt das Land verlassen?"

„In Venezuela dürften wir recht sicher sein."

Owen lachte kurz. „Das ist ja total verrückt."

„Ihnen ist der Ernst der Lage noch nicht bewusst, oder, Detective? Sie werden das nicht mehr erleben."

„Ihr habt das nicht durchdacht. Nichts davon. Ihr werdet nicht davonkommen, es gibt zu viele Beweise. Aber wenn ihr uns jetzt auch umbringt ... Wir sind Cops. Dafür geht ihr in den Todestrakt."

Unbeeindruckt zuckte Russell mit den Schultern. „Na und? Waren die anderen keine Cops? Das macht es doch jetzt auch nicht mehr schlimmer."

„Solange Sie uns hier rumfahren, ist das gesamte SJPD hinter Ihnen her. Keine gute Idee."

„Lassen Sie das meine Sorge sein."

Owen schüttelte den Kopf und sagte nichts mehr. Düster brütete er neben Libby vor sich hin. Sie musterte ihn schweigend und versuchte, ihre Angst nicht zuzulassen.

„Willst du dann einfach sie nehmen statt der anderen Polizistin?", fragte unvermittelt Price.

„Muss ich ja, da du die andere ja abgeknallt hast."

Libby horchte auf. Auch Owen wurde aufmerksam und fragte: „Was soll das werden?"

„Nun, eure Kollegen haben mich ja auf Ideen gebracht", sagte Russell. „Der Plan war, mit eurer Kollegin den ultimativen Porno zu drehen. Ein krasser Streifen, in dem sie erst so richtig hart rangenommen wird und man dann sieht, wie sie vor laufender Kamera getötet wird. Wenn wir das tun, werden wir stinkreich und dann können wir bis unser Lebensende in Venezuela am Sandstrand Cocktails mit Schirmchen trinken. Überlegt mal, ein Porno, in dem eine echte Polizistin stirbt …"

„Das ist doch krank!", rief Owen.

„Das ist genial. Blöd ist jetzt, dass eure Kollegin tot ist, aber wir wollen mal sehen, ob deine Partnerin nicht auch was zu bieten hat."

Entsetzt blickte Owen zu Libby, die wie versteinert dasaß und gar nicht wusste, wie sie reagieren sollte.

„Dazu wird es nicht kommen", grollte er.

Russell lachte bloß. Der Lieferwagen wurde langsamer und verließ den Freeway. Sie bogen noch zweimal ab, bevor Price allmählich bremste. Libby drehte ihre Handgelenke in den Handschellen und hatte plötzlich das Gefühl, unter dem Gewicht der kugelsicheren Weste keine Luft mehr zu bekommen.

„Nicht mit mir", raunte Owen Libby zu. Als der Lieferwagen endgültig stehenblieb, wurde Libby heiß. Owen saß gespannt wie eine Feder neben ihr. Es dauerte einen Moment, bis die hinteren Türen des Lieferwagens geöffnet wurden. Russell packte Libby und zerrte sie aus dem Auto, während Price sich Owen schnappen wollte. Der versuchte jedoch, Price anzugreifen, womit dieser jedoch gerechnet zu haben schien. Auch er schlug

Owen mit der Faust ins Gesicht – so hart, dass er ungebremst rücklings noch im Wagen zu Boden ging und ohnmächtig liegenblieb.

„Owen!", schrie Libby, aber Russell schleifte sie ungeachtet ihres Protests vorbei an zwei geschlossenen Rolltoren bis zu einem geöffneten, hinter dem sich ein Lagerraum verbarg. Er stieß sie voran bis zu einem massiven Schwerlastregal aus Metall.

„Setz dich auf den Boden", befahl er. Libby überlegte noch, ob sie nichts tun konnte, aber mit der kugelsicheren Weste war sie einfach zu unbeweglich. In diesem Moment zielte Russell mit einer Waffe auf sie und rief nach Price, der Augenblicke später mit Owen erschien. Er hatte ihn an den Füßen gepackt und schleifte ihn ohne Rücksicht auf Verluste über den Boden. Libby verzog das Gesicht. Blut klebte an Owens Haar, es war schon über sein halbes Gesicht gelaufen. Seine Nase war dick angeschwollen und rot-bläulich verfärbt. Russell hatte ihm außerdem ein Veilchen verpasst. Er sah übel aus und war bewusstlos.

„Die Schlüssel", sagte Russell. „Mach sie hier fest."

Price verstand. Er hockte sich neben Libby, während Russell weiter mit der Waffe auf sie zielte, und öffnete eine ihrer Handschellen. Er zog Libbys Hände auf die andere Seite der Metallstange, an der sie lehnte, und ließ die Handschellen wieder zuschnappen. Jetzt saß sie in der Falle.

Stumm beobachtete sie, wie die beiden Owen an die benachbarte Stange lehnten und ihn ebenfalls daran fesselten.

„Musstest du ihn gleich ausknocken?", knurrte Russell.

„Er hat Stress gemacht!"

„Ich wollte ihn fragen, was er alles weiß. Das können wir jetzt vergessen."

„Der wacht schon wieder auf."

Schließlich nickte Russell und sagte: „Sehen wir zu, dass wir eine Starterlaubnis kriegen. Wir müssen hier weg."

„Und das Video?"

„Sehen wir dann. Komm, wir sollten sie knebeln."

„Verpisst euch!", rief Libby, aber das beeindruckte die beiden wenig. Aus dem Regal, neben dem sie saß, zog Price zwei Tücher. Er reichte Russell eins, der Libby grob an den Haaren packte und ihr gewaltsam den Stoff in den Mund steckte. Sie überlegte kurz, sich zu wehren, aber dann ließ sie es sein. Es war zwecklos. Price knebelte den bewusstlosen Owen ebenfalls, bevor die beiden den Raum verließen und das Rolltor sich langsam schloss.

Nichts außer einem diffusen, bläulichen Licht erhellte den Lagerraum. Libby lauschte darauf, wie der Transporter davonfuhr, doch darauf folgte keine Stille. Das ohrenbetäubende Dröhnen eines Flugzeugtriebwerks schwoll über ihr an und brachte das schwere Regal zum Zittern. Libby verstand – sie befanden sich in unmittelbarer Nähe des Flughafens von San José, zumindest vermutete sie das. Nicht weit davon entfernt gab es einige Anlagen mit Garagen und Lagerräumen, die man mieten konnte. Eine gottverlassene Gegend, in der sie niemand hören oder suchen würde. Vor allem nachts nicht.

Als das Dröhnen wieder nachließ, versuchte Libby, sich so hinzusetzen, dass sie mit ihrem Fuß Owens erreichte, doch sie schaffte es nicht auf Anhieb. Er atmete, das konnte sie sehen, aber dass er bewusstlos war, gefiel ihr nicht.

Verbissen versuchte sie irgendwie, das Regal zu verschieben, aber sie hatte keinen Erfolg. Es bewegte sich keinen Millimeter. Das hatte sie sich beinahe gedacht.

Sie verfluchte den Knebel in ihrem Mund. Der Stoff war schon ganz nass, aber man hatte ihre Hände unterhalb des vorletzten Regalbretts gefesselt, deshalb hatte sie keine Ahnung, wie sie sich den Knebel aus dem Mund ziehen sollte. Verbissen versuchte sie es, aber ihre kugelsichere Weste verhinderte, dass sie sich so weit herabbeugte, wie es notwendig gewesen wäre.

Erneut versuchte sie, Owen irgendwie mit dem Fuß zu erreichen, hatte aber keinen Erfolg damit. Stattdessen begann sie, mit ihrem Knebel zu kämpfen. Sie versuchte, ihn irgendwie an der Schulter und den Riemen ihrer kugelsicheren Weste abzustreifen und ihn auszuspucken. Er saß fest und schnitt in ihre Mundwinkel, deshalb hatte sie große Probleme damit und brauchte eine ganze Weile, aber irgendwann gelang es ihr, ihn abzustreifen.

Befreit schnappte sie nach Luft. „Owen? Kannst du mich hören?"

Doch es kam keine Antwort. Immer wieder sagte Libby seinen Namen, bis er sich irgendwann doch zu regen begann. Endlich hob er den Kopf und schlug die Augen auf. Er wirkte noch etwas benommen und stöhnte vor Schmerz, dann realisierte er erst, dass er ebenfalls gefesselt und geknebelt war und knurrte missmutig. Erneut dröhnte ein Flugzeugtriebwerk über ihren Köpfen.

„Ich glaube, wir sind in der Nähe des Flughafens in einem Lagerraum", sagte Libby zu ihm. Er nickte langsam und überlegte, das konnte sie ihm ansehen.

„Geht es dir gut?", fragte Libby.

Er zuckte mit den Schultern und versuchte, sich irgendwie verständlich zu machen. Schließlich begriff sie, was er wollte.

„Ich hab den Knebel an der Schulter abgestreift. Hat ein bisschen gedauert, aber es ging."

Owen nickte und versuchte es ebenfalls, nachdem er festgestellt hatte, dass er sich genausowenig zu seinen Händen herunterbeugen konnte.

„Ich kann immer noch nicht fassen, dass wir aufgeflogen sind", murmelte Libby kopfschüttelnd. Owen reagierte nicht gleich, weil er mit seinem Knebel beschäftigt war, aber schließlich nickte er. Verbissen kämpfte er weiter mit seinem Knebel und schließlich war er ihn los. Er atmete tief durch und schloss erleichtert die Augen.

„Gottverdammt noch mal … mein Schädel explodiert gleich. Da gingen vorhin einfach die Lichter bei mir aus."

„Du bist hart auf den Hinterkopf gefallen."

Owen erwiderte nichts. Der nächste Flieger donnerte über sie hinweg.

„Es tut mir leid, Libby", sagte Owen unvermittelt.

„Es tut dir leid? Was kannst du denn dafür?"

„Ich habe dich in dem Fall um Hilfe gebeten. Du bist jetzt meinetwegen in dieser Situation und ich hasse mich dafür."

„Nein, hör auf damit. Das ist nicht deine Schuld. Wir haben beide nur unsere Arbeit gemacht."

„Aber ... verdammt." Owen sagte nichts mehr. Als Libby ihn ansah, blieb ihr die tiefe Verzweiflung in seinem Blick nicht verborgen.

Er hatte Angst.

„Wir kommen hier wieder raus, Owen. Die hätten uns längst töten können, wenn sie gewollt hätten."

Er lachte widerwillig, dann sah er sie mit einem Blick an, der ihr durch Mark und Bein ging. Er hatte wirklich Angst. Aber nicht um sich selbst.

„Die Kollegen finden uns schon", sagte sie leise.

Owen schluckte und starrte zu Boden. „Ich bin nicht sicher, warum ich noch lebe, aber ich weiß, warum du es tust."

„Du hattest doch schon um Verstärkung gebeten. Die Kollegen suchen längst nach uns."

Owen schloss die Augen und atmete tief durch. „Ich habe dich in Gefahr gebracht. Das verzeihe ich mir nicht."

„Noch mal, Owen, es ist nicht deine Schuld."

Er konnte nichts erwidern, weil wieder ein Flugzeug über sie hinweg dröhnte. Außerdem vermied er es, Libby anzusehen. Trotz des dämmrigen Lichts hatte sie das Gefühl, Tränen in seinen Augen zu sehen.

„Owen?", fragte sie.

Seine Stimme zitterte, als er tief Luft holte und sagte: „Eine Erfahrung, die du mir voraus hast ... den Umgang mit der Angst vor dem Tod."

Libby schluckte. „Wie meinst du das?"

„War blöd von mir, vergiss es."

„Nein, gar nicht ... Erklär es mir."

Nun sah er sie doch an. „Du hast mir doch von Brian Leigh erzählt."

„Ja, sicher."

„Wenn ich dich gerade ansehe, dann sehe ich nicht dieselbe Angst, die ich gerade habe."

Libby nickte ernst. „Aber es ist mutig, dass du das so sagst."

„Dass ich Angst habe?" Owen lachte widerwillig und nickte. „Diese Typen sind skrupellos. Wir haben doch vorhin gesehen, was sie mit Ian gemacht haben. Ich bin ihnen doch nicht mehr wert. Das ist aber gar nicht das Schlimmste."

„Was ist das Schlimmste?", fragte Libby leise.

Eine Träne löste sich aus seinem Auge. „Dass ich dich nicht beschützen kann."

Darauf war sie nicht vorbereitet gewesen. Es erwischte sie kalt und traf sie mitten ins Herz. Sie schluckte und versuchte, ihre Tränen zurückzuhalten, aber es ging nicht.

„Nichts davon ist deine Schuld, Owen."

„Ich will nichts weniger, als dass sie dir weh tun. Das geht nicht. Ich kann das doch nicht zulassen …"

Libby biss sich stumm weinend auf die Lippen. Owen war übel zugerichtet worden, aber das tangierte ihn nicht weiter.

Er dachte bloß an sie.

Die beiden sahen einander nur an und sagten kein Wort. Libby wusste nicht, was sie denken sollte. Sie war überfordert. Sie saß mit Handschellen an ein Regal gekettet in einem Lagerraum und wusste genau, dass es Owens Todesurteil war, wenn die Tür wieder geöffnet wurde. Owen würde sterben – und Russell wollte sie vor eine Kamera zerren, um zu filmen, wie sie vergewaltigt und ebenfalls getötet wurde.

Ihn mit Tränen in den Augen zu sehen, machte sie fertig. Owen war innerhalb kürzester Zeit zu ihrem Vorbild und Mentor avanciert – und zu einem sehr guten Freund. Sie schätzte ihn und sie wünschte, es wäre ihr gleichgültiger gewesen, dass er offensichtlich Gefühle für sie hegte. Dahingehend war er gerade ziemlich deutlich geworden, ohne es wirklich zu sagen, aber sie hatte ihn verstanden. Ihn anzusehen, löste ein gutes Gefühl in ihr aus. Eins, das sich richtig anfühlte.

Aber da war Kieran. Ihr Freund seit acht Jahren, der mit ihr schon durch dick und dünn gegangen war und mit dem sie schon so viel erlebt hatte – der aber auch immer noch nicht verstand, wie wichtig es ihr war, Gesetzeshüterin zu sein.

Eigentlich hatte sie gerade andere Probleme, aber während sie an Kieran dachte, der lieber eine Wohnung in San José als in Quantico suchte, blickte sie zu Owen, der sie nun ununterbrochen ansah. Gern wäre sie zu ihm gerutscht und hätte ihm gesagt, dass alles wieder in Ordnung kam. Sie hatte nur keine Ahnung, wie das vonstatten gehen sollte.

Es war ihr nicht egal. Alles andere als das. Es wäre ihr lieber gewesen, wenn sie es einfach hätte wegschieben können, aber das ging nicht. Sie hatte Owen schon so viel von sich erzählt, er kannte ihre Geschichte. Und nun wollte er nicht, dass sie sich wiederholte.

„Du hast Recht“, sagte sie in die Stille hinein. „Ich habe das schon erlebt. Ich war schon bei einem Serienmörder und dachte, ich sterbe. Deshalb reagiere ich jetzt anders als du, das stimmt. Angst habe ich trotzdem, weil ich nicht weiß, wie wir das zu einem guten Ende bringen sollen. Absolute Skrupellosigkeit ist das Schlimmste. Damit kann ich nicht umgehen.“

Owen schluckte hart. „Du hast gar keine Angst vor ihren kranken Ideen?“

„Was soll ich sagen – ich habe das schon einmal überlebt. Gerade ist mir wichtig, dass wir beide hier heil rauskommen. Nein, ich habe keine Angst vor ihren kranken Ideen. Würde ich diese Angst zulassen, würde sie mich lähmen. Ich muss mir jetzt überlegen, womit ich meine Handschellen aufkriege. Mein Dad hat mal versucht, mir das zu erklären, aber ich habe es nicht geschafft … und ich bräuchte auch erst mal so etwas wie eine Büroklammer, um überhaupt eine Chance zu haben.“

„Du bist unglaublich, Libby.“

„Was denn? Ich bin einfach so. Wir müssen hier raus, Owen. Ich will nicht, dass sie dich umbringen. Das darf einfach nicht passieren.“

Die beiden sahen einander an, ohne noch etwas zu sagen. Das war in diesem Moment auch überhaupt nicht nötig, sie verstanden sich auch so.

Irgendwann schien Owen sich wieder einigermaßen gefangen zu haben, starrte aber trotzdem trübsinnig vor sich hin. Libby fiel auf, dass sie keine Flugzeuge mehr hörte. Es musste also mitten in der Nacht sein, denn in San José herrschte ein Nachtflugverbot.

Sie überlegte, was sie tun konnte, um sich von den Handschellen zu befreien. Direkt vor ihrer Nase standen so viele Kartons, in denen sich bestimmt etwas Nützliches verbarg, aber sie kam nicht dran. Derweil versuchte sie, nicht daran zu denken, was Russell und seine Leute vorhatten.

Immer wieder blickte Owen schweigend zu ihr hinüber. Sie wusste nicht, wie sie reagieren sollte. Mit seinem Ausbruch vorhin hatte er sie überrascht. Jetzt konnte sie ihn nicht mehr ansehen, ohne daran zu denken.

Sie konnte ihn aber auch nicht ansehen, ohne den Wunsch zu hegen, zu ihm zu rutschen, seine Hand zu nehmen und ihm zu sagen, dass das alles schon wieder werden würde.

Das musste es einfach. Sie hatte schon Schlimmeres überstanden – zumindest glaubte sie das. Gänzlich begriffen, was Don Russell und seine Helfer sich bei Ians Tod und ihrer Entführung gedacht hatten, hatte sie nicht und es war ihr auch egal. Sie wollte nur, dass sie und Owen das irgendwie überlebten.

Wenn die Tür das nächste Mal geöffnet wurde, musste sie irgendwas tun. Sie musste es schaffen, dass man ihr die Handschellen abnahm. Sie musste die Typen irgendwie davon überzeugen, dass von ihr keine Gefahr ausging.

„Die Kollegen haben keinen Schimmer, wo wir sind", sagte Owen unvermittelt.

„Du machst dich ja schon wieder fertig", erwiderte Libby streng.

Seufzend sah er sie an. „Du wärst perfekt für das FBI."

„Wie kommst du jetzt darauf?"

„Guck mich an, ich sitze hier wie ein Häufchen Elend und stelle mir ununterbrochen vor, wie Price mir in einer Stunde in den Kopf schießt. Und du …"

„Vielleicht bin ich ja auch bloß abgestumpft."

„Du bist nicht abgestumpft, Libby. Im Gegenteil. Das weißt du auch."

„Ich habe das auch alles schon durch, in solchen Situationen an alle Menschen zu denken, die mir wichtig sind. Meine Eltern, meine kleine Schwester …"

„Du hast deinen Freund vergessen", sagte Owen.

Ertappt sah Libby ihn an. „Mein Freund würde das, was du da gerade gesagt hast, nie sagen."

„Ich kann ihn verstehen. Wenn er wüsste, wo du dich gerade befindest, würde er sich bestätigt fühlen."

„Damit muss er klarkommen. Das ist jetzt mein Job."

Owen lächelte. „Du bist echt stur."

„Kann sein, ja. Hat man mir schon öfter gesagt."

„Und du bist stark."

„Meine Güte, Owen, schließt du gerade mit allem ab?"

Er lachte ertappt und sagte: „Hast du einen Vorschlag, was ich stattdessen tun soll?"

„Überleg dir mit mir, wie wir hier rauskommen."

„Du bist wirklich unerschütterlich, oder?"

„Eigentlich ganz im Gegenteil … ich kämpfe nur dagegen an."

„Toll, ehrlich."

Für einen Moment kehrte wieder Schweigen ein, während Libby erneut ihre Handschellen in Augenschein nahm und nach einer Lösung suchte. Sie trug ihre eigenen Handschellen, das war ihr klar.

„An welchen Ort willst du gern mal reisen?", fragte Owen in die Stille hinein.

„Fängst du schon wieder an?", sagte Libby lachend.

„Ich mache nur Smalltalk."

„Das klingt aber sehr fatalistisch."

„War gar nicht so gemeint."

Libby überlegte kurz. „Ich würde gern mal zum Yellowstone. Meine Eltern waren schon dort und haben mir viel davon erzählt. Ich möchte auch mal nach Kanada, irgendwo in den einsamen hohen Norden, wo man Polarlichter sehen kann. Und New York fände ich toll."

„Oh, dahin will ich auch", sagte Owen. „Warst du schon mal außerhalb der Staaten?"

„Ja, einmal vor ein paar Jahren. Sadie war Gast auf einer Konferenz in London und Hayley war noch ganz klein. Wir sind alle mitgeflogen. Damals haben Sadie und Matt beschlossen, mich zu adoptieren. Ich war gerade erst bei ihnen."

„Finde ich immer noch toll von ihnen."

„Ja, das war es auch. Heute weiß ich, dass ich ihnen alles zu verdanken habe. Sie sind einfach die Besten."

Owen lächelte und wollte etwas erwidern, aber er kam nicht mehr dazu, weil die Tür geöffnet wurde.

Schlagartig wurde Libby heiß und sie war kurz davor, in Panik zu geraten. Sie hatte sich noch nicht überlegt, was sie jetzt tun sollte. Sie hatte doch noch gar keinen Plan.

Es waren Russell, Price und ein weiterer Mann, den Libby für Bob Hayes hielt, aber sie konnte sich nicht mehr sicher an das Foto erinnern. Hayes hatte etwas unter den Arm geklemmt, das wie eine große Plane aussah. Owen drückte sich instinktiv an das Regal, in seinen Augen stand die Todesangst geschrieben.

Price schloss das Tor hinter ihnen, während Russell erst mit abschätziger Miene zu ihnen herüber kam, sein Gesicht sich dann aber verdüsterte.

„Ihr haltet euch wohl auch für besonders schlau, was? Aber meinetwegen schreit nur, euch wird hier niemand hören", sagte er.

„Danke, das dachten wir uns schon", knurrte Owen.

„Nicht so vorlaut, Detective, oder wollen Sie enden wie Ihr Kollege Ian Wright?"

„War das nicht sowieso der Plan?"

Terry ging an Don vorbei und kam auf Libby zu. Er war furchteinflößend groß – und er hatte ein Messer in der Hand. An seinem Gürtel steckte eine Waffe und Libby vermutete, dass es sich um ihre oder Owens handelte. Für einen Moment blieb er stehen und musterte sie.

„Man sieht ja gar nicht, was sie zu bieten hat. Die Weste braucht sie ja sowieso nicht mehr."

Libby schluckte, während Price sich neben sie hockte und sich an ihrer kugelsicheren Weste zu schaffen machte.

„Lassen Sie meine Kollegin in Frieden!", brüllte Owen wütend, woraufhin Russell ihm mit geballter Faust auf die gebrochene Nase schlug. Als Owen vor Schmerz aufschrie, zuckte Libby zusammen.

Sie konnte sich nicht rühren. Zwar rutschte sie instinktiv zur Seite, als Price sich an ihr zu schaffen machte, aber es gelang ihm schließlich, ihr die kugelsichere Weste abzunehmen, so dass sie nur noch in ihrer Softshelljacke dasaß. Erleichtert war sie trotzdem für einen kurzen Moment, vom Gewicht der Weste befreit zu sein und wieder unbeschwert atmen zu können. Dann erst merkte sie, wie Russell und Price sie anstarrten.

„Du hattest Recht", sagte Russell. „Sie ist genauso hübsch wie die andere Polizistin. Macht sich bestimmt auch richtig gut."

Libbys Augen weiteten sich, als Russell sie anstarrte. Owen, dem das Blut wieder aus der Nase bis zum Kinn lief, sagte vorsorglich nichts.

„Oder, Detective? Verdammt, süß, deine kleine Partnerin. Dabei ist sie ja nicht mal Detective, oder? Hast sie dir rangeholt, weil sie ziemlich süß ist, was? Hat sie schon die Beine für dich breit gemacht?"

„Nicht in dem Ton", erwiderte Owen, woraufhin Russell ihm erneut ins Gesicht schlug. Owen stöhnte kurz und spuckte Blut vor sich auf den Boden. Er schnappte nach Luft und blickte kurz zu Libby, die tief Luft holte und sagte: „Lasst ihn gefälligst in Frieden!"

„Sonst was?" Russell lachte und nickte Price zu, der sich hinter Libby hockte und ihr unversehens ein Messer an die Kehle hielt. Er packte sie an den Haaren und drückte sie rücklings an sich.

„Was wollen Sie?", fragte Owen gepresst. Man konnte hören, dass er die Nase voller Blut hatte und kaum Luft bekam.

„Was wisst ihr bislang über uns?", fragte Russell.

„Deshalb sind wir hier? Damit wir euch unsere Ermittlungsergebnisse verraten?"

„Falsch, Detective. Deshalb bist du hier. Deine kleine Partnerin ist hier, weil wir ihren sexy Arsch gut brauchen können. Aber der leitende Ermittler bist du, oder? Sag uns alles, was ihr bislang wisst."

Owen schüttelte den Kopf. „Bestimmt nicht. Ihr bringt mich doch um, wenn wir damit durch sind."

„Sieh es mal so: Wir können dich auch gleich umbringen, wenn du nicht mitspielst. Die nötigen Planen und alles haben wir schon dabei …"

Libby entging nicht, wie Owen um Fassung rang. Er hatte immer noch Todesangst, versuchte aber, es sich nicht anmerken zu lassen.

„Also, was wisst ihr? Maxwell habt ihr ja inzwischen in Haft. Hat er geplaudert?", fragte Russell.

„Er hat gesagt, was er weiß. Das ist ja nicht allzu viel", entgegnete Owen.

„Ich will Details!", brüllte Russell. „Soll mein Freund deiner süßen Kollegin weh tun?"

„Nein", knurrte Owen und begann, zu reden. Es hatte ja keinen Sinn. Er begann von vorn und sagte ihnen, dass sie von Maxwells Spielschulden bei Russell und ihrer Vereinbarung wegen Cassidy wussten. Er erzählte auch davon, dass sie in Hamiltons Van bereits Holzspäne gesichert hatten. Außerdem sprach er davon, dass er wusste, was mit Cassidy passiert war – alles bis zum Moment ihres Todes.

„Der Gerichtsmediziner sagte, dass Cassidy erstickt ist", berichtete Owen mit nasaler Stimme. Erneut spuckte er Blut. „Ihr habt sie einfach sterben lassen."

Russell nickte. „Es wusste doch keiner, dass es ihr so schlecht geht!"

„Ach, ich bitte euch! Eine ihrer Rippen hat ihre Lunge perforiert und sie ist über einen längeren Zeitraum qualvoll erstickt."

„Stimmt. Irgendwann lag sie einfach da."

Owen schnaubte wütend. „Unfassbar. Ihr hättet sie retten können!"

„Wie schon gesagt, niemand wusste, dass es ihr schlecht ging. Wir haben dieses Video gedreht, von dem du gerade berichtet hast. Ich hatte meinen Spaß mit ihr und Maxwell ist dann ausgerastet und hat sie verprügelt. Ich habe nicht mehr mitbekommen, was dann passiert ist. Maxwell ist nach Hause gegangen und in der Nacht von Freitag auf Samstag war niemand mehr bei ihr. Als ich Samstag Morgen nach ihr gesehen habe, lag sie tot da. Ende der Geschichte."

Ungläubig schüttelte Owen den Kopf. „Das ist unmenschlich."

„Wir wollten nie, dass sie stirbt!"

„Ach, und hätte jemand gemerkt, dass es ihr schlecht geht, hätte sie ärztliche Hilfe bekommen? Dass ich nicht lache."

Russell zuckte mit den Schultern. „Was weiß ich. Keine Ahnung. Maxwell war jedenfalls nicht erfreut."

Schwer atmend starrte Owen ihn an. „Nicht erfreut ... Seine Dummheit wird euch den Hals brechen. Wir haben ja seinen Laptop mit den Filmen von Cassidy. Damit kriegen wir euch dran. Der DNA-Test des Spermas, das wir an ihrer Leiche sichergestellt haben, ist durch. Ich weiß, dass jeder von euch sie vergewaltigt hat. Das können wir beweisen. Wenn ihr uns jetzt umbringt, dann wird trotzdem weiter ermittelt."

Russell seufzte. „Das mit dem Laptop ist ungünstig und auch, dass euer Kollege die Filme im Darknet gefunden hat. Die neuen müssen wir noch ein bisschen zurückhalten und anders anbieten, damit man sie nicht zurückverfolgen kann. Aber das wird schon alles. Wir werden jetzt erst mal sehen, dass wir hier weiterkommen. Bislang haben die Cops keine Spur von uns und wir haben eine Starterlaubnis gleich für morgen früh bekommen. Genug Zeit also, es mit dir zu Ende zu bringen, Detective, und das Video mit deiner kleinen Partnerin zu drehen, das uns reich machen wird." Feist grinste er in Libbys Richtung. „Du wirst uns gleich noch sehr nützlich sein."

„Finger weg!", brüllte Owen wütend und wollte schon aufstehen, aber da rammte Russell seinen Kopf gegen den Stützpfosten des Regals und schnaubte: „Halt endlich dein Maul, oder ich schneide dir die Zunge raus und du wirst zusehen, wenn wir mit ihr vor die Kamera treten. Willst du das? Ich kann dich auch gern danach umbringen."

„Ihr seid doch vollkommen durchgedreht! Das klappt niemals. Ihr habt das nicht zu Ende gedacht!“

„Kann dir doch egal sein, du bist dann tot.“ Achselzuckend stand Russell auf. Libby hatte einen dicken Kloß im Hals. Als sie schluckte, spürte sie das Messer von Price an ihrer Kehle und Tränen in ihren Augen. Sie suchte Owens Blick und er erwiderte ihn fest. Er sah ihr geradewegs in die Augen, mit einer Mischung aus Bedauern, Sorge und … Libby wusste nicht, wie sie es nennen sollte, aber sie kannte diesen Blick von Kieran. Etwas krampfte sich um ihr Herz zusammen.

Endlich ließ Price sie los. Sie rutschte von ihm weg und kauerte sich instinktiv zusammen.

„Also dann, bringen wir es zu Ende“, sagte Russell. „Erschießen wir ihn und dann kümmern wir uns um das Video. Bob, nimm die Plane.“

Hayes und Price waren einverstanden. In diesem Moment tat Libby das einzige, was ihr einfiel – sie schrie. Das musste sie nicht spielen, sie hatte wirklich Angst. Allerdings wusste sie, dass sie die Männer damit aus dem Konzept bringen konnte. Sie musste sie irgendwie von Owen ablenken, denn gerade war die Gefahr für ihn am größten.

Und es klappte. Russell, der eigentlich schon unterwegs zu Owen gewesen war, ging weiter zu Libby und schlug ihr hart ins Gesicht.

„Sei gefälligst still, du kleine Schlampe!“, schnaubte er.

„Lasst mich in Ruhe!“, schrie Libby und es fiel ihr nicht schwer, ihre Panik vorzutäuschen. Sie blickte an Russell vorbei zu Owen und sah, wie nun Price zu ihm ging und ihm einen Fausthieb gegen den Kopf verpasste, bevor er seine Handschellen aufschloss.

Libby rutschte von Russell weg. „Nein, lasst mich einfach, ich will hierbleiben!“

„Bestimmt nicht“, sagte Russell kopfschüttelnd und schloss nun ihre Handschellen auf. Libby zappelte theatralisch und rutschte rücklings an die Wand zurück. Sie hielt ihre Hände vor sich, als wolle sie Russell abwehren, dabei wollte sie ihn dazu bringen, dass er ihr die Hände nicht auf dem Rücken fesselte.

„Halt still und dreh dich um!", schnaubte er, aber sie wimmerte nur und machte sich klein. Er wiederholte seine Aufforderung, woraufhin Libby den Kopf unter den Armen vergrub. Stöhnend griff Russell nach ihren Unterarmen und ließ die Handschellen wieder um ihr freies Handgelenk zuschnappen. Es hatte geklappt, aber Libby wimmerte weiterhin. Als Russell sie empor zerrte, blickte sie zu Owen, den Price gerade bäuchlings an die Wand gedrückt hatte und dem er die Hände wieder auf dem Rücken fesselte. Owen kniete am Boden und blickte entsetzt zu Libby.

Er kaufte ihr das Schauspiel also auch ab. Das war gut.

„Wir sollten es nicht hier drin machen", sagte Hayes mit der Plane in der Hand.

„Was? Warum nicht?", fragte Russell.

„Die Plane ist gut für den Boden, aber was ist mit den Wänden? Der Raum ist klein. Willst du hier schon wieder alles putzen?"

„Und was ist dein Vorschlag? Willst du ihn draußen abknallen?", fragte Price verständnislos.

„Ich bitte euch, wir sind hier mitten im Nirgendwo, das merkt niemand."

Russell überlegte kurz, dann nickte er.

„Bitte nicht", bat Owen leise, doch Price zerrte ihn mühelos hoch. Russell tat dasselbe mit Libby und steckte ihr dann den Knebel wieder in den Mund. Price knebelte Owen ebenfalls, der noch kurz protestierte und die ganze Zeit über zu Libby blickte. Als sie fertig waren, öffnete Hayes die Tür wieder und die Männer brachten Owen und Libby aus dem Raum.

Draußen war es düster, Libby vernahm das Rauschen vorbeifahrender Autos. Als sie sich umdrehte, sah sie den Grund dafür – die Lagerräume lagen direkt am Freeway, dahinter erkannte sie in der Ferne Tower und Terminal des Flughafens. Sie wusste, wo sie waren und Hayes hatte Recht: Sie befanden sich wirklich mitten im Nirgendwo in der Einflugschneise des Flughafens. Einen Schuss würde niemand hören.

Owen protestierte immer wieder erstickt und versuchte, sich

gegen Price zu wehren, doch Price überragte ihn um mehr als einen Kopf und hatte keinerlei Mühe damit, ihn festzuhalten.

Gerade wusste sie nicht, ob sie es gut finden oder verfluchen sollte, dass sie ihre kugelsichere Weste nicht trug. Sowohl bei Price als auch bei Russell hatte sie Waffen gesehen. Das würde verdammt gefährlich werden. Aber sie hatte ja ohnehin keine Wahl.

Russell zerrte sie mit sich an weiteren Rolltoren vorbei bis an die Rückseite des Gebäudes. Jetzt konnte man sie vom Freeway aus nicht mehr sehen und vor ihnen erstreckte sich nur noch das einsame Gelände einer Baumschule. Die Laternen der nächsten Straße sah Libby erst in einiger Entfernung.

Hayes breitete die große Plane auf dem Boden aus. Mit Herzrasen beobachtete Libby ihn dabei und überlegte. Wenn Hayes keine Waffe hatte, war er kein Problem, aber die anderen waren eins.

Owen schrie etwas, das wie ein ersticktes Nein klang. Er hatte wirklich Todesangst. Libby spürte, wie fest sie von Russell festgehalten wurde. Seine Waffe steckte noch an seinem Gürtel, das wusste sie – auf seiner linken Seite.

Es war gefährlich. Wahnsinnig gefährlich. Libby wusste, dass sie jetzt keinen Fehler machen durfte, sonst waren sie und Owen tot. Price hatte seine Waffe schon in der Hand.

Sie versuchte, Owens Namen zu rufen. Price schob Owen auf die Plane und brüllte ihn an, dass er sich hinknien sollte. Libby versuchte, genau zu erspüren, wie Russell hinter ihr stand, holte unvermittelt mit dem Kopf aus und rammte ihm mit aller Kraft, die sie aufbringen konnte, den Hinterkopf ins Gesicht. Sie war etwas kleiner als er, aber sie traf trotzdem seine Nase und brachte ihn so weit aus dem Konzept, dass er sie tatsächlich los ließ.

Sie hielt sich nicht länger mit ihm auf, denn seine Waffe klemmte gesichert an seinem Gürtel. Sie sah aber, dass sie Price aus dem Konzept gebracht hatte, der die Waffe tatsächlich nicht länger auf Owen richtete, sondern nun auf sie zielte.

Sie zögerte keine Sekunde, sondern rannte zu Price und machte sich jetzt die Tatsache zunutze, dass sie ihre kugelsichere

Weste nicht mehr trug. Mit einem gezielten Tritt gegen die Hand brachte sie Price dazu, die Waffe fallen zu lassen. Sie landete zwischen ihm und Owen, der noch versuchte, zu verstehen, was um ihn herum geschah. Libby war unaussprechlich froh, dass er noch seine kugelsichere Weste trug und hoffte, dass er einfach davonlief, während sie an Price vorbei zur Waffe sprintete und mit gefesselten Händen danach griff. Gerade störten die Handschellen sie nicht im Geringsten.

Price brüllte vor Wut und Erstaunen und im nächsten Moment knallte es. Libby drehte sich um und sah, dass Russell nun seine Waffe in der Hand hielt. Im Augenwinkel bemerkte sie, dass Owen reglos am Boden lag. Libby schrie erstickt. Immer noch am Boden kniend, zielte sie auf Russell und schoss, während Price in ihre Richtung stürmte. Doch darauf achtete Libby nicht. Sie musste Russell ausschalten, sah aber, dass er bereits getroffen war. Auf seiner Brust entdeckte sie einen Blutfleck, der rasch größer wurde. Dennoch hob er die Waffe wieder, so dass Libby sich einfach zu Boden warf. Der Schuss verfehlte sie erneut knapp und traf das Gebäude hinter ihr. Russell sackte auf die Knie und ließ die Waffe fallen.

Price war fast bei ihr und wollte sie angreifen. Libby reagierte sofort und schoss ihm ohne weitere Vorwarnung ins Bein. Price brüllte vor Schmerz und als Libby auf seinen Kopf zielte, legte er sich tatsächlich auf den Boden und nahm die Hände über den Kopf. Hastig zog sie sich den Knebel aus dem Mund, zielte mit ihrer Waffe auf ihn und rief: „Keine Bewegung!"

Price hielt still. Keuchend blickte Libby zu Owen und versuchte, zu erkennen, wo er getroffen war und ob er noch lebte, aber in der Dunkelheit konnte sie nichts sehen.

In diesem Moment wollte Hayes zu Russell laufen und dessen Waffe an sich nehmen, aber Libby schoss ihm vor die Füße, so dass er stehen blieb. Sie ließ ihn nicht aus den Augen, während sie hinüberrannte und sich zwischen Hayes und den sterbenden Russell und seine Waffe brachte. Sie trat gegen die Waffe und beförderte sie meterweit weg,. Anschließend brachte Libby Hayes dazu, sich ebenfalls auf den Bauch zu legen.

Plötzlich stieß Owen erstickte Laute aus, um sie zu warnen. Price war dabei, wieder aufzustehen und wollte auf sie losgehen.

„Stehenbleiben!“, brüllte Libby, aber er dachte gar nicht daran. Ohne nachzudenken, schoss sie auf Price. Auch ihn traf sie in die Brust, so dass er augenblicklich stehenblieb und Sekunden später in sich zusammensackte. Zitternd beobachtete Libby ihn dabei und riskierte es dann, die Waffe kurz wegzulegen und mit zitternden Händen bei Russell nach den Schlüsseln für die Handschellen zu suchen. Endlich wurde sie in seiner Hosentasche fündig. Owen lag stöhnend am Boden, aber er bewegte sich. Hayes tat das zum Glück nicht.

Das Zittern ihrer Hände machte es ihr beinahe unmöglich, sich selbst in diesem Moment die Handschellen aufzuschließen. Sie fluchte leise, Tränen brannten in ihren Augen. Das war die Anspannung. Als sie es geschafft hatte, erklärte sie Hayes, dass er festgenommen war und legte ihm die Handschellen an.

Nun konnte sie sich endlich um Owen kümmern. Hastig kniete sie sich neben ihn und bemerkte mitten in seiner kugelsicheren Weste, etwa auf Höhe des Brustbeins, eine Kugel, die in der Weste steckengeblieben war.

„Bist du okay?“, fragte sie leise, nachdem sie ihm den Knebel aus dem Mund gezogen hatte.

Owen nickte zähneknirschend. „Ja … außer dass es sich anfühlt, als säße ein Elefant auf meiner Brust … ich kriege kaum Luft.“

„In deiner Weste steckt ein Projektil.“

„Ja, das merke ich … verflucht noch mal.“

„Kannst du dich hinsetzen?“

„Ich versuche es.“

Libby war ihn dabei behilflich und befreite auch ihn von den Handschellen. Erst danach stand sie auf, um bei Price und Russell den Puls zu fühlen.

„Libby“, sagte Owen gepresst. Sie kehrte sofort zu ihm zurück.

„Kannst du mir aufhelfen? Bitte nimm mir die Weste ab.“

Sie nickte und reichte ihm eine Hand, um ihn hochzuziehen. Nachdem er aufgestanden war, hob er die Arme und ließ sich von ihr die kugelsichere Weste ausziehen. Erleichtert schnappte er nach Luft. Er sagte kein Wort, als er sie umarmte und fest an sich drückte.

Zuerst stand Libby wie eine Salzsäule da und rührte sich nicht. Nur langsam erwiderte sie die Umarmung, vergrub den Kopf an Owens Schulter und kämpfte nicht länger gegen die Tränen. Wortlos wiegte Owen sie in den Armen, strich über ihren Rücken und ihr Haar. Diese Geste war so liebevoll, dass Libby laut zu schluchzen begann.

„Danke“, sagte Owen leise. Nun hob Libby den Kopf und sah ihm direkt in die Augen.

„Es war doch unsere einzige Chance …“

„Das war unglaublich. Beherrschst du irgendeine Kampfsportart?“

Libby nickte. „Habe ich schon gelernt, bevor ich zur Polizei gegangen bin.“

„Das konnte man sehen. Der Tritt, mit dem du Price entwaffnet hast, sah geübt aus. Du wusstest genau, was du da machst.“

„Ich wollte nicht, dass er dich erschießt“, stieß Libby weinend hervor.

Owen lächelte. „Mir geht es gut. Komm, rufen wir die Kollegen.“

Hayes hatte ihnen verraten, dass Russell ihre Handys im Transporter versteckt hatte, der gleich in der Nähe geparkt war. Die Waffen, die Owen und Libby den Männern abgenommen hatten, waren tatsächlich ihre eigenen. Nachdem auch Owen sich wieder bewaffnet hatte, verständigte er mit seinem Handy die Kollegen, die längst unter Hochdruck nach ihnen suchten. Er beschrieb ihnen, wo sie sich befanden, gab an, dass es zwei Tote gegeben hatte und bat um einen Krankenwagen.

„Wo verstecken sich die anderen?“, fragte er dann an Hayes gerichtet, der gefesselt am Boden saß und ihnen bislang schweigend zugesehen hatte.

„Findet es doch selbst heraus", knurrte er.

Owen ging vor ihm in die Hocke. „Du hast bei unserer Entführung geholfen und wolltest zusehen, wie Price mich erschießt. An deiner Stelle würde ich mal zusehen, dass ich mich ein bisschen beliebt mache, oder nicht?"

Die beiden taxierten einander genau, bevor Hayes den Blick senkte und sagte: „Flamingo Motel, Zimmer 206."

„Danke", knurrte Owen und setzte die Kollegen auch darüber in Kenntnis. Libby erlebte das alles wie in Trance. Sie stand frierend hinter Owen und starrte auf die Leichen.

Jetzt hatte sie jemanden erschossen.

Sie hatte keine Wahl gehabt, aber es war trotzdem ein grässliches Gefühl. Es tat ihr weder um Russell noch um Price leid, aber jemanden zu töten fühlte sich nicht gut an.

Wenigstens ging es Owen gut.

In diesem Moment legte er auf und kam wieder zu ihr hinüber. „Die Kollegen sind unterwegs, um die anderen festzunehmen. Wir haben sie, Libby. Es ist vorbei. "

Sie nickte langsam. Jetzt vernahmen sie die Sirenen eines Krankenwagens, der sich dem Gelände schnell näherte. Die beiden sahen ihn schon ein ganzes Stück vorher und winkten ihm, was die Sanitäter im Licht der Scheinwerfer schließlich auch sahen. Sie hielten gleich neben ihnen, ohne die Zufahrt zu versperren, und stiegen rasch aus.

„Die sind tot", sagte Owen unbeeindruckt und deutete auf Russell und Price. „Meine Kollegin und ich brauchen Ihre Hilfe."

„Vor allem du", sagte Libby.

„Was ist passiert?", erkundigte sich einer der Sanitäter. Libby blieb ein wenig abseits stehen, während Owen erzählte. Die Sanitäterin kam zu ihr und sah sich die Platzwunde an Libbys Augenbraue an.

„Das sollte genäht werden", sagte sie. „Ist aber keine große Sache. Fehlt Ihnen noch etwas?"

Libby schüttelte den Kopf. Der Sanitäter war derweil damit beschäftigt, Owen zu untersuchen. Er hatte inzwischen Jacke und Pullover ausgezogen, so dass ein imposanter Bluterguss auf seiner Brust zum Vorschein gekommen war, den das Projektil verursacht hatte. Der Sanitäter bat ihn, auf der Trage Platz zu nehmen, und untersuchte seine Verletzungen weiter.

Darüber trafen auch die Kollegen von der Polizei ein. Libby freute sich, Miguel zu sehen und umarmte ihn kurz.

„Meine Güte, ich hatte schon die schlimmsten Befürchtungen, als es vorhin hieß, Young hätte einen Notruf abgesetzt", sagte Miguel. „Was war denn hier los?"

„Ach, frag nicht", sagte Libby kopfschüttelnd. „Ich bin froh, dass ich noch lebe."

Hayes wurde abgeführt und die Sanitäter waren schließlich abfahrbereit. Owen und Libby erhielten von den Kollegen die Ankündigung, bald eingehend zu den Vorgängen befragt zu werden, aber zuerst ließ man sie ins Krankenhaus fahren. Die Sanitäter waren damit einverstanden, dass Libby hinten bei Owen mitfuhr.

Sie fühlte sich eigenartig, während sie seitlich im Krankenwagen saß und sich festhielt. Die Fahrt zum nächsten Krankenhaus war zum Glück nur kurz, aber Owen sah sie die ganze Zeit über an. Es fiel Libby schwer, seinen Blick zu erwidern, weil sie wusste, wie er empfand.

Sie wusste nur nicht, was sie fühlen sollte.

„Hey", sagte Owen und tastete mit seiner Hand nach ihrer. Libby zog sie nicht weg, sondern drückte seine Hand und lächelte.

„Du hast mir da vorhin das Leben gerettet, Libby. Das werde ich dir nie vergessen."

Sie lächelte scheu. „Das musste ich doch."

„Das war mehr als eine tolle Leistung. Was Russell und Price angeht, werden sie dich grillen, aber du hast alles richtig gemacht. Das werde ich auch aussagen."

„Danke. Ich bin bloß froh, dass das jetzt ein Ende hat … und dass es doch so etwas wie Gerechtigkeit für Cassidy gibt."

Owen nickte bloß. Sie konnten nicht weiter reden, weil sie das Krankenhaus bereits erreicht hatten. Die Sanitäter brachten Owen auf der Liege in die Notaufnahme, während sie Libby in die Wartezone verwiesen.

Dort angekommen, zog sie ihr Handy aus der Tasche. Halb vier Uhr nachts. Sie schrieb Kieran eine Nachricht, dass sie wohlauf war und so bald wie möglich nach Hause kommen würde. Vermutlich schlief er, zumindest hatte sie von ihm auch keine Nachricht bekommen.

Das fand sie bezeichnend. Einerseits war es ihm nicht vorzuwerfen – er ging davon aus, dass ihr Einsatz länger ging und hinterfragte es nicht.

Andererseits versetzte es ihr einen Stich ins Herz, dass er sich nicht einmal erkundigt hatte. Sie hatte sich in großer Gefahr befunden und er hatte keine Ahnung gehabt.

Nein, Kieran würde ihr wirklich nie sagen, dass sie perfekt für das FBI geeignet war. Er würde die Krise wegen dem bekommen, was gerade vorgefallen war. Und obwohl Libby Blut und Wasser geschwitzt hatte, tat es ihr nicht leid. Sie hatte ja gewusst, was sie in diesem Job erwarten würde und sie war immer noch überzeugt von ihrer Entscheidung. Kieran würde es vermutlich nicht sein. Er war eben nicht wie Owen.

Sie steckte ihr Handy weg, fuhr sich durchs Haar und stützte den Kopf in die Hände. Sie wusste jetzt schon, dass Kieran nicht mit ihr nach Quantico gehen würde.

Es stand eine Entscheidung an.

Oder war sie einfach nur übermüdet und vollkommen gestresst?

Sie dachte weiter darüber nach, während sie auf Owen wartete. Augenblicke später klingelte ihr Handy – es war Miguel.

„Hey, alles okay bei dir?“, fragte er.

„Ja, ich habe mich gerade zusammenflicken lassen.“

„Und der Detective?“

„Wird noch behandelt. Ihn haben sie übler erwischt als mich.“

„Ja, so sah er auch aus. Mann, ich kann noch nicht glauben, dass du wirklich diese beiden Typen erschossen hast.“

„Ist jetzt nicht so, als hätte ich eine Wahl gehabt.“

„Glaube ich dir.“

„Der Captain sagte vorhin noch, du und Young sollt erst mal eine Mütze Schlaf nachholen und dann irgendwann morgen im

Department erscheinen, um eure Aussagen zu machen. Falls der Detective das überhaupt schon kann."

„Wir werden sehen. Das mache ich, danke. Gute Nacht, Miguel."

Sie verabschiedeten sich voneinander. In diesem Moment fühlte sie sich nicht müde, deshalb kam es für sie nicht in Frage, nach Hause zu fahren. Sie wollte wissen, wie es Owen ging. Jetzt konnte sie nicht einfach verschwinden.

Die Eindeutigkeit dieses Gefühls wurde ihr nur allzu bewusst, während sie sich nach ihm erkundigte und unweit des Behandlungsraums Platz nahm, in dem er noch zusammengeflickt wurde. Es dauerte noch eine ganze Weile, bis er irgendwann in einem Rollstuhl herausgebracht wurde.

Bedeutend besser sah er allerdings nicht aus. Er trug ein Krankenhemd über seiner Jeans. Wenigstens klebte kein Blut mehr in seinem Gesicht und über der Nase trug er ein Pflaster. Auch seine Platzwunden hatte man inzwischen genäht, aber dass es ihn böse erwischt hatte, war offensichtlich.

„Libby", sagte er überrascht, als er sie sah. „Du bist ja immer noch hier."

„Klar, wo soll ich sonst sein?"

„Zu Hause im Bett … da wäre ich jetzt jedenfalls gern, aber sie wollen mich noch bis morgen hierbehalten. Ich habe die Rippen geprellt und mein Brustbein hat wohl auch einiges abbekommen."

„Ja, so sah das vorhin auch aus …"

„Ich bringe Sie gleich auf Station", sagte die Schwester zu Owen und ließ die beiden kurz allein, während sie sich darum kümmerte, dass Owen ein Zimmer bekam.

„Ich werde schon wieder. Die Weste hat mich gerettet. Und du." Er lächelte sie direkt an, doch das war ihr unangenehm.

„Owen, ich … ich bin völlig fertig. Ich bin wahnsinnig froh, dass es dir gut geht, aber ich kann gerade nicht klar denken."

„Nein, schon gut. Geh nach Hause, Libby. Ich komme hier schon zurecht."

Sie nickte dankbar und verabschiedete sich von ihm. Vor dem Krankenhaus nahm sie ein Taxi und ließ sich über den Freeway zum Department bringen. Von dort aus fuhr sie das kurze Stück mit ihrem Auto nach Hause und wankte mit weichen Knien in ihre Wohnung.

Alles war dunkel und still und sie bemühte sich darum, dass es so blieb, doch als sie das Schlafzimmer betrat, wachte Kieran auf.

„Libby?"

„Ja, ich bin es", erwiderte sie leise. Er schaltete seine Leselampe ein und brauchte erst einen Moment, um wach zu werden, aber dann sah er ihren aufgelösten Zopf und die Blutspritzer in ihrem Gesicht.

„Du meine Güte, was ist denn mit dir passiert?"

Libby riss sich die Kleidung vom Leib und streifte ihren Pyjama über. „Willst du das wirklich jetzt hören?"

„Natürlich will ich das hören. Du siehst schlimm aus. In deinem Gesicht klebt Blut."

„Du solltest Owen sehen."

„Den Detective? Was war denn los?"

„Wir sind aufgeflogen. Unsere verdeckten Ermittler wurden getötet und wir sind prompt in eine Falle getappt." Libby setzte sich neben Kieran ins Bett, der sie ungläubig ansah.

„Eine Falle? Und was soll das bitte heißen?"

„Dass sie uns unschädlich machen wollten."

„Unschädlich machen? Kannst du mal Klartext reden?"

„Okay." Libby holte tief Luft. „Sie haben unsere Kollegen erschossen. Wir haben noch versucht, das zu verhindern, aber da haben sie uns überwältigt und Owen und mich verschleppt. Sie wollten uns umbringen, nachdem wir ihnen gesagt haben, was wir wissen."

Fassungslos starrte Kieran sie an. „Und das sagst du einfach so?"

„Da du das nachts um halb fünf wissen willst … ja."

„Mein Gott, Libby … wie um alles in der Welt seid ihr da rausgekommen?"

„Ich bin Polizistin, Kieran. Ich habe gelernt, was in solchen Situationen zu tun ist. Tatsache ist, dass ich zwei dieser Männer erschossen habe und morgen im Department deshalb eine Aussage machen muss. Aber erst mal muss ich schlafen."

„Toll, und wie soll ich jetzt noch schlafen?"

Libby konnte es nicht fassen. Sie war müde und gereizt und sagte: „Du hast doch gerade gefragt, oder nicht? Deshalb wollte ich es dir jetzt nicht erzählen. Du solltest dich nicht aufregen."

„Mein Gott, du bist erst seit vier Monaten bei der Polizei und sie hätten dich schon fast umgebracht! Und du willst wirklich zum FBI?"

Stöhnend verdrehte Libby die Augen und ging ins Bad, um sich das Blut abzuwaschen. „Siehst du, das hatte ich befürchtet. Du musst es nicht verstehen, Kieran, aber du könntest die Entscheidung für meinen Lebensweg wenigstens akzeptieren."

„Hey, ich bin auch noch da! Ich finde es vielleicht nicht so witzig, jedes Mal Angst um meine Freundin zu haben, nur weil sie zur Arbeit geht!"

Libby kehrte ins Schlafzimmer zurück und sah ihn gequält an. „Ich verstehe dich, aber müssen wir das jetzt diskutieren? Ich bin total am Ende."

„Libby …"

„Nein. Im Gegensatz zu mir hast du schon geschlafen. Ich habe da vorhin verhindert, dass Owen und ich erschossen werden und ich möchte einfach nur schlafen, okay?"

Es war nicht okay, das konnte sie Kieran ansehen, aber er sagte nichts mehr und löschte das Licht wieder.

SONNTAG, 15. NOVEMBER

Trotz allem war Libby ziemlich schnell eingeschlafen. Sie wusste nicht, ob das für Kieran auch galt – als sie gegen Mittag wieder aufwachte, war er bereits wieder auf den Beinen und gab sich schweigsam. Er war sauer, das war offensichtlich.

„Lass uns reden, wenn ich wieder zurück bin", schlug sie vor.

„Ja, das sollte wir vielleicht … ich muss auch noch was mit dir besprechen", erwiderte Kieran.

„Klingt ja gefährlich."

„Gar nicht, aber es ist wichtig."

„Okay. Ich hab dich lieb. Bis später." Sie lächelte zum Abschied, während sie ihren Schlüssel nahm und sich auf den Weg zum Department machte.

Von diesen Verhören hatten ihre Eltern auch einige erlebt. Sie hatten in ihrer aktiven Zeit öfter Dinge getan, die einer Rechtfertigung bedurft hatten, deshalb hatte Libby keine Angst davor, jetzt ihre Aussage zu machen. Das würde schon werden.

Sie war vor Owen dort und sprach mit dem Captain persönlich. Genauestens schilderte sie ihm den Hergang der Ereignisse der vergangenen Nacht und erklärte insbesondere, was zu ihren tödlichen Schüssen auf die beiden Männer geführt hatte.

„Russell hatte schon auf Detective Young geschossen. Zum Glück hat er ihn nur in die Weste getroffen, aber ich trug immer noch die Handschellen und konnte nichts weiter tun als zu schießen, sowohl auf Russell als auch auf Price, der ja auch noch eine Waffe hatte. Ich hatte Angst", sagte Libby.

„Sie wollten kein Risiko eingehen und er war immer noch bewaffnet."

„Ich wollte ihn zwar nicht unbedingt töten, aber ich wollte ihn aufhalten. Mein Schuss in sein Bein hatte ihn ja schon nicht sonderlich beeindruckt … ich wusste einfach nicht, wie ich die Lage in den Griff bekommen soll."

„Nun, Sie hatten ihn gewarnt und Sie sind an der Waffe ausgebildet, um sich im Notfall zu verteidigen. Nichts weiter haben Sie getan."

Libby fiel ein Stein vom Herzen, als der Captain das sagte, obwohl sie die Sachlage kannte und wusste, dass es in Ordnung war. „Ich wünschte, ich hätte in dem Moment eine andere Möglichkeit gesehen."

„Nun, Detective Young wird mir das ja auch noch schildern, aber so wie ich das sehe, war es extrem unwahrscheinlich, dass Sie beide das überhaupt überstehen. Machen Sie sich keine Sorgen, Officer. Sie haben ganze Arbeit geleistet."

Libby war unendlich froh, dass das alles so unkompliziert ablief. Schließlich verließ sie den Raum und blieb abrupt stehen, als sie Owen entdeckte, der auf einem Stuhl an der Wand saß und wartete.

Jetzt sah er etwas besser aus, auch wenn er immer noch das dicke Pflaster auf der Nase trug. Er war aber zu Hause gewesen und hatte sich frische Kleidung angezogen, sogar geduscht sah er aus.

„Hey", sagte Libby zu ihm, so dass er den Kopf hob und sie ansah.

„Hey", erwiderte er mit einem Lächeln. „War nicht schlimm, oder?"

„Nein, war okay."

„Hab ich dir doch gesagt. Alles gut."

„Wie geht es dir?"

Owen zuckte mit den Schultern. „Mit Schmerzmitteln geht es. Arbeitsfähig bin ich jetzt erst mal nicht, aber immerhin hat man mich vorhin aus dem Krankenhaus entlassen und zu Hause war ich auch schon. Und bei dir? Alles okay?"

„Alles gut soweit. Mein Freund hat heute Nacht den Schreck seines Lebens bekommen … gleich wollen wir reden, wenn ich wieder zu Hause bin."

Wissend zog Owen die Brauen hoch. „Das Gespräch möchte ich nicht führen müssen."

Libby lachte kurz. „Ich auch nicht, aber es bleibt mir wohl nichts anderes übrig. Wenigstens leben wir noch … Die haben zuletzt wirklich einige Fehler gemacht."

„Ja, das geht vielen Verbrechern so, wenn sie merken, dass die

Luft dünn wird", sagte Owen grinsend und fuhr nach einer kurzen Pause fort: „Ich will gar nicht, dass unsere Zusammenarbeit schon endet."

„Tut sie das denn?"

„Wenn wir jetzt den Papierkrieg fertig haben, ja."

„Dann muss ich zurück auf Streife." Libby seufzte tief und verzog das Gesicht. „Na toll."

„Das ist eine beschissene Vergeudung von Talent."

„Tja, ich muss das jetzt durchziehen, fürchte ich."

Owen brummte missfällig. „Du warst mir so eine große Hilfe."

„Ich habe das auch gern gemacht", sagte sie lächelnd.

„Ah, Detective", sagte der Captain, der nun ebenfalls aus dem Besprechungsraum kam. „Dann können wir ja gleich weitermachen."

„Viel Erfolg", sagte Libby. Langsam quälte Owen sich von seinem Stuhl hoch und folgte dem Captain. Die beiden warfen sich noch einen langen Blick zum Abschied zu, dann machte Libby sich auf den Weg nach Hause.

Sie musste auch noch Sadie anrufen. Irgendwie hatte sie das Bedürfnis, mit ihrer Mum über alles zu sprechen. Aber bevor sie das tun konnte, wartete Kieran auf sie.

Besondere Sehnsucht nach diesem Gespräch hatte sie wirklich nicht, denn sie wusste nicht, wie es weitergehen sollte. Sie war nun schon so lang mit ihm zusammen, ihr lag viel an ihm. Aber sie brauchten auch eine gemeinsame Basis.

Sie war nicht überrascht, Kieran vor dem Computer vorzufinden, als sie nach Hause kam. Er hörte aber gleich auf und kam zu ihr, nachdem sie sich umgezogen hatte und ihn auf dem Sofa erwartete.

„Wie ist es gelaufen?", fragte er.

„Ganz gut eigentlich. Owen und ich waren in Lebensgefahr, also durfte ich schießen. So könnte man es zusammenfassen."

„Das ist gut." Kieran näherte sich mit einigen Blättern Papier in der Hand, legte sie aber umgedreht auf den Couchtisch, während er sich zu ihr setzte.

„Du hast mir heute Nacht wirklich einen ganz schönen Schrecken eingejagt", sagte er.

„Ich weiß. Das tut mir auch leid. Aber ich bin Polizistin, das gehört zu meinem Job. Nicht umsonst darf ich eine Waffe tragen und sie auch benutzen."

„Was ist denn überhaupt passiert? Willst du mir davon erzählen?"

„Die Frage ist eher, ob du es hören willst."

Kieran nickte entschlossen. „Doch, will ich."

Also begann Libby, ihm der Reihe nach davon zu erzählen, was sich in der vorigen Nacht zugetragen hatte. Sie erzählte davon, wie unspektakulär Ians und Karens Einsatz begonnen hatte, wie alles entgleist war und auch davon, wie man sie und Owen entführt und bedroht hatte. Zwar versuchte sie, nicht zu sehr ins Detail zu gehen, aber Kieran war dennoch sichtlich erschüttert. Als sie zuguterletzt davon berichtete, wie sie allein sich und Owen gerettet hatte, stand ihm die Fassungslosigkeit ins Gesicht geschrieben.

„Das erzählst du so, als wäre nichts dabei", sagte er.

„Wie soll ich das sonst erzählen? Es war die Hölle, Kieran. Wir hatten Todesangst. Ich hatte ja auch keine Ahnung, dass das passieren würde, verstehst du?"

Mit gesenktem Kopf und ohne sie anzusehen sagte er: „Mir wird schlecht, wenn ich darüber nachdenke, was dir beinahe zugestoßen wäre."

„Es geht mir gut."

„Mag sein, dass dich das nicht schockiert, weil du so etwas schon erlebt hast, aber ich finde das echt krass."

„Das ist es auch", sagte Libby beschwichtigend. „Dass mich schon mal ein Serienmörder umbringen wollte, sollte hier kein Maßstab sein. Trotzdem hilft mir das dabei, einzuordnen, was da heute Nacht passiert ist."

„Und es macht dich gar nicht fertig, was die dir beinahe noch angetan hätten?"

„Was, du meinst, dass ich die Hauptdarstellerin in einem ihrer kranken Pornos werden sollte? Natürlich hatte ich Angst davor, aber ich wollte verhindern, dass das passiert. Da hilft es nicht, wie ein Kaninchen vor der Schlange zu hocken und handlungsunfähig zu werden. Das war ich damals bei Ron, verstehst du? Das habe ich nicht kommen sehen, was im Nachhinein betrachtet dumm war, weil ich die Anzeichen hätte bemerken müssen. Aber er hat mich kalt erwischt. Das soll mir nie wieder passieren, Kieran. Ich will nie wieder unter einem fremden Kerl liegend aus der Bewusstlosigkeit aufwachen und mich fragen, wie zum Teufel ich da hingekommen bin."

„Du hättest sterben können."

„Ja, ich weiß. Worum geht es dir hier? Ich lasse mich jetzt nicht davon runterziehen, was hier passiert ist! Ich fühle mich jetzt nicht schlecht, ich habe Owen und mir das Leben gerettet."

„Du sollst dich auch nicht schlecht fühlen – warum auch? Ich komme nur mit deiner abgebrühten Art nicht klar. Das ist mir zu hoch."

„Und was sollen wir jetzt machen?"

Kieran holte tief Luft und griff nach den Blättern auf dem Tisch. „Womit wir beim nächsten Thema wären. Mich hat am Donnerstag ein Headhunter kontaktiert."

„Ein Headhunter? Am Donnerstag?" Libby war wie vor den Kopf geschlagen.

„Ich habe am Freitag mit ihm telefoniert. Er ist durch das Thema meiner Abschlussarbeit auf mich aufmerksam geworden. Ich habe mich doch darin mit neuen Materialien zur Gewichtsreduktion bei Flugzeugen beschäftigt."

Libby nickte. „Ich erinnere mich."

„Airbus ist da gerade mit dem A350 auf dem Vormarsch, der wird mit speziellen Verbundwerkstoffen gebaut, um Gewicht zu reduzieren und Kraftstoff zu sparen. Mit solchen thermoplastischen Composites habe ich mich ja in meiner Bachelorarbeit auseinandergesetzt und anscheinend hatte ich da eine Idee, auf die man jetzt bei Boeing aufmerksam geworden ist. Die wollen natürlich gleichziehen."

„Oh. Wow", sagte Libby überrascht. „Das ist ja ein Ding."

„Ich habe auch nicht damit gerechnet. Die sind gerade dabei, ein Team zum Thema zu bilden und haben einen Headhunter auf passende Leute angesetzt. Deshalb hat er mich kontaktiert."

„Okay …"

„Ich habe am Freitag ein Videotelefonat mit ihm geführt. Das war schon fast ein Vorstellungsgespräch. Vielleicht war es auch eins … ich weiß es nicht. Jedenfalls hat er mir einen Job angeboten. Mir ganz persönlich. Ich muss nur ja sagen. Die bieten mir ein Gehalt, das um die Hälfte höher ist als das, was ich jetzt verdiene, einen Firmenwagen, einen Mietzuschuss, eine Top-Krankenversicherung, sie bezahlen den Umzug … Die wollen mich haben."

Libby machte große Augen. „Und jetzt kommt der Haken."

Kieran nickte langsam. „Der Job ist angesiedelt beim Hauptsitz in Seattle."

„In Seattle", wiederholte Libby ungläubig.

„Der Job wäre der Hammer, Libby. Hier langweile ich mich gerade, am Flughafen zu arbeiten war ja nie mein Traum. Ich will Entwickler sein! Ich will die Flugzeuge von morgen bauen. Mit diesem Job könnte ich das."

„Ich weiß … aber weißt du auch, wo Seattle ist?"

„Ja, ziemlich weit weg von hier."

„Weit weg von hier … und noch viel weiter weg von Quantico."

Kieran seufzte tief. „Das ist eine einmalige Chance. Die wollen mich. Die stellen mich ein, ohne mich persönlich gesehen zu haben. Das ist ein echter Traumjob, verstehst du?"

„Ja, das verstehe ich sogar sehr gut." Libby schloss die Augen und fuhr sich mit den Händen übers Gesicht. Dann sah sie Kieran wieder an und sagte: „Dieser Job ist für dich das, was für mich die BAU in Quantico ist."

Schweigend erwiderte er ihren Blick. Für einen Moment war es totenstill im Raum.

„Ist denn kein Flugzeughersteller in Virginia angesiedelt?", fragte Libby leise.

„Die NASA hat ihren Hauptsitz in Washington, D.C.", sagte Kieran. „Dumm nur, dass das Angebot nicht von denen kommt."

„Und wenn du dich dort bewirbst?“

„Das hatte ich ja auch überlegt für den Fall, dass du nach Quantico gehst. Aber das hier … Ich will das machen, verstehst du?“

Libby schluckte. „Nur Alaska ist noch weiter weg von Quantico als Seattle. Sonst fällt mir nicht viel ein …“

„Ich weiß, das ist schon ein echter Brocken. Wir müssen das auch nicht jetzt entscheiden, ich habe mir eine Bedenkzeit bis Dienstag erbeten.“

„Bis Dienstag? Heute ist Sonntag, das ist dir schon klar?“

„Ich konnte ja nicht ahnen, dass dir dieser Fall so um die Ohren fliegt …“

Nachdem sie tief Luft geholt hatte, fragte Libby: „Du willst das unbedingt machen, oder?“

„Ja, so sehr wie du das mit dem FBI.“

Plötzlich hatte sie einen dicken Kloß im Hals. „Du kannst mir das nicht wegnehmen.“

„Ich will dir das auch nicht wegnehmen, aber sie müssen dich ja auch erst mal wollen … Wir können ja dann immer noch sehen, wie es weitergeht, wenn sie dich nehmen.“

„Vielleicht will ich auch einfach gar nicht nach Seattle ziehen? Da regnet es doch pausenlos …“

„Virginia ist drei Zeitzonen weit entfernt. Das ist auch nicht ohne.“

Libby spürte, wie ihr die Tränen kamen. „Du willst doch sowieso nicht, dass ich zum FBI gehe.“

„Libby …“

„Sei doch ehrlich. Ich sehe doch, wie du auf das reagierst, was heute Nacht passiert ist. Am liebsten wäre dir doch, ich schmeiße hin und mache irgendwas, wo ich keine Waffe tragen muss.“

„Nein“, sagte Kieran, aber sein Unterton klang alles andere als überzeugend.

„Du hast nie verstanden, warum ich das machen wollte“, sagte Libby weiter. „Du hast es ja gerade noch gesagt: Das FBI muss mich ja erst mal nehmen. Stimmt schon – aber du weißt, dass Nick Dormer mich im Team will. Du weißt, dass der FBI-Chef meinen Namen kennt."

„Und warum machst du dann das hier?"

„Weil ich es mir verdienen will! Du hast Recht, wenn ich erst mal beim FBI bin, wird es vermutlich eher nicht ungefährlicher. Für mich ist das okay, weil ich von meinen Eltern weiß, was das bedeutet. Ich weiß, was ich da tue. Ich will das. Aber ich weiß auch, dass du es nicht willst."

Schweigend sah Kieran sie an und zögerte mit seiner Antwort, doch schließlich nickte er. „Du hast Recht. Es stinkt mir und heute Nacht habe ich gesehen, warum."

Als Libby die Finger an die Lippen legte, spürte sie erst ihr Zittern. Sie schaffte es nicht länger, die Tränen zurückzuhalten.

„Das war die ganze Zeit da, wir wollten es nur nicht sehen", murmelte sie mit erstickter Stimme.

„Was meinst du?"

„Du hast das einfach laufen lassen und gehofft, dass es nicht wirklich dazu kommt. Gerade drehst du den Spieß um und stellst mich vor vollendete Tatsachen. Oder nimmst du den Job nicht an, wenn ich sage, ich will nicht nach Seattle?"

Kieran schluckte und sah sie einfach nur an, für eine ganze Weile und mit einem Gesichtsausdruck, der seine Zweifel verriet.

„Nein, ich glaube nicht. Ich will den Job", sagte er schließlich.

Libby nickte und ließ den Kopf hängen. „Dann solltest du auch gehen."

„Wie, ehrlich? Das ist okay für dich?"

Zitternd fuhr sie sich durchs Haar und schüttelte den Kopf. „Was ich meine, ist, dass ich nicht mitkomme."

„Wie jetzt?"

Weinend blickte Libby zu Kieran auf. „Geh nach Seattle. Nimm deinen Traumjob an. Ich glaube, unser gemeinsamer Weg endet hier."

„Was … nein. Du willst unsere Beziehung aufgeben?" Kieran war wie vom Donner gerührt und Libby begann zu schluchzen.

„Es tut mir leid … ich brauche jemanden, der hinter mir steht.

Das kenne ich von meinen Eltern. Was denkst du, warum Sadie Serienmörder jagen konnte? Weil sie wusste, dass Matt hinter ihr steht. Dass er und Hayley da sind, wenn sie nach Hause kommt. Ich habe letztens mit ihm darüber gesprochen und er sagte mir, dass es hilft, wenn der Partner selbst Ermittler ist … oder wenn er ein schier unendliches Verständnis hat. Und das hast du nicht."

„Nein, da hast du Recht", murmelte Kieran. „Krass, dass du mit ihm darüber gesprochen hast."

„Warum? Er ist mein Dad. Seine Meinung ist mir wichtig."

„Denkst du schon länger darüber nach?"

„Nein, aber deine Reaktion heute Nacht war so vielsagend. Das war nicht das, was ich gebraucht hätte, und wenn du mit meinem Job nicht klarkommst … Ich verstehe ja, dass du keine Angst um mich haben willst. Aber was soll ich jetzt machen? Kündigen?"

„Nein, ich komme schon damit klar. Irgendwie."

Libby schüttelte den Kopf. „Wir reden uns das schon ziemlich lange schön, meinst du nicht?"

„Libby, ich liebe dich."

Weinend erwiderte sie seinen Blick und wisperte: „Ich kann das nicht mehr sagen, ohne dass es sich wie eine Lüge anfühlt."

„Wow", sagte Kieran geschockt und mit einem patzigen Unterton. „Das geht dir ja leicht von den Lippen."

„Du bist ganz schön unfair", stieß Libby mit erstickter Stimme hervor.

„Nein, ehrlich. Irgendwas ist mit dir passiert. Hat der Detective dich etwa angebaggert?"

Libby wollte ihn schon anschreien, doch dann ballte sie die Hände zu Fäusten und atmete einmal tief durch. „Es tut mir leid, dass dich mein Standpunkt verletzt. Sieh mich an, dann sollte dir auffallen, dass mir das nicht leicht fällt. Du bist mein erster Freund und ich dachte mal, dass wir heiraten. Ich war immer glücklich mit dir und ich rechne es dir hoch an, dass du mit mir zusammen durch die Hölle gegangen bist, das weißt du. Aber ich will zum FBI und ich brauche einen Mann, der das verstehst. So wie du anscheinend diese Chance in Seattle brauchst. Du solltest sie ergreifen."

„Ich will nicht ohne dich gehen!", rief Kieran.

Libby stand auf und sah ihm fest in die Augen. „Ich komme aber nicht mit."

Mit diesen Worten ging sie ins Schlafzimmer, packte ein paar Kleidungsstücke in einen Rucksack und holte auch die nötigsten Sachen aus dem Bad. Fassungslos stapfte Kieran hinterher und beobachtete sie.

„Was machst du da?"

„Ich fahre zu meiner Familie", erwiderte Libby.

„Bitte bleib hier. Lass uns reden. Vielleicht bewerbe ich mich wirklich bei der NASA."

Doch Libby schüttelte den Kopf. „Sag dem Headhunter zu. Ich könnte es nicht ertragen, wenn du meinetwegen diese Chance sausen lässt."

„Libby, bitte ..."

Sie schloss ihren Rucksack und hängte ihn sich über eine Schulter. Mit einem Ausdruck des Bedauerns blieb sie vor Kieran stehen und umarmte ihn einmal kurz.

„Es tut mir leid."

Sie löste sich von ihm, schlüpfte in ihre Schuhe, schnappte sich eine Jacke und verließ mit ihrem Schlüssel in der Hand die Wohnung, ohne zurückzublicken. Kieran folgte ihr nicht und er sagte auch nichts mehr. Mit Tränen in den Augen ging Libby zu ihrem Auto und setzte sich hinein. Es dauerte sicher fünf Minuten, bis sie sich so weit beruhigt hatte, dass sie den Motor startete und zum Freeway fuhr. In diesem Moment war sie froh, dass sie den Weg auswendig kannte und dass es Sonntag war, denn so war nicht allzu viel Verkehr.

Was war da gerade passiert? Sie konnte es noch nicht fassen. Zwar hatte sie darüber nachgedacht, aber es durchzuziehen war eine andere Sache. Sie war überrascht, wie weh es trotz allem tat. Allerdings hatte sie auch nicht mit dem Angebot gerechnet, das man Kieran unterbreitet hatte. Sie hatte nicht erwartet, dass es auf diese Weise enden würde.

Während der Fahrt versuchte sie, sich zu beruhigen, was ihr schwer fiel. Als sie eine halbe Stunde später vor dem Haus ihrer Eltern in Pleasanton parkte und mit ihrem Rucksack zur Tür ging, war sie dennoch erleichtert. Sadies Auto parkte in der Auffahrt vor der Garage, was ihr verriet, dass alle zu Hause waren. Mit ihrem Schlüssel öffnete sie die Haustür und betrat den Flur. Es war recht still, aus Matts Arbeitszimmer vernahm sie leise Musik.

Auf einmal stand Sadie im Flur. Sie war aus der Küche gekommen und blieb überrascht stehen, als sie Libby sah.

„Hey, was machst du denn hier?", fragte sie und ging gleich zu ihrer Tochter. Ihre Schritte verlangsamten sich kurz, als sie Libbys Verletzungen bemerkte. Ihr Blick glitt über Libbys Rucksack, aber dann umarmte sie ihre Tochter einfach, ohne noch etwas zu sagen. Libby vergrub den Kopf an Sadies Schulter und erwiderte ihre Umarmung erleichtert. Schon kamen ihr wieder die Tränen.

„Ist alles okay?", fragte Sadie leise.

„Kann ich erst mal hier bleiben?"

„Natürlich, was ist denn passiert?"

„Heute Nacht hatte ich einen ziemlich üblen Einsatz und deshalb vorhin eine Diskussion mit Kieran. Es ist aus."

Sadie war wie vor den Kopf geschlagen. „Ihr habt Schluss gemacht?"

„Ich habe Schluss gemacht."

In diesem Moment erschien Matt im Flur, weil er ihre Stimmen gehört hatte.

„Hey, Libby. Ist alles okay bei dir?"

„Ja, es geht mir gut … hab mich heute Nacht mit ein paar echt üblen Typen angelegt und darüber war Kieran nicht sonderlich erfreut …"

„Was war das gerade, du hast dich von Kieran getrennt?"

Libby nickte. „Owen und ich hätten heute Nacht sterben können und als ich nach Hause kam, hat Kieran meinen Job verflucht."

„Verstehe", sagte Matt. „Und du hättest einfach nur jemanden gebraucht, der dich in den Arm nimmt."

Erneut kamen Libby die Tränen, als er das sagte, und sie nickte heftig. „Ja, so wie ihr gerade …“

Erneut umarmte Sadie ihre Tochter. „Komm erst mal rein. Du kannst bleiben, so lange du willst. Möchtest du erzählen, was passiert ist?“

Libby legte ihren Rucksack auf den Boden, zog ihre Schuhe aus und nickte. „Danke. Ihr seid die Besten.“

Montag, 23. November

Der Captain hatte Libby nach der ganzen Sache drei Tage frei gegeben, die sie auch dankbar genommen hatte. Sie hatte das Haus ihrer Eltern nur verlassen, wenn es sich nicht vermeiden ließ. Kieran hatte sie um eine weitere Aussprache gebeten, die sie bislang vor sich hergeschoben hatte, aber sie hatte ihm angeboten, an diesem Tag nach Feierabend vorbeizukommen.

Bis es soweit war, hatte sie jedoch alle Hände voll zu tun. Owen war bis jetzt krankgeschrieben gewesen und wurde nun den ersten Tag im Department zurückerwartet. Libby hatte sich schon in seinem Büro eingefunden, wo er pünktlich um zwei Minuten vor acht erschien.

Er betrat den Raum nicht so motiviert und zielstrebig wie sonst. Seine Schritte waren langsamer, aber in seinem Gesicht waren auch die Blessuren noch sichtbar, die Russell und seine Leute ihm beigebracht hatten.

„Guten Morgen", begrüßte er Libby freundlich und lächelte ihr zu. Langsam ließ er sich auf seinen Schreibtischstuhl sinken.

„Schön, dass du wieder da bist. Wie geht es dir?"

„Es geht schon. Am meisten nervt tatsächlich die gebrochene Nase. Und wie geht es dir?"

„Alles okay. Ich bin ja schon seit Donnerstag wieder hier."

„Schön zu hören. Dann bring mich doch mal auf den aktuellsten Stand der Dinge."

Libby nickte und holte tief Luft. „Wo fange ich an? Dass wir Hamiltons Van als das Fahrzeug identifiziert haben, mit dem Cassidys Leiche transportiert wurde, weißt du ja schon."

Owen nickte. „Mit den Holzspänen und den Reifenabdrücken habt ihr ihn drangekriegt."

„Und mit ein paar Haaren und Blutspuren von Cassidy im Van. DNA lügt nicht."

„Klingt nach einer todsicheren Sache."

„Ist es", sagte Libby und nickte. „Inzwischen haben wir auch alle Vergewaltiger von Cassidy festgenommen. Russell und Price waren ja klug genug, Kondome zu benutzen, denen können wir es aber durch die Videos nachweisen. Schöner ist aber, dass wir jetzt die drei Profile zuordnen konnten, die bei Cassidy gefunden wurden. Es waren Hamilton, William Baxter und Jerry Hall."

„Zwei der Schweinehunde, die Maxwell das Alibi gegeben haben", sagte Owen.

„So weit ich das bis jetzt sagen kann, stimmt es sogar. Luke Maxwell war nicht da, als seine Frau gestorben ist und ihre Leiche haben Price und Hamilton zum Klärwerk gebracht, das hat Hamilton eingeräumt."

„Verdammt, heißt das etwa, wir kriegen niemanden für Cassidys Tod dran?"

„Eins nach dem anderen", sagte Libby. „Das wird eine richtig große Sache. Hier gehen einige Typen als Vergewaltiger in den Knast und Hamilton, Sanders und Maxwell haben ja direkt mit Cassidys Tod zu tun. Ich habe mit dem Gerichtsmediziner gesprochen und ihm das Video gezeigt, das Maxwell nicht rechtzeitig gestoppt hat. Der Pathologe meint, Luke hätte Cassidy durchaus in diesem Moment die Rippe in die Lunge treten können. Wir können das zwar nicht zweifelsfrei beweisen, aber er ist der Einzige, der Cassidy dauernd so übel verprügelt hat. Die Anklage wird auf schwere Körperverletzung mit Todesfolge lauten, in Tateinheit mit Freiheitsberaubung und Beihilfe zur Vergewaltigung. Außerdem kriegen wir ihn wegen häuslicher Gewalt und dafür, dass er bei der Erstellung der Videos geholfen hat."

„Hm", knurrte Owen.

Libby nickte mürrisch. „Wir kriegen ihn weder wegen Mordes noch wegen Totschlags, aber all das aufsummiert, was er sich hat zuschulden kommen lassen, sorgt dafür, dass er hinter Gittern alt und grau wird."

„Ich will es doch hoffen."

„Das hätte Russell und Price auch geblüht … wenn sie noch am Leben wären." Sie sagte das, ohne eine Miene zu verziehen und Owen grinste.

„Tja."

„Terry Price war derjenige, der sowohl Ian als auch Karen umgebracht hat."

Owen nickte ernst. „Schade, dass das nicht mehr offiziell vor Gericht festgestellt werden kann ... aber er hat seine Strafe ja bekommen."

Ein Lächeln zuckte über Libbys Lippen. „Wir haben auch sämtliches Videomaterial beschlagnahmt, das sie angefertigt haben. Da sind auch noch andere Sachen bei, die jetzt weiter verfolgt werden. Du merkst, wir haben richtig aufgeräumt."

„Klingt ganz danach."

„Ich sitze schon an meinem Bericht, so weit ich ihn bis jetzt verfassen kann. Der Captain hat aber schon durchblicken lassen, dass ich wieder Streife fahren werde, wenn ich damit fertig bin."

Wie vom Donner gerührt sah Owen sie an. „Ist das sein Ernst?"

Libby zuckte mit den Schultern. „Ich bin erst seit kurzem dabei. Er hat mit mir gesprochen und mir gesagt, dass ich großartige Arbeit geleistet habe. Er meinte, wenn ich noch ein bisschen mehr Erfahrung gesammelt habe, wäre durchaus eine Position als Detective drin, sofern ich nicht nach Quantico will oder das nicht klappt."

„Das ist doch absurd. Er lobt dich und schickt dich trotzdem zurück?"

„Ich bin hier sowieso schon ein Exot. Er kann mich jetzt unmöglich zum Detective befördern, damit erklärt er mich zur Zielscheibe."

Owen holte tief Luft und machte ein unwirsches Geräusch. „Kann sein, aber das ist trotzdem dumm."

„Ich bin jedenfalls froh, dass wir den Fall zusammen gelöst haben."

„Ich auch. Wir haben so großartig zusammen gearbeitet ... das wird mir fehlen."

„Mir auch", sagte Libby.

An diesem Tag arbeiteten sie jedoch die ganze Zeit zusammen. Libby merkte Owen an, dass er noch nicht ganz wiederhergestellt war, aber es hatte ihn auch bedeutend übler erwischt als sie.

Libby konnte pünktlich Feierabend machen, verabschiedete sich herzlich von Owen und machte sich auf den Weg zu ihrer Wohnung. Dabei hatte sie ein eigenartiges Gefühl. Den ganzen Tag lang mit Owen zu arbeiten hatte sich gut angefühlt, aber die neuerliche Begegnung mit Kieran scheute sie.

Nervös parkte sie vor dem Haus. Ihren Schlüssel hatte sie noch, deshalb betrat sie die Wohnung kurzerhand und stellte fest, dass sich nichts verändert hatte. Kieran war noch nicht im Chaos verschwunden, womit sie eigentlich gerechnet hätte.

Er kam aus der Küche und blieb verlegen vor ihr stehen. „Hey."

„Hi, wie geht es dir?"

Unschlüssig zuckte er mit den Schultern. „Muss ja."

„Sollen wir uns setzen?"

Kieran nickte und ging voraus ins Wohnzimmer. Libby nahm neben ihm auf dem Sofa Platz und sah ihn an.

„Was möchtest du besprechen?"

Er erwiderte ihren Blick. „Ich habe in Seattle zugesagt."

„Okay. Das ist doch toll."

Nach kurzem Zögern fragte er: „Du kommst wirklich nicht mit?"

Libby seufzte tief. „Nein, ich komme nicht mit. Tut mir leid. Dafür gibt es verschiedene Gründe, aber ich bleibe dabei."

Kieran nickte nur und schwieg. Er wirkte tief getroffen, deshalb glaubte Libby, sich erklären zu müssen.

„Ich mag dich immer noch wahnsinnig, aber es ist nicht mehr dasselbe. Schon lange nicht mehr, wenn ich ehrlich bin. Du machst dein Ding und ich mache meins, aber ich weiß nicht, ob das noch zusammen passt. Das ist mir nie bewusster gewesen als jetzt. Wenn ich das machen will, was ich vorhabe, brauche ich bedingungslosen Rückhalt. Ich weiß, das ist viel verlangt und deshalb denke ich, es ist klüger, wir beenden es jetzt, bevor es noch schlimmer wird."

„Wie lang empfindest du schon so? Mir ging es überhaupt

nicht wie dir. Auch jetzt noch nicht.“ Kieran sah sie nicht an, während er redete.

„Ich weiß nicht … schon länger, glaube ich. Wahrscheinlich wollte ich es nicht wahrhaben. Wir waren schon so lange zusammen, haben viel erlebt, du hast mich damals bei der Sache mit Ron toll unterstützt – aber jetzt … Ich will nicht mit nach Seattle. Wirklich nicht. Ich will nach Quantico. Ich will keine Diskussionen mit dir darüber führen, ob das gefährlich ist.“

„Okay … das ist ja wirklich ein grundsätzliches Problem.“

„Ist es. Ich verstehe, dass du deinen Traum leben willst, aber ich will meinen auch leben. Es passt nicht mehr zusammen. Ich finde das traurig, aber ich glaube, das können wir nicht ändern.“

Schulterzuckend sagte er: „Ich weiß es nicht … vielleicht hast du Recht. Wenn du wirklich zum FBI gehst und den Job machst, den deine Mutter gemacht hat … Ich muss ehrlich sein: Damit käme ich nicht zurecht. Ist einfach so.“

„Es ist auch wirklich viel verlangt.“

„Es hat mich nur sehr kalt erwischt. Den Job habe ich quasi aus Trotz angenommen, aber es fühlt sich richtig an. Ich wollte jetzt nur noch mal mit dir darüber sprechen, ob du wirklich keine Chance mehr für uns siehst … und da dem nicht so ist, wollte ich fragen, ob du hier wieder einziehen willst. Ich bin in fünf Wochen weg.“

„Ich weiß noch nicht. Vielleicht. Im Moment bin ich gern bei meiner Familie und ich habe noch nicht mit Sadie und Matt darüber gesprochen, wie es weitergehen soll. Ich kann mir die Wohnung zwar auch allein leisten, aber ich weiß nicht, ob ich hier allein bleiben will …“

„Kann ich verstehen. Mir fällt das gerade auch echt schwer.“

„Das glaube ich dir. Es tut mir leid, Kieran. Das kam alles irgendwie plötzlich. Ich habe dich wirklich gern, aber ich habe das Gefühl, wir müssen jetzt unsere eigenen Wege gehen.“

„Kann sein, ja. Ich wollte nie wirklich, dass du zum FBI gehst, das stimmt. Ich habe mich nicht weiter mit dem Problem beschäftigt, weil ich immer dachte, dass sie dich ja auch erst mal nehmen müssen. Aber um ehrlich zu sein, finde ich es jetzt schon schwierig, dass du Polizistin bist. Ich dachte, ich komme damit klar, aber das tue ich nicht."

Libby lächelte – dankbar dafür, dass Kieran gerade so ehrlich war. Sie wollte schon etwas sagen, aber da fuhr er fort.

„Du hast dich verändert seit der Sache mit Ron. Krasser, als ich dachte. Dass das überhaupt passiert ist, muss ich auf meine Kappe nehmen – ich wollte ja unbedingt Mitglied in der Verbindung werden. Hätte ich nicht darauf beharrt, wäre das alles nicht passiert. Im Nachhinein bereue ich das wahnsinnig – das habe ich schon, nachdem er dir das angetan hat. Das war meine Schuld."

„Nein, Kieran, es war seine Schuld."

Er holte tief Luft. „Du bist seitdem anders – unheimlich stark. So stark, dass es mir schon fast zu viel ist. Andererseits ist das aber auch toll und ich will dich gar nicht bremsen. Du bist jetzt schon ein guter Cop und beim FBI wärst du der Hammer." Kieran grinste, als er das sagte, und Libby sah ihn gerührt an.

„Danke."

„Das ist mein Ernst. Du wärst wirklich gut, das weiß ich. Es wäre dumm von mir, dir im Weg zu stehen."

Libby schluckte und umarmte ihn wortlos. Sie konnte nicht verhindern, dass ihr die Tränen kamen.

Donnerstag, 26. November

Auch im Nachhinein war Libby froh, dass sie an Halloween Streife gefahren war, denn an Thanksgiving hatte sie dafür frei. Sie genoss es, sich in aller Ruhe mit ihrer Familie den Vorbereitungen der Festlichkeiten zu widmen. Seit sie in Pleasanton wohnten, hatte es sich eingebürgert, dass Thanksgiving bei den Whitmans gefeiert wurde. Der riesige Truthahn stand nun schon seit einer ganzen Weile im Backofen und im ganzen Haus duftete es bereits köstlich. Auch Hayley half fleißig bei den Vorbereitungen und es fühlte sich wieder ganz wie früher an, was Libby wahnsinnig guttat. Überhaupt genoss sie es, bei ihrer Familie zu sein. Hayley freute sich und Sadie und Matt hatten sie mit der größten Liebe willkommen geheißen. Nun pendelte Libby nach San José, was ihr zwar keinen Spaß machte, aber im Moment das Beste war.

Von Sadies Verwandtschaft erschien bloß ihr Onkel Norman mit seiner Lebensgefährtin. Ihre Cousine war mit ihrer Familie verreist und ihr Cousin feierte mit Frau und Söhnen bei seinen Schwiegereltern. Libby freute sich wahnsinnig, als es klingelte und Norman mit Christine vor der Tür stand. Sie waren mit dem alten roten Ford Mustang aus Waterford gekommen, den Sadie ihrem Onkel vor Jahren geschenkt hatte.

„Libby, mein liebes Kind", sagte Norman und umarmte sie warmherzig. Libby erwiderte die Umarmung und lächelte. Norman ging zwar schon auf die siebzig zu, hatte sich aber gut gehalten. Er und Christine hatten zwei Hunde, die sie auf Trab hielten, aber mitgebracht hatten sie die beiden nicht. Das gab immer Zoff mit den Katzen der Whitmans.

„Kommt rein", sagte Libby und machte den Gästen Platz. Auch Sadie, Matt und Hayley kamen, um Norman und Christine zu begrüßen, dann gingen sie gemeinsam ins Wohnzimmer.

„Ihr habt aber schön dekoriert", sagte Christine anerkennend.

„Das war alles Hayley", erklärte Sadie. Während die Frauen ins Gespräch kamen, wandte Norman sich Libby zu.

„Was muss ich da hören, du hast dich von deinem Freund getrennt?"

Libby seufzte tief. „Es war nicht schön, aber letztlich wohl besser so."

„Es tut mir trotzdem sehr leid. Er ist ein guter Junge und ich hatte immer den Eindruck, dass es dir gut mit ihm ging."

„Ja, aber er kam einfach nicht mit meinem Berufswunsch zurecht. Und er geht jetzt nach Seattle, dort wurde ihm ein Job angeboten, den er nicht ausschlagen konnte. Ich verstehe das."

Norman nickte und blickte zu Sadie und Matt. „Nein, du brauchst jemanden, der dich unterstützt. Das habe ich immer bei meiner Sadie gesehen. Wie hätte sie diesen Job machen sollen ohne Matt, der ihr den Rücken stärkt?"

Libby nickte zustimmend. „Genau so geht es mir auch."

Sie wurden unterbrochen, weil es klingelte und Sadies beste Freundin Tessa mit ihrer Freundin Sylvie erschien. Die beiden wohnten nicht weit entfernt in Livermore. Libby hatte Sadies etwas ausgeflippte lesbische Freundin immer schon gemocht und begrüßte beide entsprechend herzlich.

„Oh, Sadie hat es mir schon erzählt", sagte Tessa, als sie Libby allein sah. Pflichtschuldig nickte Libby und sagte: „Ist bestimmt komisch, dass ich hier ohne Kieran stehe, was?"

„Ungewohnt. Das kam irgendwie überraschend."

Libby wusste nicht, was sie erwidern sollte. Im Nachhinein fand sie es gar nicht so überraschend – sie hatte schon seit längerem mehr neben Kieran her gelebt, wenn sie ehrlich zu sich selbst war. Es hatte ja nie Ärger gegeben und sie hatten sich letztlich auch im Guten getrennt, wollten weiter Kontakt halten. Dennoch schmerzte es gar nicht mehr so sehr, wie sie befürchtet hatte.

Augenblicke später erschienen auch Sadies bester Freund Phil Richardson und seine Familie. Seine Tochter Alyssa war fast so alt wie Hayley und beide verstanden sich sehr gut. Sein Sohn Hayden war etwas jünger und ein überraschend ruhiger, in sich gekehrter Junge.

Phil begrüßte Libby mit einer freundschaftlichen Umarmung. „Schön, dich zu sehen, Detective."

„Detective? Was soll das denn heißen?“ Libby lachte.

„Sadie hat mir erzählt, was du da letztens in San José geleistet hast. Die haben dich echt wieder auf Streife geschickt? Sind die übergeschnappt?“

Libby zuckte gleichmütig mit den Schultern. „Jetzt, da der Papierkram so gut wie erledigt ist …“

„Die sind doch bescheuert. Wenn dir das zu dumm wird, komm zu uns nach San Francisco. Wir haben für helle Köpfe immer einen Platz.“

„Aber nicht im SWAT.“

„Nein, so war das gar nicht gemeint. Wobei mehr Frauen vielleicht gar nicht so verkehrt wären.“

„Ich will auch gar nicht ins SWAT.“

„Warum nicht? Das muss man erst mal schaffen, allein und gefesselt drei Typen außer Gefecht zu setzen, die außerdem Waffen tragen. Das hätte ich ja gern gesehen.“

„Hättest du nicht“, erwiderte Libby stirnrunzelnd. „So lustig war das nicht.“

„Sorry, ich habe mich falsch ausgedrückt. Was ich sagen wollte, war: Du kannst stolz auf dich sein. Du machst deinen Eltern ja alle Ehre.“

Sie lächelte scheu. „Danke, Phil.“

Er klopfte ihr auf die Schulter und lächelte, dann nahmen die Gäste am Tisch Platz. Sadie und Matt holten das Essen und servierten den Gästen der Reihe nach.

Nein, in diesem Moment fehlte Kieran Libby erstaunlich wenig. Er war so oft dabei gewesen, aber nun war er es eben nicht mehr. Zwar tat es ihr immer noch ein wenig leid, weil es ihn härter erwischt hatte als sie, aber sie bereute es nicht.

Libby genoss das Essen im Kreis der Familie. Auch die Freunde ihrer Eltern waren für sie wie Familie. Seit zehn Jahren gehörte sie zu den Whitmans – wie selbstverständlich und ohne jegliche Vorbehalte.

Nach dem Essen gingen die Kinder in Hayleys Zimmer und Libby half Sadie und Matt beim Abräumen. Anschließend machten es sich alle im Wohnzimmer bei ein paar Getränken vor dem

Kamin gemütlich und Tessa erkundigte sich etwas eingehender bei Libby, wie ihre Trennung von Kieran vonstatten gegangen war. Es machte Libby nichts aus, ihr davon zu erzählen, und schließlich sagte Phil, der die ganze Zeit über zugehört hatte: „Ich hatte auch mal eine Freundin, die mit meinem Job nicht zurechtkam. Das war Amelias Vorgängerin. So etwas hat keinen Sinn – und damals war ich auch nur einfacher Streifencop in Waterford, was nun wirklich keine besondere Herausforderung darstellt. Wenn sie mich jetzt beim SWAT sehen würde …" Er lachte.

„Das ist nicht immer einfach", sagte Amelia an ihren Mann gerichtet. „Jetzt hast du auch noch einen extremen Job, weil du beim SWAT immer an vorderster Front stehst."

„Gar nicht wahr, als Sniper ist man meist eher ganz hinten ..."

„Ach komm, du bist oft genug mitten im Getümmel und kommst mit Blessuren nach Hause."

Ertappt senkte Phil den Blick. „Okay, du hast gewonnen. Aber ich liebe diesen Job nun mal."

„Du hattest ihn aber auch schon, als wir uns kennengelernt haben. Ich wusste ja, worauf ich mich einlasse."

„Ich hatte immer gehofft, Kieran würde sich dran gewöhnen. Da lag ich nur leider falsch", sagte Libby und spürte, wie Sadie sie mitfühlend ansah.

Ihre Mum konnte in ihr lesen wie in einem offenen Buch, aber das war Libby nicht unangenehm. Sie hatte Sadie und Matt ausführlich von ihren Ermittlungen erzählt und auch davon, wie man sie gekidnappt und fast umgebracht hätte. Das hatten die beiden natürlich nicht gern gehört, aber sie hatten sich mit weisen Ratschlägen zurückgehalten, ihre Sorge für sich behalten und Libby ein ehrliches Lob dafür ausgesprochen, wie sie die Situation gemeistert hatte. Das hatte verdammt gut getan.

Irgendwann ging Libby in die Küche, um sich etwas Neues zu trinken zu holen. Während sie ratlos vor dem Kühlschrank stand und nicht wusste, was sie nehmen sollte, tauchte Matt hinter ihr auf.

„Guter Gedanke", sagte er. „Ist noch Bier da?"

Libby nickte und reichte ihm eine Dose aus dem Kühlschrank.

„Danke dir. Übrigens, wenn du deine Wohnung allein nicht halten willst, musst du das nicht. Du kannst so lange hierbleiben, bis du dich in Quantico bewirbst. Das ist okay."

Libby war überrascht. „Danke ... so weit habe ich noch gar nicht gedacht."

„Ich wollte das auch nur mal sagen, damit du es gehört hast. Du bist uns immer willkommen."

„Das ist so lieb von euch."

„Hey, du gehörst auch mit zur Familie und es tut mir immer noch leid für dich, dass es so mit Kieran gelaufen ist, auch wenn ich zugeben muss, dass ich das schon seit langem habe kommen sehen."

„Na klar." Lachend verdrehte Libby die Augen. „Da kommt jetzt wieder die väterliche Weisheit, was?"

„Hey, sag nicht sowas, dann fühle ich mich alt", sagte Matt und lachte. „Nein, im Ernst, ich habe es dir nicht gewünscht, aber ich hatte da wirklich meine Bedenken. Du hast eine solche Power, da ist es sicher für viele Männer schwer, da mitzuhalten."

„Mach mir nur Mut ..."

„Nein, so ist das gar nicht gemeint. Aber was ist denn mit Owen? So, wie du ihn beschrieben hast, scheint er gerade das an dir zu schätzen, womit Kieran seine Schwierigkeiten hatte."

Seufzend lehnte Libby sich an die Arbeitsplatte. „Owen ist toll, keine Frage. Ich musste mir jetzt nur erst mal selbst klar darüber werden, was ich eigentlich will. Er war bis vorgestern krankgeschrieben, ich habe ihn seit der ganzen Sache nur zweimal gesehen."

„Und wie war das?", fragte Matt.

Verlegen senkte Libby den Blick. „Fühlte sich gut an."

„Na siehst du. Lass es mal auf dich zukommen."

„Er ist Detective im selben Department, Matt. Hältst du es für eine gute Idee, wenn ich mit einem ranghöheren Kollegen was anfange?"

„Ach, ich bitte dich, das ist doch kein Grund."

„Ich bin jetzt schon als Querulantin verschrien."

Matt legte eine Hand auf ihre Schulter und lächelte. „Ich weiß, am Anfang ist das echt schwer, aber du machst das super – und wenn du Owen magst, dann sag ihm das."

„Er soll sich nicht wie ein Lückenbüßer fühlen."

„Ach, ich denke, das kann er selbst schon ganz gut einschätzen."

Fragend zog Libby eine Augenbraue hoch. „Willst du mich da irgendwie beeinflussen?"

„Nein, aber ich merke, dass du ihn magst. Es ist die Art, wie du von ihm sprichst. Ihr habt da zusammen etwas durchgemacht, das seine Spuren hinterlässt. Triff dich einfach mal mit ihm und sieh, wie es läuft."

Libby seufzte tief. „Wenn du meinst …"

Lachend legte Matt einen Arm um ihre Schultern. „Vertrau mal deinem Dad, okay?

Lachend lehnte Libby sich an ihn. „Okay."

Montag, 30. November

Libby schaute dem Krankenwagen hinterher, der mit eingeschalteter Sirene losfuhr und sich auf den Weg zum nächsten Krankenhaus machte. Zehn Minuten vor Schichtende hatte man sie noch zu einem Unfall auf einer stark befahrenen Kreuzung gerufen. Eine junge Frau war schwer verletzt worden, sie war jetzt auf dem Weg ins Krankenhaus. Gemeinsam mit Miguel übernahm Libby die Sicherung der Unfallstelle, auch erste Zeugenaussagen hatten sie schon aufgenommen. Als sie sich endlich auf dem Rückweg zum Department befanden, war ihre Schicht eigentlich schon seit über einer Stunde vorbei, aber so war das manchmal.

„Ich bin froh, dass du wieder da bist", sagte Miguel, als sie den Streifenwagen vor dem Department parkten und ausstiegen. Libby lächelte bloß, denn das konnte sie nicht einfach so erwidern. Miguel war zwar ein netter Kollege, aber Streife fahren fühlte sich nach dem Fall Cassidy Maxwell wie eine Strafe an. Sie machte es erst seit ein paar Tagen wieder, aber schon jetzt fragte sie sich, wie sie das noch weitere anderthalb Jahre durchhalten sollte.

Owen fehlte ihr. Mehr, als sie zugeben wollte. Seit Matt mit ihr gesprochen hatte, überlegte sie, ihn tatsächlich anzurufen und zu fragen, ob er mit ihr ausgehen wollte, aber bislang hatte sie sich nicht getraut. Sie wusste nicht, ob sie dafür schon bereit war.

Gemeinsam mit Miguel betrat sie die Umkleide, zog die Uniform aus und schlüpfte in ihre Jeans, als plötzlich ihr Handy klingelte, das sie vor sich auf die Bank gelegt hatte. Es war eine vollkommen fremde Nummer, aber ihre Neugier war geweckt. Schnell zog sie ihre Jeans hoch, schloss den Knopf und griff nach ihrem Handy.

„Whitman", meldete sie sich.

„Spreche ich mit Liberty Whitman?"

Wer zum Teufel nannte sie denn Liberty? Das klang ja offiziell. „Am Apparat."

„Supervisory Special Agent Charles Davis, FBI Recruitment Division in Quantico. Haben Sie gerade Zeit für ein Gespräch?"

Wie vom Donner gerührt ließ Libby sich auf die Bank fallen und schaute sich in der Umkleide um. Sie war allein.

„Ja, kein Problem", erwiderte sie und räusperte sich. „Was kann ich für Sie tun?"

„Ist es korrekt, dass Sie sich für eine Agentenlaufbahn beim FBI interessieren?"

Libby verstand die Welt nicht mehr. „Ja, das stimmt."

„Sie sind die Adoptivtochter von ehemals SSA Sadie Whitman und Special Agent Matt Whitman."

Allmählich wuchs Libbys Nervosität. „Auch das ist richtig."

„Ich habe hier Ihren gesamten Lebenslauf vor mir, Miss Whitman. Ein Abschluss in Verhaltensforschung und Psychologie an der SJSU, zur Zeit sind sie als Police Officer in San José tätig."

„Ja, Sie haben mich noch im Department erwischt."

„Ich verstehe. Vor mir liegt ein Brief von Detective Owen Young, mit dem Sie kürzlich die Ermittlungen in einem Mordfall geführt haben. Das ist ja doch eher ungewöhnlich für eine Streifenpolizistin. Detective Young hat uns ausführlich dargelegt, wie Ihre Zusammenarbeit ausgesehen hat und in welchen Punkten Sie sich seines Erachtens als besonders fähig erwiesen haben. Er schreibt uns von Ihrem Wunsch, FBI-Profilerin zu werden und legt uns nah, aufgrund Ihrer Vorerfahrung und Ihrer erbrachten Leistungen darüber hinwegzusehen, dass Sie die formale Qualifikation von zwei Jahren Berufserfahrung noch nicht mitbringen und Sie trotzdem schon jetzt für die Ausbildung an der FBI Academy hier in Quantico in Betracht zu ziehen."

Libby spürte, wie ihre Hände schlagartig eiskalt wurden. Für einen Moment setzte ihr Herzschlag aus und sie schnappte nach Luft.

„Er hat Ihnen das alles geschrieben?" Sie war fassungslos.

„Hören Sie, Miss Whitman – wir haben seit einigen Jahren schon einen Vermerk mit Ihrem Namen in der Datenbank. Damals hat SSA Nicholas Dormer mit mir gesprochen – Sie kennen ihn ja."

Mehr als ein „Ja“ brachte Libby nicht über die Lippen.

„In der Zwischenzeit kam noch ein Vermerk von Director Burns persönlich hinzu. Meine Kollegen haben bereits einen Backgroundcheck bei Ihnen durchgeführt und nun auch Ihre Abschlüsse und Qualifikationen abgefragt. Dabei fiel uns auf, dass Sie als Liberty Nichols geboren wurden.“

„In der FLDS, ja“, sagte Libby nervös, als er eine Pause machte. „Ist das ein Problem?“

„Überhaupt nicht, im Gegenteil. Wir haben ja noch laufende Ermittlungen gegen die FLDS. Ich habe Ihren Namen hier auch in Brian Leighs Akte gefunden und bin noch über so einige andere Dinge gestolpert … Ihre Motivation, sich bei uns zu bewerben, geht jedenfalls deutlich daraus hervor.“

„Ich arbeite seit Jahren darauf hin.“

„Ja, das sehe ich. Vorhin habe ich ein persönliches Gespräch mit Nick Dormer geführt, der mir von Ihnen erzählt hat. Er hat mir deutlich zu verstehen gegeben, dass er der Ansicht ist, Sie kämen für eine Position als Profilerin in Frage. Er will Sie in seinem Team.“

Libby krallte sich in ihren Pullover und versuchte, ruhig zu bleiben. „Okay …“

„Nun, Folgendes: In Ausnahmefällen lassen wir Rekruten aufgrund spezieller Fähigkeiten und durch persönliche Empfehlungen an der Academy zu, auch wenn formale Kriterien nicht oder noch nicht erfüllt sind. Sie müssten uns jedoch noch Zugriff auf Ihre medizinischen Unterlagen gewähren und zu einer Untersuchung im nächsten FBI-Büro erscheinen, damit wir einschätzen können, ob Sie gesund und fit sind. Wenn dem so ist, empfehle ich Ihnen, jetzt schon einmal für den Fitnesstest zu trainieren, denn der hat es wirklich in sich. Aber wenn Sie einverstanden sind und medizinisch nichts dagegen spricht, können Sie gleich zu Jahresbeginn zur Ausbildung in Quantico antreten.“

Libby schluckte. Ihr Kopf war wie leergefegt, sie wusste nicht, was sie denken sollte.

„Miss Whitman?“

„Ja", sagte Libby und holte tief Luft. „Das kommt nur sehr unerwartet."

„Aber Sie wollen doch zum FBI?"

„Ja, natürlich. Unbedingt. Das ist einfach großartig. Ich bin nur vollkommen überrascht."

Nun lachte Davis. „Tut mir leid … Sie wussten also gar nicht von Detective Youngs Empfehlungsschreiben?"

„Nein, ich hatte überhaupt keine Ahnung! Das kommt gerade völlig unerwartet."

„Ah, ich verstehe. Ich wollte Sie nicht damit überfallen. Wenn Sie noch Bedenkzeit brauchen …"

„Nein, überhaupt nicht", sagte Libby schnell. „Ich will das unbedingt machen, darauf arbeite ich schon so lange hin."

„Mir scheint, Sie haben auch das nötige Zeug dazu. Ich weiß, was Ihre Mutter als Profilerin für das Bureau geleistet hat und Detective Young nach zu urteilen haben Sie bei den Ermittlungen bewiesen, welches Potenzial Sie mitbringen. Er ist vor allem auf Ihre psychologischen Fertigkeiten eingegangen und hat die Entschlossenheit eindringlich beschrieben, die Sie an den Tag gelegt haben, als es darum ging, sich und ihm das Leben zu retten. Solche Leute brauchen wir hier."

Libby grinste und wusste überhaupt nicht, wie sie empfinden sollte. Es war ein Wechselbad der Gefühle – Verwirrung, Verlegenheit und übergroße Freude.

„Ich würde wahnsinnig gern nach Quantico kommen", sagte sie, als sie sich gefangen hatte.

„In Ordnung. Wir brauchen dann nur noch Ihre medizinischen Unterlagen und einen Termin für die Untersuchung durch einen unserer Ärzte. Sollen wir dazu morgen noch einmal telefonieren?"

„Ja, okay." Mehr fiel Libby nicht dazu ein. Sie war vollkommen sprachlos.

„Wunderbar. Ich danke Ihnen für das Gespräch, Miss Whitman, und erwarte morgen Ihren Anruf."

„Bis morgen", sagte Libby und saß noch reglos mit dem Handy am Ohr da, als Davis bereits aufgelegt hatte. Reglos starrte sie vor sich hin, schüttelte ungläubig den Kopf und grinste. In ihren Augen sammelten sich Freudentränen.

Weil sie nicht mitten in der Umkleide anfangen wollte, vor Freude zu hüpfen und zu schreien, zog sie schnell ihre Schuhe an und schrieb Sadie eine Nachricht.

Das FBI hat angerufen. Owen hat mich empfohlen und sie wollen mich zu Jahresbeginn in Quantico!

Mehr schrieb sie nicht, sondern schickte die Nachricht einfach ab, schnappte sich ihren Rucksack und blickte auf die Uhr. Kurz vor halb sechs.

Vielleicht hatte sie ja Glück.

Ihr Herz raste noch immer, als sie sich auf den Weg zu Owens Büro machte. Sie wusste nicht, ob sie sich nun wünschen sollte, dass er da war oder doch eher nicht. Als sie sich der Tür näherte, überlegte sie kurz, wieder kehrt zu machen, aber dann ging sie doch weiter und blickte hinein.

Tatsächlich saß er am Schreibtisch. Er war in irgendwelche Unterlagen vertieft und hatte sie noch gar nicht bemerkt. Ihn anzusehen, löste ein heftiges Kribbeln in Libbys Bauch aus, das für sich sprach – aber deshalb war sie nicht hier.

„Hey", sagte sie und lächelte, als Owen aufsah.

„Libby." Sofort erwiderte er ihr Lächeln und stand auf. Man konnte seine abheilenden Verletzungen weiterhin sehen, sein Auge war immer noch ganz leicht geschwollen, ebenso wie seine Nase. Er trug inzwischen kein Pflaster mehr. Libby spürte, wie ihre Handflächen bei seinem Anblick feucht wurden. Sie war schrecklich nervös.

„Ich freue mich, dich zu sehen. Die Zusammenarbeit mit dir fehlt mir wirklich", sagte er.

„Mir fehlt das auch … du hast ja keine Ahnung." Sie lachte kurz.

„Komm doch rein. Was gibt es?"

Libby folgte seiner Aufforderung und näherte sich seinem Schreibtisch. Für einen Moment blickte sie zu Boden, dann sah sie ihm genau in die Augen.

„Du hast dem FBI ein Empfehlungsschreiben geschickt."

„Oh, haben die sich etwa schon bei dir gemeldet?“ Er setzte sein gewinnendstes Lächeln auf.

„Vorhin hat mich jemand aus der Rekrutierungsabteilung angerufen und mir gesagt, dass ich in vier Wochen an der Academy antreten kann. Ich kann es immer noch nicht fassen.“

Owen schluckte. „In vier Wochen.“

„Wenn alles gut geht und ich gesund und fit bin, ja.“

„Wow. Meinen Glückwunsch.“ Das klang ehrlich.

Libby holte tief Luft. „Warum hast du das gemacht?“

„Na, weil … Du bist wahnsinnig gut, Libby. Ich habe dein Gesicht gesehen, als wir darüber gesprochen haben, dass du wieder Streife fahren wirst. Das ist so lächerlich, ich meine … Du kannst mehr als das. Viel mehr. Und ich weiß, wie es ist, wenn man zum FBI will. Du wärst richtig dort. Ich wollte einfach nicht, dass du hier noch ewig Streife fahren musst, obwohl die dich doch längst brauchen können.“

Libby biss sich auf die Lippen und spürte einen dicken Kloß im Hals.

„Ich kann mich nicht erinnern, wann zuletzt jemand so etwas für mich getan hat“, sagte sie mit Tränen in den Augen.

Owen lächelte glücklich. „Das kam von Herzen, Libby.“

Sie lachte, als sie die Tränen nicht länger zurückhalten konnte, und wischte sie scheu mit ihrem Ärmel weg. „Danke, Owen … du hast keine Ahnung, was mir das bedeutet.“

Er ging um seinen Schreibtisch herum. „Gern geschehen, wirklich.“

Für einen Moment zögerte sie noch, aber dann umarmte sie ihn doch. Owen erwiderte die Umarmung sanft und doch bestimmt, er drückte sie fest an sich und sah sie dann mit einem freundlichen Gesichtsausdruck an.

„Toll, dass das funktioniert hat. Hätte bloß nicht gedacht, dass die so schnell sind.“

„Du konntest nicht wissen, dass mein Name längst in ihrer Datenbank war … ich kenne ja jemanden beim FBI.“

„Und dann bist du immer noch hier?“

„Ich wollte keine Sonderbehandlung.“

„Verstehe. Ich hoffe, du bist jetzt nicht sauer auf mich."

„Nein, obwohl du ruhig mal was hättest sagen können." Sie zwinkerte ihm zu.

„Ich wusste ja nicht, ob es klappt. Und wie gesagt, ich hätte nicht damit gerechnet, dass die so schnell reagieren." Betreten senkte er den Blick, als er das sagte.

„Nein, ich auch nicht. Aber ich werde das machen. Davon habe ich immer geträumt."

„Ja, das solltest du auch unbedingt." Trotzdem schwang unüberhörbares Bedauern in seiner Stimme mit.

„Eigentlich würde ich ja gern weiter mit dir zusammen arbeiten ... Das war einfach toll."

„Obwohl du fast draufgegangen wärst?" Owen lachte. „Du hast eine interessante Vorstellung von toller Arbeit."

Libby lachte ebenfalls. „Mit dir war es toll."

„Es war großartig und das wird mir auch total fehlen. Quantico ist einfach zu weit weg."

Sie sahen einander direkt in die Augen und Libby überlegte, was sie sagen sollte. Er würde nichts sagen, so gut kannte sie ihn inzwischen. Das hatte er die ganze Zeit über nicht getan.

„Mein Freund geht übrigens nach Seattle ... mein Ex-Freund", präzisierte sie.

„Oh. Seit wann das?"

„Seit zwei Wochen. So etwas wie du hätte er nicht getan, verstehst du?"

Owen atmete tief durch und überlegte, weshalb Libby gespannt abwartete.

„Ich wünschte, Quantico wäre nicht so weit weg", murmelte er.

„Die BAU ist ja auch dort stationiert, nicht bloß die Academy."

„Ich weiß. Du musst das machen, Libby. Das ist eine einmalige Chance."

„Aber ..." Sie schluckte und fasste sich ein Herz. „Warum willst du, dass ich gehe?"

„Ich will nicht, dass du gehst." Owen schüttelte den Kopf, sah sie dabei aber nicht an. „Ich will aber, dass du eine großartige

Profilerin wirst. Das kannst du nicht, wenn du in Kalifornien bleibst."

Verlegen räusperte Libby sich und sagte: „Eigentlich wollte ich dich fast fragen, ob wir mal zusammen was trinken gehen sollen …"

Er hob den Blick wieder und lächelte. „Das können wir machen, Libby. Auch in Quantico, ganz egal. Aber du musst das machen. Bitte tu es."

„Gleich überlege ich es mir anders", sagte sie leise.

„Nein, bitte nicht. Mach das unbedingt, ich bitte dich. Du musst. Ich bestehe darauf."

„Aber du …" Libby vollendete den Satz nicht. Sie wusste gar nicht, was sie sagen wollte. Sie wusste nur, dass sie ihn dafür liebte, und sie umarmte ihn, um es ihn wissen zu lassen. Owen erwiderte ihre Umarmung und atmete tief durch.

„Ich freue mich wahnsinnig für dich", sagte er. „Wir gehen zusammen in Quantico was trinken, wenn du dort bist."

„Ich nehme dich beim Wort." Sie lächelte verlegen und straffte die Schultern. „Wir sehen uns."

„Ich freue mich drauf."

Hastig wandte Libby sich ab und verließ fluchtartig sein Büro. Jetzt war ihr großer Traum in greifbare Nähe gerückt, aber trotzdem wünschte sie sich, sie müsste nicht gehen. Für einen kurzen Moment blieb sie stehen und überlegte, zurückzugehen, aber sie wusste nicht, was sie hätte sagen sollen.

Das war sein Geschenk an sie. Ein größeres hätte er ihr nicht machen können.

Printed in Poland
by Amazon Fulfillment
Poland Sp. z o.o., Wrocław

61714936R00162